Michiel, de hoofdpersoon in *De herfst zal schitterend zijn*, voert een levenslange strijd met de realiteit: hij probeert aan zijn sociale klasse te ontkomen, ambieert een universitaire carrière en verzet zich tegen de afhankelijkheid van zowel zijn vrouw Hella, als zijn minnares.

De herfst zal schitterend zijn betekende Jan Siebelinks doorbraak naar het grote publiek. Een roman over onvervulde verlangens en ambities in het moderne leven.

Jan Siebelink (1938) heeft een groot oeuvre op zijn naam staan. Hij debuteerde in 1975 met de verhalenbundel *Nachtschade*. Zijn meest recente roman *Knielen op een bed violen*, waarvan meer dan 300.000 exemplaren zijn verkocht, werd genomineerd voor de Libris Literatuurprijs en bekroond met de AKO Literatuurprijs 2005.

'Jan Siebelink heeft een mooi dwingend boek geschreven. Hij doet dat zonder sentimentaliteit of ironie, zonder te moraliseren, zonder dramatische, spectaculaire gebeurtenissen te verzinnen – en juist daardoor op een opvallende manier.' – *NRC Handelsblad*

'Het is de zorgvuldige, beeldende beschrijving van het ingewikkelde netwerk van gevoeligheden die samen een huwelijk vormen. Siebelink heeft zichzelf overtroffen.' – *Haagse Post*

'Veelzijdig en indrukwekkend.' – *Vrij Nederland*

'Voortreffelijke roman.' – *De Tijd*

D1702712

Nachtschade (verhalen, 1975)
Een lust voor het oog (roman, 1977)
Weerloos (verhalen, 1978)
Oponthoud (novelle, 1980)
De herfst zal schitterend zijn (roman, 1980)
De reptielse geest (essays, 1981)
En joeg de vossen door het staande koren (roman, 1982)
Koning Cophetua en het bedelmeisje (verhalen, 1983)
De hof van onrust (roman, 1984)
De prins van nachtelijk Parijs (portretten en gesprekken, 1985)
Met afgewend hoofd (novelle, 1986)
Ereprijs (novelle, 1986)
Schaduwen in de middag (roman, 1987)
De overkant van de rivier (roman, 1990)
Sneller dan het hart (portretten, 1990)
Hartje zomer (verhalen, 1991)
Pijn is genot (wielerverhalen, 1992)
Met een half oog (novelle, 1992)
Verdwaald gezin (roman, 1993)
Laatste schooldag (verhalen, 1994)
Dorpsstraat Ons Dorp (briefwisseling met J. Jansen van Galen, 1995)
Vera (roman, 1997)
Daar gaat de zon nooit onder (met R. Bloem en J. Speltie, 1998)
Schuldige hond (novelle, met Klaas Gubbels, 1998)
De bloemen van Oscar Kristelijn (verhalencyclus, 1998)
Mijn leven met Tikker (roman, 1999)
Engelen van het duister (roman, 2001)
Margaretha (roman, 2002)
Eerlijke mannen op de fiets (wielerverhalen, 2002)
Knielen op een bed violen (roman, 2005)

Vertalingen
J.-K. Huysmans, *Tegen de keer*
J.-K. Huysmans, *De Bièvre*

Jan Siebelink

De herfst zal schitterend zijn

ROMAN

ULYSSES

2006
DE BEZIGE BIJ
AMSTERDAM

Copyright © 1980 Jan Siebelink
Eerste druk (Meulenhoff) 1980
Vijftiende druk 2006
Omslagontwerp Studio Jan de Boer
Omslagfoto Paul Huf/Maria Austria Instituut
Foto auteur Caspari de Geus
Vormgeving binnenwerk Ceevan Wee, Amsterdam
Druk Wöhrmann, Zutphen
ISBN 90 234 2008 X
NUR 301

www.debezigebij.nl
www.jansiebelink.nl

Voor Hans en Arno

Toute narration tend au théâtre.

Hij probeert niemand aan te raken, maar er zijn veel mensen aan deze kant van de straat. Een lichte druk op zijn schouder. Hij maakt zich klein. Heel licht voelt hij een hand. Opzettelijk? Maar het overkomt hem vaker. Een oude vriend? Hij had zoveel vrienden in de stad. Daar was zelfs Michiel jaloers op.

Hij kijkt niet om, steekt de straat over, vlak langs het verlichte ruiterstandbeeld. Zwarte vorm met scherpe contouren. Als je linksaf slaat, kom je via een bochtige korte straat op het plein. Hij gaat rechtsaf, loopt langs de winkelramen in de richting van de Koepelkerk. Een ijssalon met oranje tafels en stoelen. Helemaal vol. Het is koopavond. 'Fietsen worden onmiddellijk verwijderd.' 'Lampenzaak Luneta.' 'Oma's-tijd-antiek.' 'Cohns herenmode.' 'Fietsen worden onmiddellijk verwijderd.' Enorme vitrines met etalagepoppen. Heren in herfstkleding. Eikenbladeren met goud beschilderd. Nonchalant gestrooid. Verwaaid achter de winkelramen. De hoofden zijn nadenkend, scheef, leeg. Handen met gespreide spastische vingers. Cohns herenmode. Weer etalages. Hij loopt langzaam. De hoofden rollen weg alsof hij naar ze kijkt door de ruit van een auto die heel langzaam rijdt. In de winkel een opeenvolgende serie glazen deuren. Lichtvlakken op de vloer. Spiegels. Wit glinsterend meubilair in de bijna totale

9

duisternis. Indruk van veelvoudige doorzichtigheid. De pop-
pen beginnen te bewegen, wenden zich naar elkaar toe, span-
nen samen, draaien om zichzelf. Een hele drukte in de vitri-
ne.

Hij loopt tussen de hoofden door. Men neemt hem zwij-
gend op. Hij vecht hevig tegen zijn eenzaamheid. Achter hem
verplaatsen de mensen zich met grote omzichtigheid. Zonder
aanwijsbare reden komt alles tot rust. Hij ziet zijn hoofd,
duizendvoudig weerspiegeld, drijvend, wit geschminkt,
scheef op de romp.

Wat zei Mary vanmiddag? 'Als je het vergelijkt met een paar
maanden geleden gaat het beter.' Een bovenwoning in de
binnenstad met panoramisch zicht op Cohns herenmode, op
de ijssalon, op de kerk. Het is warm. De ramen staan tegen
elkaar open. De hemel is een brede, donkerblauwe baai. Hij
kijkt tegen de lengtezijde van een rij daken aan. Rode en
groene banen van neonreclames. Martins', Regina – bars op
het Plein.

Vanaf het Plein komt muziek. De straat beneden is nu he-
lemaal leeg. Wie zou hem aangeraakt hebben?

Het is tegen middernacht. Hij denkt: Mary heeft medelij-
den met mij omdat ik pijn heb. Toch is de pijn draaglijk op
dit moment van de dag. De duisternis heeft de tekeningen die
de kinderen vandaag met stoepkrijt onder de kastanjes rond
de Koepelkerk hebben gemaakt, allang uitgewist. Mary zei
straks dat ik haar vanmiddag niet had zien aankomen. Ik
keek naar buiten, ze zwaaide en ik zag haar niet. Ze is er nu
even uitgelopen. Ze vroeg: 'Ga je echt niet mee, Id? Iedereen
heeft wel wat. Je hoeft je daar toch niet voor te schamen?'

Kort na zijn thuiskomst, enige uren geleden, werd aan de

voordeur gebeld. Hij vluchtte naar de keuken zonder dat hij redenen had om voor iemand bang te zijn. Mary ging kijken. Onverstaanbare woorden. De deur werd dichtgetrokken. Mary lachte met haar mond wijdopen. Haar verrukkelijke lach. Ze schudde haar krullen. De lippen schoven weer over haar tanden.

'Iemand die hulp wilde bij het huiswerk. Je kunt het bord er beter afhalen.'

'Het bord blijft op de deur. Het is een soort dekmantel.' Hij grijnsde.

'Dekmantel voor het nietsdoen.' Ze kust hem want ze heeft spijt van deze woorden. Ze zegt nog: 'Gemeen, hè?'

Hij kijkt naar buiten. In de ijssalon is het donker. Louche doorzichtigheid van de vitrines. Mensen verdringen zich om het ruiterstandbeeld. Hij denkt aan Hella. Zal hij tegen Mary zeggen dat iemand hem opzettelijk enige malen heeft aangeraakt? Heeft hij toen ook aan Hella gedacht? Of aan Michiel?

Het is ver na middernacht. Mary maakt zich los uit de kleine te hoop gelopen menigte. Een vechtpartij. Er wordt op het Plein en in de straten die erop uitkomen zo vaak gevochten.

Hij hoort haar de trap opkomen. Als ze de kamer binnenkomt vraagt hij: 'Heb je nog bekenden gezien?'

'Nee.' Tijd verstrijkt. Dan zegt ze: 'Misschien was het Hella wel die jou aanraakte. Ik zou die Hella best eens willen zien. Ze is erg knap hè?'

'Hella is een opvallende vrouw.'

'Ik heb nooit begrepen waarom jij je broer nooit meer ziet.'

Hij zwijgt, haalt zijn schouders op. Er komt geen muziek meer van het Plein en beneden in de straat is het stil geworden. Hij vertelt Mary over de nacht in Martins'.

'*Komt Michiel daarom niet hier?*'

'*Het heeft er misschien mee te maken.*'

'*Jullie konden altijd zo goed met elkaar opschieten.*' Mary laat haar prachtige tanden zien. Ze kijken de straat af.

Wat wij straks zullen zien, zal hen noodzakelijkerwijs ontgaan.

Leeg toneel.

DEEL EEN

I

Een doorzichtige rij bomen strekt zich aan één kant van de vlakte uit. Een afgebroken schoorsteen reikt nauwelijks boven opslag van berken, goudenregen en vuurtoortsen. Verbrokkelde muren, stapels hout, glas en schroot, begroeid met mos en steenanjers markeren de plaats waar eens gebouwen hebben gestaan.

Overigens maakt het terrein van welke kant je het ook nadert, door zijn uitgestrektheid een kale indruk. Er loopt een breed pad waarvan de kuilen zijn volgegooid met schilfers van dakpannen.

Ook de gebogen leuningen van een ijzeren keldertrap en verwarmingsbuizen, van een onnavolgbaar glanzend bruin, wijzen erop dat hier een bedrijf is geweest.

De bomen vormen een natuurlijke galerij die schaduw en koelte biedt. Naast elkaar geparkeerd staan daar sportauto's in crème tinten.

Begin september. Een grote gele zon staat aan een lichtblauwe, gladde hemel waarin de vogels lijken uit te glijden. De horizon wordt over de hele lengte afgesloten door het vooraanzicht van een reusachtige hal, opgetrokken uit platen helwit beton. Tussen de brede dakveren zijn horizontaal dunne latten getimmerd waarop in sierlijk ouderwets handschrift staat:

't Koetshuis

Boven de openstaande deuren flonkeren aluminium ventila-
toren. In de muur aan weerszijden van de deuren zijn ramen
van pantserglas aangebracht. De schaduw van de bomen
reikt tot het pad.

Het is drie uur.

Vluchtige kreten zijn hoorbaar, vervormd alsof ze uit luidsprekers komen. Op die bijna-stille, warme middag staart
een jonge vrouw door het zijraam van haar huis naar de hal
die aan het eind van de vlakte opdoemt en deze geheel beheerst. De vrouw is buitengewoon mooi. Haar huid heeft de
diepbruine tint die men opdoet aan een zeer warme, tropi-
sche kust.

Hella is inderdaad nog geen maand geleden teruggekomen
van de Afrikaanse Oostkust – Malini, Lamu, Mombasa,
vooral Mombasa – waar zij met haar dochtertje van ruim
vier een bezoek heeft gebracht aan haar enige zuster.

Claire is getrouwd met een jonge arts, werkzaam in een
klein ziekenhuis ergens ten noorden van Nairobi. Oscar,
Hella's zwager, heeft een gedeelte van zijn vakantie opge-
offerd om haar het land te laten zien. De laatste week brachten ze door in een lodge bij Mombasa. Mombasa!

Na uitputtende tochten door reservaten met kuddes wil-
debeesten, wijde vergezichten en roodachtig stof dat tot diep
in je huid drong, was de roomkleurige bar met uitzicht op
roerloze palmen en een vlakke zee een verademing.

Het haar van Hella is donkerbruin en krullend. Ze strijkt
een lok weg. Haar slanke hand zou erop kunnen wijzen dat
ze muzikaal is. In de grote kamer staat achter haar, rechts tegen de muur, een gesloten piano van zwart hout. Ze heeft
lange wimpers die rond haar grote donkere ogen een zachte,
sombere schaduw werpen. De pupil van haar linkeroog is

16

loom. De wenkbrauwen zijn zwart en dun, penseelstreken gegrift op het strakke voorhoofd. Hella's oogleden zijn sterk aangezet.

In de bar: muziek, de nabijheid van de oceaan en de zoetige geur van negers. Hella danst en zingt. Het nummer dat de band speelt heet 'Marie-Thérèse' en de neger lacht tegen haar en zijn tong en verhemelte zijn roze en hij vraagt of ze met hem mee naar zijn kamer gaat.

'Daarginds,' wijst hij.

'Nee,' zegt ze. 'Ik ben getrouwd, ik ben met mijn dochtertje hier.' Hij lacht met zijn mond wijdopen. Hij schat haar leeftijd.

'Tweeëndertig. Vijfendertig.' Ze lacht en zegt: 'Negenentwintig.'

Hij kijkt verbaasd. De band speelt nu 'Black Blood'. Claire en Oscar dansen ook. Zweet loopt over Hella's voorhoofd, over haar wangen, lekt in haar hals. Ook de neger zweet. Hij wiegt zijn bovenlichaam, hij maakt soepele bewegingen met zijn handen en dan ziet ze aan zijn ogen... ze is er zeker van dat hij zich bevredigd heeft. Claire kijkt haar kant uit, Oscar ook, Claire met sombere blik, Oscar geïnteresseerd.

De zonneschermen zetten de kamer in oranje gloed. Hella's lippen gaan van elkaar en sluiten zich weer om haar sterke tanden.

Haar afkomst? Pappa en mamma?

Haar vader zou arts kunnen zijn of archivaris van het stads archief. Haar moeder was zeker geschikt geweest om conservatrice van een museum te worden. Het hout van de piano fonkelt. De zon schijnt volop. Al weken is de hemel zonder wolken.

Uit de openstaande deuren van de hal komen sportlui, in

witte kleding, die met achteloze gebaren het racket tegen hun kuiten slaan en dan buiten de schaduw van de bomen en het gebouw, op de doodse, geelbruine vlakte, heen en weer beginnen te lopen. Sommigen hebben een witte handdoek om hun hals. Ze lopen nadrukkelijk ver het land op, maken levendige gebaren, maar in het felle licht zijn hun gezicht en benen bleek en nemen ze de indruk van loomheid die over het land hangt niet weg.

Naast het huis waar Hella woont, bevindt zich het brede pad dat recht op de hal toeloopt, afbuigt en tussen twee schuttingen uit het gezicht verdwijnt. Het pad is een eigen weg die bij het bedrijf hoort en twee straten met elkaar verbindt: de Bergweg en Schoonenbergsingel.

Een jongen komt aanlopen met een ijzeren terrastafel en plaatst deze op het middenpad. Hij loopt het gebouw weer in en komt terug met een krat bier. De dames en heren, allen lid van BCA, de stedelijke badmintonclub, verdringen zich om de tafel na een uitnodigend gebaar van de jongen. Een zeer magere, lange man blijft intussen een shuttle in de lucht slaan. Het ding lijkt steeds een tijdje te blijven hangen en dwarrelt dan naar beneden.

De vlakte ligt in verblindend licht. De spelers en speelsters beginnen weer heen en weer te lopen, maken potsierlijke gebaren.

Het raam staat open. Zij hoort hen niet, wendt haar blik af. Hella wacht.

Op het gazon dat in het verlengde van het zijraam ligt, tussen de bloeiende hibiscusstruiken met lila en rode kelken, zit haar dochtertje op de schommel. Over het meisje valt dwars door de matgele bladeren zacht licht dat vertroostend aandoet.

Het meisje, in gedachten verzonken, buigt voorover, touwen in de kommen van haar ellebogen. Het haar hangt als een dicht gordijn voor haar ogen. Ze kromt zich nog meer, schopt tegen het haar, een opgerold dier dat machteloos spartelt. De schommel komt niet uit de schaduw van de struiken. Ze draagt dezelfde kleren als haar moeder: een zomerjurk van teergroene badstof die haar rug bloot laat. De wervels tekenen zich scherp af, als de nerven in een blad. Hella is ontroerd. Ze kijkt gefascineerd toe. Haar gezicht weerspiegelt zich in de tafel. Als ze dichterbij was geweest, zou ze het kind hebben aangeraakt, haar gezicht, haar schouders, haar rug.

'Yvonne?' roept ze zacht.

Hella kijkt om zich heen. Haar houding getuigt van besluiteloosheid. Dan bekijkt ze onderzoekend haar nagels. Ze geeft niet de indruk precieze gedachten te hebben. Ze wacht. In het parket, in de piano en in de mahoniehouten kast tegen de andere wand weerspiegelt zich het schommelende meisje.

Hella staat roerloos bij de tafel. De hele kamer wordt in beweging gezet. Raadselachtig. Plotseling begint het meisje te schreeuwen. Het kijkt om naar haar moeder met angst in haar ogen.

'Wat is er?' roept Hella, maar blijft staan. 'Wat is er?'

Het meisje schreeuwt: 'Een beest, er zat een beest op mijn been.'

Het meisje kijkt weer voor zich uit in de richting van de hal. Daarbinnen wordt badminton gespeeld. Applaus weerklinkt.

Hella hoort boven zich een stoel verschuiven. Ze glimlacht, kijkt op haar horloge. De hitte en de leegte buiten lijken de tijd tegen te houden. Voor wat zich in de verte afspeelt is ze onverschillig geworden. Ze glimlacht nog steeds, is zich plotseling bewust van de volgorde der gebeurtenissen. Ze probeert er verband in te ontdekken, maar gewend aan de gedachte dat ze niet logisch kan redeneren, kijkt ze opnieuw naar haar nagels die heel zorgvuldig zijn gelakt.

In deze tijd van het jaar worden er altijd wedstrijden in de hal gehouden. Gejuich klinkt in de warme lucht die plotseling de kamer is binnengedrongen.

Ze wacht nog steeds, opgesloten in het licht en de warmte. Opnieuw, maar zwakker, treft haar de beweging van de schommel in de spiegeling van de kast. Ze kijkt op, het kind maakt geen emotie in haar los.

De beweging valt samen met het geluid van voetstappen op de trap.

De tijd stroomt weer toe, ze moet haast maken, ze gaat aan tafel zitten, doet haar tas open. Haar gedrag is nu geheel afgestemd op de naderende passen. Ze begint zich heel ernstig, bijna plechtig op te maken.

Michiel kijkt vanaf de trap de kamer in. Yvonne staat voor het raam en kijkt Hella aan. Opnieuw applaus. Een wonderlijk heldere septembermiddag. De rugspieren van Hella zijn gespannen en haar schouderbladen trekken samen. Om het beven van haar vingers te verbergen, maakt ze theatrale gebaren. Hij ziet de donkere kloof tussen haar schouderbladen, hij ziet ook onder de bewegende arm de welving van haar borst. In fijne opgaande gebaren brengt ze mascara aan op haar wimpers. Het komt erop aan die gebaren zo lang mogelijk vol te houden. Hij roept vanaf de trap: 'Ik dacht dat je allang weg zou zijn.'

Uit de overvolle borders komen bedwelmende geuren. Ze slaagt er niet in haar tranen terug te dringen. Ze heeft grote zachte ogen. Ze zegt, zonder zich naar hem toe te keren: 'Ik wil helemaal niet weg.'

'Je hebt het toch afgesproken.' Hij loopt de trap af, bereikt via de kamer de tuin.

Voor de laatste keer die dag werpt ze een blik op Yvonne.

2

Als ze wegrijdt kijkt hij haar na. Dan draait hij zich om naar Yvonne. De vlakte ligt er heet en verlaten bij. Rechts van de hal, boven de bomen uit, zijn de daken zichtbaar van villa's met ingewikkeld verlopende lijnen van zolderkamers en dak- kapellen. De villa's lopen schuin op tot hoog in de hemel. Ze staan aan de Singel; er drijven zilverwitte wolken boven, klein als de hand van een man.

Hij geeft Yvonne een zet. Hij buigt zich, kijkt onder de struik, mompelt iets in zichzelf. Hij gaat snel rechtop staan omdat zijn hoofd begint te bonzen.

'Yvonne, kleine Yvonne, ik moet voorzichtig zijn, heel voorzichtig.'

'Duwen.'

'Goed vasthouden.'

'Nog hoger.'

Hij duwt haar. Met haar voeten raakt ze de takken van de appelboom. Hij bukt zich weer onder de struik. Zijn hand glijdt over het koele vochtige mos dat daar groeit.

'Gaan we fietsen?'

Hij geeft geen antwoord.

'Gaan we fietsen, pappa?' Hij komt overeind.

Michiel was achttien jaar. De stortbui maakte het plein nog kleiner. Zeildoek boven de terrassen gespannen klapperde als de wind eronder kwam. Snoeren lampen bewogen, de regen sloeg zilveren strepen op de daken. Ze wachtte op hem bij de ingang van Martins', in een donkerrode regenjas. 'Gaan we hier naar binnen? Of Regina? In Regina wordt het altijd later pas gezellig.' Hij hield van Hella. Zijn liefde voor haar zou nooit overgaan.

'Op mamma's nieuwe fiets?'

Yvonne springt van de schommel, geeft een harde zet tegen de plank die tegen de paal slaat en er zich met een slag van het touw omheen windt.

'Wacht, Yvonne, we gaan zo.' Hij loopt het huis in, rent naar boven om zijn gezicht te wassen. Als hij beneden komt, ziet hij José in de tuin zitten. Ze tuurt in de zon.

'Ik ga even met Yvonne fietsen.'

José houdt haar hoofd schuin en zegt: 'Dan ga ik gauw naar boven. Er is mooie muziek op de radio.' Ze glimlacht.

Michiel rijdt met zijn dochter in de richting van het Koetshuis. Suizend geluid van weggeslagen shuttles dat hem doet denken aan de zwiepslagen die hij vroeger als jongen met een vers afgesneden tak maakte.

Bij de tafel op het middenpad stapt hij af. In de hal wordt geschreeuwd. Hij luistert. De imbecielen, denkt hij, en doet enige passen in de richting van de deur. Yvonne roept: 'Ik kan met m'n tong bij m'n neus komen.' Hij bedenkt zich en verlaat het binnenterrein. Hij slaat linksaf. Na honderd meter is hij op de straatweg die de plaats met de stad verbindt. De daken van de huizen zijn messen die blauwe vlakken uit de hemel snijden.

3

Een smalle betonweg tussen een amfitheater van strak geor-
dende velden met uitwaaierende tractorsporen, trillend, heel
recht en zonder bomen. Na geruime tijd nadert een auto. Er
is geen ander verkeer. Uit opgestoken aardappelloof stijgt
grijsblauwe rook omhoog. De hemel heeft de tint van wilde
campanula's die in overvloed op de brede bermen groeien.
Voor zover het oog reikt, de donkere lijnen, rondom, van de
heuvels. Daar is de lucht, door de weerkaatsing, van een
somberder blauw. Bomen staan plompverloren in het landschap, geven misschien de loop van een oude hessenweg aan,
zonderling overblijfsel, teken dat daar mensen langsgetrok-
ken zijn. (De woorden van Michiel. Hij heeft soms treffende
uitspraken, maar hij kan geen betoog ontwikkelen.)

Rechts, waar paden van de berm af weglopen naar drie
kleine plateaus, omgeven door bomen met afgeknotte toppen zodat ze de indruk wekken met groene muilen in de lucht
te bijten, hangt heel laag en roerloos een dichte wolkenmas-
sa. Een zwerm vogels vliegt op en begint eromheen te cirke-
len. Prehistorische grafheuvels. (Maakte Michiel niet eens de
opmerking: Mensen laten altijd sporen na in het landschap,
onuitwisbare sporen.)

De auto verdwijnt, komt weer tevoorschijn. Onder de zon
wacht het land in trillende spiegeling en Hella voelt zich een

indringster. Het licht slaat bleke kraters in het landschap.

Een kleine auto, metaalgrijs als de wolken, en de vogels die in steeds wijdere bogen afstand van de wolk nemen.

Flauwe bochten. Het is of bij iedere kromming een decorstuk wordt weggereden en een ander landschap zich voor haar opent, alsof achter haar een deur wordt gesloten, als reed ze in compartimenten.

Haar gedachten zijn op niets gericht, maar Hella beseft dat ze met ongewone oplettendheid, hoewel onberoerd, het omringende landschap observeert. Door de knikkende velden is de afstand onmeetbaar. Hella ondergaat de attractie van de enorme ruimte. Het land stroomt onder haar weg. De auto staat stil. Ze beschermt zich met haar handen tegen de onverwacht schuin invallende zon, kijkt op haar horloge.

Ze is nog geen kwartier onderweg, kan dat niet geloven. Misschien heeft ze ongemerkt heel langzaam gereden. Ze rijdt het dal in dat diep voor haar ligt. Een leeg stil landschap staart haar aan; rond de wijzerplaten op het dashbord verschijnen bewegende, glinsterende ringen. Hella ondergaat dezelfde sensatie van lichtheid, angst en verrukking die ze zich herinnert van toen ze als klein meisje was weggelopen, op zoek naar het huis waar de heks Baba Jaga woonde van wie haar moeder haar zo vaak had voorgelezen...

Waarom heeft ze niet de weg door de stad genomen? Ze reed toch de Bergweg af, dan links en onmiddellijk weer links. Dan kom je op de straatweg, die ze altijd neemt. Maar ze had Henk van Dijk zien staan die zich met lome, grote passen van de brievenbus verwijderde, was toen rechtsaf geslagen en de Singel opgereden om hem te groeten. De Singel kwam met veel bochten op de rondweg uit die langs de noordkant van de stad liep. Ze denkt: De 'ongeschikte' moeder die zich herkent in die andere 'ongeschikte'?

Ze drukt het gaspedaal in, verdoofd en woedend over deze leegte om zich heen, leegte die elk moment kan volstromen. De wind fluit scherp langs het openstaande raam. Ze zet de radio aan, luistert naar David Bowie, draait de muziek weg, zet de radio uit. (Elke daad draagt in zich een dubbele betekenis. Een speelse en een ernstige. Wanneer had Michiel dat gezegd? Zulke opmerkingen maakte hij de laatste tijd niet meer.) Ze verbaast zich over de verlatenheid, over de vreemd blauwe weerspiegeling van de hemel op de weg. Ze rijdt nog sneller. Ze kan zich niet herinneren dat het land zo'n diepte suggereerde, zo'n volkomen stilte, die strakheid van lijnen.

'...Kijk nou... zo... ik schrijf het woord nog een keer op.' Hella schrijft 'park'. Het jongetje kijkt haar met grote, verbaasde ogen aan. 'Heb je goed naar het woord gekeken?' Hij knikt. Hij kijkt naar het woord en dan naar Hella. Ze laat hem nadenken. Ze bedekt het woord met haar hand.

'Schrijf 't nou 's op.'

Hij schrijft. Hella kijkt het kamertje rond waar het hoofd van de school ouders ontvangt. Wandplaten. Staande reclamekalender van tandhygiëne. Ze ziet het woord dat hij geschreven heeft. Hella krijgt tranen in haar ogen.

'Prak.'

'Kijk dan, zó!'

Ze laat haar woord zien. Ze is verbaasd over haar geduld. Ze zou nog uren willen doorgaan om dit onbekende jongetje dat woordbeeld bij te brengen; waarom kan hij dat zo simpele woord niet schrijven? Wat is dat voor vreemde chaos in dat kleine hoofd!

Zo stelt ze zich voor dat ze eens met kinderen bezig zal zijn. Remedial-teaching.

Ze ziet voor zich op de weg een glanzende vlek. Olie? Ze remt af, rijdt om een aangereden hond heen. Ze stopt. Haar gezicht gloeit. Ze stapt uit. In het trillende licht geeft de hond de indruk te hijgen van hitte en vermoeidheid. Zijn tanden liggen bloot. Het is of de ademhaling buiten het dier is, rond het dier. Het land ademt, wordt levendiger en de hond krijgt een doodser aanblik.

Ze kijkt om zich heen. Haar blik stuit aan weerskanten op de hellingen die steeds steiler worden en waarover haastig wegschietende schaduwen van vogels glijden.

Ze rijdt verder, zet in een automatisch gebaar de radio opnieuw aan, draait hem onmiddellijk weer uit. Aan de grens van haar blikveld, aan de linkerkant van de weg, verschijnt dan een donker vlak. Lege ruimte buigt zich er vloeiend omheen. De plek komt snel dichterbij. De auto bereikt het diepste punt. Een groep beuken werpt zijn schaduw over de weg tot op het land. Ze rijdt een gehavende parkeerstrook op, brengt de auto tot stilstand voor een half uit de grond gerukte kilometerpaal. Ze verdringt een verwarrende opeenvolging van beelden waarin de scène in de kamer centraal staat, door de radio zo hard mogelijk aan te zetten. Ze gaat verzitten, zet de radio uit, achter haar ogen komt een moe gevoel opzetten. De wolken drijven heel hoog, de vogels vliegen er ver onder, de velden roken en de heuvels staan in brand.

Ze opent het portier, maar als ze dikke pekribbels ziet tussen het gras dat daar bruin verbrand is, trekt ze de deur dicht. Onder de bomen staat een picknicktafel. Een vuilnisbak hangt scheef aan een ijzeren post. Daarnaast staat op wielen een schaftkeet van de Gemeentelijke Dienst, die lijkt achtergelaten. Ze haalt diep adem, strekt haar benen, pakt uit haar tas de mascara en begint zich in de achteruitkijkspiegel op te maken.

Ze zegt: 'Ik ben nog mooi.'

Ze herinnert zich dat op de picknicktafel een plastic beker stond. Ze kijkt. Er staat inderdaad een beker. Hij is tegelijk dichtbij en oneindig ver. Ze kan in de beker kijken, ze ziet de binnenkant, het is of de dingen zich van de andere kant laten zien. Onder de bomen hangt groene schemer. Een gevoel van verlatenheid overvalt haar. Ze heeft er spijt van dat ze niet is doorgereden. Het landschap bespiedt haar, ze bergt de mascara op, drukt de koppeling in, kijkt in de spiegel en even weet ze niet zeker of haar ogen werkelijk zien wat ze waarnemen.

Op het moment dat de dreiging het hevigst is, trekken haar spieren zich samen; ze krijgt pijn in armen en benen, is een ogenblik helemaal verlamd. De motorkap glimt, de bomen spiegelen zich erin, haar gezicht is krijtwit, haar benen ijskoud. Het land roestrood, wankelt, de heuvels deinen loom. Haar blik blijft gefixeerd op de spiegel.

De man kijkt haar aan. Zijn haar is kort en stug en in het midden gescheiden, heel strak gekamd, aan de zijkanten opspringend. Een dunne, roodverbrande nek, gezicht zonder lippen. Lichte ogen die niets uitdrukken, die nooit wat uitdrukten. Gespannen huid rond neus en mond.

Ze herinnert zich een droom. Ze deed boodschappen in het nieuwe overdekte winkelcentrum. De schuifdeuren gingen open, sloten zich achter haar. Ze meende iets vergeten te hebben, wilde teruglopen naar de auto op de parkeerplaats. De deuren gingen niet open. In dodelijke stilte trok een stroom mensen langs haar heen. Ze keken en wezen op haar. Ze was naakt.

Ze sluit de ogen. Als ze opkijkt is hij uit de spiegel verdwenen. Zijn schaduw valt over de autokap. Hij staat naast het portier. De zon spartelt in de hemel, bezig zich te ontbinden.

Een waas is als cellofaan over de vlakte gespannen die onnatuurlijk aandoet met zijn strak afgetekende velden, omlijst door de somber dansende lijn van de heuvels.

Ze bevindt zich midden op de weg, achter hem aan steekt ze de weg over. Hij kijkt niet om, is er zeker van dat ze hem zal volgen. Er loopt een spoor van platgetreden gras. Om haar heen, in de minste wind, buigen de grasstengels. De tijd verstrijkt niet. Een vogel op een tak doet zijn bek open zonder dat er geluid uit komt. Hij loopt sneller, zij versnelt haar pas. Ze komen uit de schaduw van de bomen. Hij draagt tenniskleding, zijn gymschoenen zijn in het gras onmetelijke bleke torren.

De wolk hangt zilverkleurig en heel hoog en in kantelende banen zon, door het gebladerte heen bewegen gouden zomermuggen.

Hij houdt stil bij een donkerrode sportwagen, onzichtbaar vanaf de weg. Ze herinnert zich de auto. Ze herinnert zich ook wat mamma altijd zei als Vreise de straat kwam inrijden: 'Waar doet hij het van?'

4

Hella zat een klas lager, was altijd omringd door jongens, kwam in dezelfde cafés op het plein als hij en wist van zijn bestaan niet af.

De school had aan één zijde van de gang diepe nissen die dienst deden als garderobe. Vanuit die nissen keek je in de lokalen. Hij kende haar rooster uit het hoofd, verzuimde lessen en keek, verborgen achter jassen, naar Hella. Maar de gedachte kwam niet in hem op dat ze ooit zijn meisje zou worden. Hij was onopvallend, schreef niet in de schoolkrant, blonk niet uit in sport en liep altijd in het spoor van leerlingen die meer prestige hadden.

Toen Michiel Wijlhuyzen eindexamen deed, wist Hella nog niet dat hij, in zijn gedachten, de smaak van de dunne laag transpiratie op haar oogleden al geproefd had.

'Lekker weer, hè, hoe vind je het voor op de fiets? Pas op dat je voeten niet tussen de spaken komen. Yvonne, je hebt...'

'Mooie ogen.'

'Draai je hoofd 's om?'

Ze schudt haar hoofd terwijl ze zich over het stuur buigt.

'Draai je hoofd 's om?'

Ze kijkt hem lachend aan. Hij trekt het hoofd van Yvonne naar zich toe en kust haar op de mond.

'Gaan we ver fietsen?'

'Ja.'

'Naar opa?'

'Nee, langs de spoordijk, we gaan naar de treinen kijken.' De braamstruiken in de berm bloeien voor de tweede keer dit jaar. Insecten zijn druk in de weer. Ze komen langs een maïsveld. De kolven worden al geel. De hemel is dun en blauw met kleine glinsterende wolken. Hun gezichten gloeien.

'Kijk 's?'

Ze kijkt om en hij kust haar snel op de ogen. 'Ik wil terug naar huis.'

'Naar José?'

'Nee, naar mamma.'

'Mamma is niet thuis.'

'Is mamma de hele dag weg?'

'Een paar dagen.'

'Een paar dagen.' Ze doet een poging zich die tijd voor te stellen.

'José is toch lief.'

'Nee.'

'Is José niet lief?'

Ze geeft geen antwoord. 'Je mag op mijn zadel zitten.' Michiel stapt af. 'Goed vasthouden. Vind je het fijn? Zal ik loslaten?'

'Nee!' Yvonnes angstige gezicht. Haar grote bruine ogen net als die van Hella.

'Je bent net mamma. Weet je wat het mooiste van jou is?'

'Mijn ogen.'

Op een avond was hij Hella door de stad gevolgd. Voor het nog lege terras van Regina had hij haar aangesproken. Later zei ze: 'Ik was helemaal niet verbaasd. Ik heb op school ook wel eens naar jou gekeken.' Ze dronken wijn op het terras, de wind bewoog de vlaggen op het dak van Martins', de bussen, met verlichte ramen, reden geruisloos het plein op. Veel jongens en meisjes die hij kende. Vooral via Id. Overal mensen. Uit Georges jazzcafé kwam muziek. Hij vertelde Hella over zijn plannen. De hemel glansde. Geluiden van taxi's. Alles telde voor hun liefde. Een jongen dook op uit de menigte, mooi om te zien, wantrouwende blik, onrustig: Id.

Michiel stelde hem aan Hella voor. Hij had één broer. Over die broer viel zoveel te vertellen. Op Id was hij trots. Tegen Id zag hij op.

'Id? Leuke naam. Van Eddy?'

'Nee, het heeft erg lang geduurd voor hij "ik" kon zeggen.'

Daarna waren er avonden geweest dat Michiel met Hella uitging, maar liever met Id de stad was ingegaan. Weer later liepen ze vaak samen door de stad: Id, Hella en Michiel. Id haalde een losse sigaret uit zijn zak. Hella zei dat hij te veel rookte. Michiel rookte toen al niet meer.

Ze gingen naar Martins'. Iedereen kende Id. Men riep zijn naam. De stad gromde. Hella, rêve de jeunesse.

Zoals Id leefde, zonder enige orde, zonder vast adres...

Een man van tweeëndertig die sinds kort niet meer drinkt, fietst met zijn dochter. Hij fietst zo hard mogelijk om zijn conditie te testen.

'Harder,' roept Yvonne, 'harder.' Het zweet loopt langs zijn hals. 'Niet naar huis, niet naar José.'

'José is toch lief,' hijgt hij.

'Mamma vindt José niet lief, mamma wil dat José weggaat.' Hij denkt aan Josés belangstelling voor hem.

Hij rijdt een steile weg op in de derde versnelling, hij heeft nog uithoudingsvermogen. Hij is nog niet oud. Hij streelt Yvonne, denkt aan Hella, houdt niet op aan haar te denken. De trui die ze droeg toen ze gingen dansen in Tiffany, een rode trui. Ze werd de wilde boskat genoemd. Als Hella danste, vergat ze zichzelf. Met háár ergens binnenkomen, betekende dat ze alle blikken tot zich trokken.

Daarna een baan, 's avonds studeren. Zijn vader en moeder sterven kort na elkaar. Hella en hij gaan in zijn ouderlijk huis wonen.

Hoog in de lucht zweeft een lichtgroene ballon. Vol zon.

'Pappa, ik wil ook een ballon.'

'Ik weet niet waar je ballonnen kunt kopen.'

'Ik wil een ballon.' Hij herinnert zich kinderen die hij straks met een ballon uit de boekwinkel zag komen. Maar hij koopt geen boeken meer. Ze rijden de winkelstraat in. Hij gaat de winkel binnen en koopt het eerste boek waar zijn oog op valt. *Verhandeling over de desillusie* van François Bott. Hij slaat het boek open: Moderne maatschappijen inspireren ons tot snelle ouderdom. Daarom vult het leven zich met sombere melancholie.

Yvonne krijgt twee ballonnen aan een koperdraad. Ze fietsen in noordelijke richting. Op de hoek van Straatweg en Singel stapt hij af. Henk staat bij de brievenbus. Hij draagt een cowboyhoed en kijkt naar de verkeerschaos op de Singel. Hij houdt van auto's, hoe meer, hoe beter. Hij noteert op lange vellen papier de autonummers en thuis op zijn kamer schrijft hij ze 's nachts netjes over in een schrift. Omdat zijn handschrift ten slotte heel lelijk wordt, begint hij ze opnieuw over te schrijven in een ander schrift. Intussen groeit de nieuwe voorraad autonummers snel aan.

Half op de trottoirs staat aan beide kanten een aaneengesloten rij geparkeerde auto's. Een file beweegt er zich langzaam tussendoor.

'Heb je er al veel, Henk?'

'Ja,' roept hij. Hij zegt alles roepend alsof je een heel eind van hem vandaan staat. Yvonne kijkt hem verlegen, van opzij aan. Ze ziet dat er iets met hem aan de hand is.

Henk woont in de derde grote villa, links van de Straatweg gerekend. Hij noteert het nummer van een witte Matra.

'Allemaal dure auto's, Henk.'

Henk kijkt voor zich heen, dan zegt hij plotseling: 'De sporthal is verkocht.' Zijn stem is zwaar, mannelijk. Hij heeft tranen in zijn ogen. 'Dan is het gedaan met al die auto's hier.'

'Hoe weet je dat de sporthal verkocht is?'

Hij geeft geen antwoord, leunt tegen de brievenbus, staart triest glimlachend naar Yvonne.

5

Heel klein klimt een auto tegen de steile helling op, laat langzaam het landschap achter zich, dat wijder wordt. De wolk is bijna opgelost, verstrooid in nauwelijks zichtbare dampslierten. De eerste bomenrijen, de bossen. Vogels vliegen zonder hoorbare vleugelslag, laten zich afdrijven in een donkere zwerm, lijken roerloos in het licht van de zon die recht op de weg valt, zonder stralen.

Dan wordt de auto door een beboste uitloper van de heuvels aan het oog onttrokken. Boven de bomen steekt een groot rad uit, met roodverlichte spaken. Het rad draait. De auto komt weer tevoorschijn. Ze was al zo lang van plan geweest om met Yvonne naar de speeltuin te gaan. Ze zal pappa vragen of hij meegaat, of hij foto's van Yvonne wil maken. Michiel maakt nooit foto's. Over een paar minuten zal ze bij haar vader zijn.

Scherp ziet ze de vertrouwde tuin voor zich.

De grote ovale vijver waarop houten schijven drijven. Als meisje sprong ze via die 'steppingstones' – zoals mamma ze noemde – naar de overkant en voelde zich Eliza uit *Uncle Tom's Cabin*.

Mamma schreeuwde van angst. Pappa zweeg. Achter de vijver lag een talud met beplanting; aan de zijkanten, waar de tuin aan die van de buren grensde, hoge palissades; daarvoor ook struiken. Hoe vaak had ze vanuit een onzichtbaar hoekje pappa en mamma op het hogergelegen terras niet gadegeslagen? Om iets te ontdekken van hun samenleven, van hun leven? Om ze te betrappen op een teder gebaar? Maar als mamma niet krijste, zweeg ze, schouderophalend, met vertrokken mond.

Soms stond mamma opeens op: 'Waar is Hella? Hella! Hella! Philip, ga jij dan eens kijken. Ik sta overal alleen voor.'

Dan kroop Hella dichter tegen de vochtige palen, snoof de zware geur van rottend hout en blad op. Maar Claire? Waar was zij altijd? Claire zag ze nooit. In Hella's leven was Claire of te klein of te groot geweest. Maar altijd afwezig. Ze had eigenlijk geen zusje.

Soms stond mamma plotseling op, schopte tegen de vuilnisemmer die naast de keukendeur stond, net zo lang tot hij omviel. Pappa keek strak vanaf het terras Hella's richting uit. Dacht hij aan de gekneusde tenen van mamma? Zag hij Hella zitten?

Ze rijdt de heuvels in. Een holle weg, tunnel van takken, gordijn van bomen. Dan ligt de weg al gauw op gelijke hoogte met het omringende land. Links alleen bos, rechts heeft het bos plaatsgemaakt voor een woonwijk, verloren aan de rand van de stad. Een afgeplakt richtingbord. De laatste kans om af te slaan en terug te keren is verkeken. Benzinepomp van Fina. Een verlaten restaurant waar ze vroeger Michiel ontmoette. Hier fietste ze als ze uit school kwam, met een vriendje. Dezelfde stilte, dezelfde warmte als toen. Er is niets bijgebouwd, niets veranderd. Het was toen wel later in het jaar. De bomen waren kaal en er hing mist tussen. Met wie fietste ze daar? Niet met René Cambron. Met Gerard Versloot? Ze kan het zich niet meer herinneren. Jongens van het Oremusplein. Er waren er zoveel.

Lange straten die er allemaal hetzelfde uitzien en met flauwe bochten naar beneden lopen. De derde straat links slaat ze in. Ruime voortuinen. De Oremusstraat is leeg vanwege de warmte. Huizen in blokken van twee. Dan splitst de weg zich om een park met platanen heen. Ze parkeert de auto. Ze stapt uit. Naast het huis van haar ouders woonde vroeger de familie Vreise. Hij was ambtenaar op het stadhuis, hoofd van een afdeling, maar daar kun je nog geen bokkensprongen van maken. Om zijn auto stonden altijd de jongens van de straat.

Hella loopt snel het pad op naar de voordeur. In het spiegelglas van de ronde erker zijn de planten uitgeschoten en bleek. Ze kijkt door het raam en ziet pappa op het terras. Zijn hoofd hangt schuin, zijn mond hangt iets open, zijn onderlip is naar voren gestulpt als vormt hij juist een woord, zijn ene hand houdt hij gebogen alsof hij de krant die op de grond gegleden is nog vasthoudt. De andere arm hangt over de stoelleuning, met de palm naar buiten gekeerd.

Pappa heeft op haar gewacht. Hij is door het lange wachten in slaap gevallen. Ze zullen praten over Yvonne, over Michiel en dan zal ze niet meer weten wat ze zeggen moet. Over Conny zal hij het niet met haar hebben. Er zal misschien aan de voordeur gebeld worden en hij zal zeggen: 'Wie is dat nou weer?' Alsof er voortdurend gebeld wordt. Het zal altijd de buurman blijken te zijn die nu in het huis van Vreise woont. Hij komt de postzegels brengen van de ruilbeurs.

'Spaart deze buurman ook postzegels?'

'Ja, kindje,' zal hij tamelijk verwonderd zeggen.

Zijn blote rug is roodverbrand. Hij komt haar als een vreemde voor. Het is ook of ze de onvolmaaktheid van haar eigen leven in die roodverbrande huid ziet. Ze kijkt ontdaan naar hem. Het beeld van pappa, zorgvuldig opgebouwd, is al vernietigd. Het lijkt of ze in een andere tijd op de een of andere manier met hem verbonden is geweest.

Hij knikkebolt, hij draagt een groene zonneklep.

Het huis van de buren ligt een meter lager. Als kind liep ze op de rand van de stenen muur die de beide grindpaden scheidt, en trachtte het evenwicht te bewaren. Om pappa niet te laten merken dat ze er al is, loopt ze als vroeger over de smalle rand. Na enige meters staat ze plotseling stil. Het lijkt of Vreise haar aankijkt. Achter hem besproeit Klooker, de nieuwe buurman, het gazon. Vreise draagt tenniskleding. Maar zijn schoenen zijn nu zwart. Hij is lang en steekt ver boven Klooker uit. Ze ziet de scheiding in zijn haar en de bleke hoofdhuid.

Ze staat halverwege de muur, ze herinnert zich Vreise... maar ze is getrouwd, ze heeft niets met hem te maken. Ze kan zijn blik weerstaan. Hoe oud was ze toen?

Het is in ieder geval erg lang geleden. Vreise is nu niet ver van haar af, maar hij staat een meter lager en pappa is vlakbij en de vrouw van Klooker is naar buiten gekomen.

Ze heeft nooit begrepen waarom haar ouders zo wegliepen met die Vreise. De scheiding in zijn korte stugge haar is stuitender dan ooit. Ze is minder dan drie meter van het terras verwijderd waar pappa van de zon geniet. Ze wendt haar blik af en wil verder lopen.

Dan hoort ze Klookers stem: 'Gaat u uw vader bezoeken?' Hella blijft staan. Vreise is verdwenen. De nieuwe buurvrouw staat naast haar man, lang en bleek. Ze kijken Hella aandachtig aan.

'Ja...'

'Uw vader geniet de hele dag van de zon. Hij krijgt er niet genoeg van. Om zich heen heeft hij altijd een stapel boeken staan.' Ze doet een stap naar voren. 'Hoe gaat het met uw dochtertje?'

'Heel goed, ze is thuis bij mijn man.'

Klooker zegt: 'Ik zie uw vader 's morgens al vroeg met zijn boeken naar buiten komen, maar hij komt niet tot lezen.'

'Hij geniet van de zon.'

Hella kijkt naar het witte ooghaar van de vrouw. Uit afkeer dwaalt haar blik over het nieuw ingezaaide gazon. De vrouw zegt: 'Ik ben bang dat er niets van terechtkomt met deze droge hitte. Ze zeggen dat je niet in de volle zon moet sproeien.'

Hella denkt: Dat geldt toch alleen als er al gras boven de grond staat.

Als kind probeerde Hella op deze rand het evenwicht te bewaren en ze stelde zichzelf de eis om de weg opnieuw af te leggen wanneer ze het niet haalde.

Ze staat nog steeds stil, kijkt naar het zanderige gazon en heeft een vaag besef van gemis, van iets verdrietigs. Die eis bleek altijd te zwaar; het was dan onmogelijk om thuis te komen. De muur gaat ter hoogte van het terras over in een taxushaag. Ze begint weer te lopen, maar nu op het grind. De hitte en de scherpte van de keien dringen door haar voetzolen. Dan kijkt ze vertederd. Ze loopt het terras op en met haar gewone hartelijkheid die voor haar gevoel altijd iets kunstmatigs heeft, begroet ze hem.

Hij zegt: 'Ik zag dat je de auto parkeerde.' Hij trekt de zonneklep iets op, kijkt omhoog. Zijn hemel moet groen zijn.

6

Vader en dochter kussen elkaar.

'Je zou om vier uur hier zijn.' Hij heft zijn arm op, vitaal, kijkt op zijn horloge, ziet dat het tegen vijven is.

'Hoe laat is het dan?'

Hij heeft zijn arm nog steeds geheven, niet alleen om naar zijn horloge te kijken, ook om duidelijk te maken dat hij die arm in zijn macht heeft, dat hij niet heeft geslapen. Hij zal nooit kunnen toegeven dat zijn arm daarnet machteloos neerhing over de leuning van zijn stoel, met de handpalm naar buiten.

'Bijna vijf uur.'

'Pa, je zat te slapen, schaam je maar niet. Waarom zou je je schamen als je in de zon in slaap valt?'

'Je zei dat vier uur een moment was dat je schikte.'

'Ik dacht dat ik eerder wegkon.' Hella heeft er moeite mee zich voor te stellen waarom ze niet eerder wegkon. De herinnering aan het vertrek is weggezonken in het oranje licht van de zonneschermen of in het witte licht van de vlakte.

'Je hebt toch niet op me gewacht. Je zit hier lekker in de zon. Het is toch niet erg dat ik iets later kom.' Ze beheerst haar ergernis. Toen mamma nog leefde was zij het die daar opmerkingen over maakte. Hij heeft het van haar overgenomen. Hij loopt op haar toe.

'Je hebt een striem over je gezicht. Wat is er met jou gebeurd?'

'Een striem. Een hond vloog me aan. Ik dacht dat hij dood was. Hij lag op de weg. Ik haat honden.'

'Aangereden waar?'

'Oh, bij de afslag.'

'Kindje.'

Hij gaat thee zetten. Een rijzige man. Ze kijkt naar zijn ontblote bovenlichaam en zegt met een stem waaruit de bezorgdheid van oudste dochter spreekt: 'Je bent helemaal verbrand, daar zul je vannacht wel last van krijgen.'

Dan schuift hij een tafel bij. Hij schenkt thee in, hij heeft heerlijke gebakjes van het Oremusplein. Uit de schaduw van de taxushaag komt een tijgerkat naar haar toe.

'Pa,' zegt ze lachend, 'wat is Pom dik, je bent veel te goed voor hem.'

Tegen de muur van de fietsenschuur, in de zonnige border, rekt de poes zich uit, knippert met zijn ogen.

'Ook luxafelist,' zegt Hella's vader.

'Hè!'

'De poes. Een echte luxafelist.'

'Ik begrijp het niet.' Ze denkt: Het is een woordspeling of een curieuze associatie van woorden. Waarom ken ik geen Latijn?

'Zonaanbidder.'

Ze begrijpt het nog niet.

'Luxa is licht.' En pappa is filatelist. Zo heeft hij dit nieuwe woord gemaakt. Ze lacht maar ze vindt het helemaal niet om te lachen. Ze wordt gedwongen iets leuk te vinden dat ze zonder uitleg niet eens begreep. 'Ik zit erover te denken om andere tegels op het terras te nemen.'

'Dat moet je dan ook eens doen. Weet je dat mamma je dat al zo vaak gevraagd heeft?'

'Witte en rode, in een soort motiefje. Ik loop al lang met die gedachte rond.'

'Waarom doe je het dan niet! Je hebt alle tijd, je kunt het hier nog veel aardiger maken. Waarom koop je geen bloembakken?'

Bij de buren klinkt muziek. Hij ziet de ritmische bewegingen die de voeten van Hella maken. Hij houdt niet van dansmuziek.

'Michiel houdt van deze muziek.'

'Michiel?'

'Jij denkt dat hij helemaal niet van muziek houdt.' De buurman sproeit zijn tuin. Dan komt er nog slechts een troebele, roestige straal uit. Hij komt met de tuinslang hun richting uit: 'Ik geloof dat de druk is weggevallen.'

Hella is benieuwd wat haar vader gaat zeggen.

'De gemeente had eerder moeten overgaan...'

Er komt plotseling weer water uit de slang. Wat hij zegt gaat verloren in een verschrikte uitroep van de buurman. Pappa was van plan een heel redelijk antwoord te geven. Pappa is altijd redelijk. Hij argumenteert. Daarom kan hij goed met Oscar opschieten.

'Had je de buurman al gezien?'

'Ja. Ik heb even met hem gesproken. Jij lag toen nog lekker te slapen.'

Hij trekt zijn mondhoeken op. Hella gaat staan. 'Ik wil graag even douchen.'

'Ik heb je tas al op Claires kamer gezet. Het is de enige kamer waar een logeerbed staat.'

Hella gaat nog niet naar boven, maar loopt de tuin in. Gebukt ruikt ze aan witte miniroosjes.

'Ze bloeien de hele zomer, hè?'

'Er zaten al bloemen aan toen je naar Kenia ging.' Ze gaat

rechtop staan, ziet dat hij naar haar kijkt. 'Ik kreeg weer een brief van Claire en Oscar.'

'Weer ?'

'De tweede deze week.' Hij staat op om de brieven te halen. Ze kijkt naar de huid van zijn blote bovenlichaam. Ze vindt het niet prettig hem zo te zien. Hella denkt: Claire schrijft aan pappa en ik mag de brieven ook lezen. Hij komt terug met de twee brieven. Hij zegt: 'Het zal voor Oscar niet meevallen om hier aan de slag te komen.'

'Ze zouden voor Oscar toch een plaats openhouden in het ziekenhuis?'

'Er is een wachtlijst. Er zijn zoveel afgestudeerde artsen.'

'Mamma krijgt dus nog gelijk.'

'Mamma?'

'Ze heeft gezegd dat er na drie jaar Kenia wel eens een andere tijd zou kunnen zijn. Je kunt niet ongestraft zo lang weggaan en dan nog carrière maken.'

'Heeft mamma dat gezegd?'

'Ja, ze had ook het voorgevoel dat ze hen nooit zou terugzien.'

Hij denkt na en zegt aarzelend: 'Heeft mamma dat gezegd? Mamma had vaak gelijk.' Hella kijkt hem verbaasd aan.

'Ik heb van Claire nooit begrepen waarom ze niet is overgekomen voor de crematie van mamma. Achteraf misschien wel, maar op dat moment niet.'

'Dat je het achteraf wel begrijpt, bewijst dat ze niet had moeten komen.'

'Je had haar toch graag bij je gehad.'

'Natuurlijk, kindje. Op dat moment. Maar wat denk je van de kosten? Oscar heeft het haar ook afgeraden.'

'Je hebt maar twee dochters.'

Hij kijkt door zijn klep tegen de zon in en zegt: 'Mamma is erg goed voor jullie geweest.'

Claire heeft altijd op deze kamer geslapen. Op de deur hing een kaartje: *Verboden voor Hella*, afgebiesd met blauwe guirlandes. Hella kan zich niet herinneren ooit op deze kamer geweest te zijn. Op de vensterbank staat een plastic bak met ficusstekken; onder de vensterbank een bed; tegen de muur naast het raam een wandmeubel, opgehangen aan grijze strips. Het raam staat open, het gordijn is half dichtgeschoven. Ze ziet dat Klooker nog steeds het gazon besproeit; zijn vrouw ligt op een stretcher in de zitkuil. Het dak van de fietsenschuur belemmert haar in de tuin van de buren rechts te kijken.

Pa zit op het terras. Wat is hij verbrand! Ze herhaalt: 'Mamma is erg goed voor jullie geweest.' Ze begint zich uit te kleden in deze kamer, zo ver mogelijk van het raam af. De gordijnen laten veel licht door. Als ze helemaal naakt is, schaamt ze zich plotseling.

Recht tegenover deze kamer ligt de badkamer. Ze moet de overloop oversteken. De afstand is misschien drie meter. Achter de deur hangt een lila kamerjas, ze trekt hem aan, doet voorzichtig de deur open, loopt over het koele zeil. Het ruikt naar verf. Pappa gebruikt een deel van de vakantie altijd om een van de kamers, of de hal, of het trapportaal te verven. Na vijf jaar was hij dan het hele huis rond geweest. Hij was erg precies, deed er erg lang over. In de zomer moest je op de overloop altijd over kartonnen platen springen. Het trapportaal was het moeilijkst. Dan zette hij de trap tegen een van de hoogste treden en dan schuin, erg schuin tegen de muur. Hij liep met een pot verf de trap op en dan stond mamma altijd onderaan de trap te schreeuwen. Wat ze moest beginnen als hem iets overkwam. Ze stond toch al alleen voor de opvoeding. Claire was nog klein en Hella was niet gemakkelijk. Was ze niet gemakkelijk? Ze herinnert zich alleen dat mamma haar alles uit handen nam. Mamma maakte uittreksels voor het eindexamen, mamma maakte opstellen.

Hella staat lang onder de douche. Het warme water uit de boiler is op. Ze droogt zich af en in de lila kamerjas loopt ze terug. Ze gaat in de kleine kamer vol zonlicht op bed zitten, steekt een sigaret op. Een gevoel van uitputting overvalt haar. Ze drukt haar vingers zo hard mogelijk tegen het bot boven haar ogen om de hoofdpijn en duizeligheid terug te dringen. Dezelfde gevoelens die ze heeft vlak voordat ze ongesteld wordt. De lichamelijke pijnen zetten niet door, lossen zich op en wat ervoor in de plaats komt is een eenzaam, neerslachtig gevoel. De brief van Claire ligt op tafel. Op de grond staat de weekendtas die pa voor haar uit de auto heeft gehaald.

Ze ligt achterover op bed te roken. Dan drukt ze haar sigaret uit in de bak met ficusstekken. Wat had pa nog gevraagd? Of ze door de stad was gereden? Ja, door de stad. De weg om de stad heen is trouwens afgesloten, zei hij. Ze maken nieuwe afritten, of opritten. Nieuwe afritten? Ja. In verband met de nieuwe brug over de rivier. Ze ziet het verband niet. Ze verbeeldt zich de stilte van het dal, tastbaar als de krankzinnige vogel op de tak.

Ze begint zich op te maken, kleedt zich met zorg aan. Ze voelt zich iets beter.

Op de overloop ziet ze dat de deur van pa's slaapkamer openstaat. Op de plaats waar mamma sliep ligt geen hoofdkussen. In plaats daarvan stapels boeken, kranten, tijdschriften, een blocnote. Aan weerszijden van het bed twee nachtkastjes. Tegen de muur aan mamma's kant hangt boven een

45

ovale tafel een spiegel. Op de tafel staat een kinderservies van gekleurd glas. Hella trekt een la open, vindt het bijouterie-doosje; de broches en de halskettingen roepen precieze herinneringen op aan de jurken die mamma droeg. Er is een collier van gitten kralen. Ze doet het voorzichtig om haar hals. Het staat mooi. Ze heeft een witte bloes aan met wijde kraag. Ze ziet dat het heel goed staat. Ze hoort dat pappa de kopjes op-ruimt en iets in de vuilnisbak gooit.

Hij roept onderaan de trap: 'Ik ga de auto halen. Ik heb in de stad een tafel gereserveerd.'

Ze kan geen woord uitbrengen.

'Hella.'

'Ik ben bijna klaar.' Ze staat op de overloop.

Hij trekt de voordeur open en dan roept ze: 'Pap?'

Ze loopt een paar treden de trap af, bukt zich voorover. Hij kijkt naar boven.

'Kun jij je nog voorstellen dat ik een jaar of tien was, of twaalf.'

Ze ziet zijn wenkbrauwen omhooggaan, hij begint na te denken.

'Een meisje van tien? Ja, zo'n beetje, toen woonden we hier al.'

Ze kijkt hem aan.

'Waarom wil je dat weten?'

'Zomaar, het kwam zomaar in me op. Was mamma toen ik een jaar of tien was ook al zo dik? Ging ze in die tijd nog met ons wandelen?'

'Ik kan me helemaal niet meer herinneren dat mamma met jullie wandelde.'

'Ze ging toch met ons naar de speeltuin en naar het dal!'

Hij kijkt haar aan. Ze ziet dat hij een licht kostuum aan-heeft.

'Mis je mamma?' vraagt ze.

'Nee.' Verbazing verschijnt in zijn ogen.

'Denk je nooit aan haar?'

'Nee.'

'Waarom had mamma de laatste jaren altijd haar haar geverfd? Lichtpaars of bleekgroen, met allemaal kleine krullen?'

'Daar is ze een keer mee begonnen. Ze ging elke week naar de kapper.' Hij krijgt pijn in zijn nek, buigt zijn hoofd. 'Je bent niet zuinig geweest met je make-up. 't Kan ook wel minder.'

Ze hoort iemand in het aangrenzende huis de trap oplopen.

'Pappa, spreek je de familie Versloot nog wel eens?'

Ze krijgt geen antwoord. Even later ziet ze door het raam boven de voordeur dat hij de straat oploopt. Zijn auto staat in het garageblok achter het Fina pompstation.

7

'Miaauw, miaauw, miaauw.' Het geluid is hoog van toon en wordt met toegeknepen keel uitgebracht.

'Nee, José, niet doen.' Krijsende, smekende stem van Yvonne. Een deur wordt dichtgeslagen. Sluipende voetstappen. Operamuziek galmt door het huis.

Opnieuw een klaaglijk miauwen dat lang aanhoudt. Een deur wordt opengetrokken.

'Nee, José, niet doen. Jij bent geen baby, José, jij bent geen baby.' Yvonne gilt van angst en plezier.

'Ben ik geen baby?' José heeft nu een zware, donkere stem. 'Baby huilt toch. Ik moet zo húilen, baby heeft pijn, baby moet melk hebben.'

José zeurt, huilt, maakt klokkende geluiden.

'Nog meer als een baby doen, José.'

'Ja?'

'Ja, ik zeg het toch.' Het kind krijst. Schetterende klanken uit *Die lustigen Weiber von Windsor*.

Michiel staat onderaan de trap. Hij is razend. Ze maakt het kind gek. Zijn stem is heel kalm: 'José alsjeblieft, hou op en zet die radio wat zachter.'

Hij kijkt omhoog. Ze staat op de overloop, het hoofd gebogen. Het lange, zwarte haar maakt haar gezicht smal. Ze geeft hem geen antwoord. Ze glimlacht. 'Zeg, José,' zijn stem is heel beheerst, 'je moet echt iets rustiger zijn, je maakt Yvonne helemaal overstuur.'

'Zij begint.'

'Laat Yvonne dan beneden komen.'

'Ze zegt dat ze wil fietsen.'

'We hebben net gefietst. Ze mag de marmotten eten geven.'

José trekt haar kaken naar achteren, haar tanden komen bloot, ze geeft bijna haar hele gebit prijs. Dan verdwijnt ze in het donker van de overloop.

Michiel kijkt naar de hoek van de kamer waar Hella een uur geleden stond. Yvonne komt binnen, gaat aan haar speeltafel zitten.

'Heb je de marmotjes al eten gegeven?'

Yvonne knikt, begint met klei te spelen. Als Michiel opkijkt, ziet hij José in de deuropening staan. Ze houdt haar hoofd gebogen, haar benen zijn erg wit en staan iets uit elkaar.

'José, je moet echt rustiger zijn.'

'U houdt niet van deze muziek, hè.'

'Niet zo erg.'

'Dat wist ik wel, dat hebt u al een paar keer gezegd. Direct komt *De barbier van Sevilla*. Die heb ik een keer in het echt gehoord. In Musis Sacrum. Dan klinkt het nog veel mooier.'

Ze lacht, haar mond wijdopen, geluidloos. Haar tanden zijn allemaal even lang, plat en grauw, lopen spits toe in het tandvlees waar ze donker zijn. Haar pony hangt vlak boven haar wenkbrauwen; het haar is zo glanzend zwart dat het onecht lijkt.

'Als ik de was heb opgehangen, ga ik weer boven werken. Ik moet de kamer van Yvonne nog doen.'

Hij begrijpt haar. Ze wil verhinderen dat hij naar zijn studeerkamer gaat.

'Mag ik de radio op uw kamer heel hard zetten? Dan kan ik hem op Yvonnes kamer horen. Ik ben blij dat u een nieuwe radio hebt gekocht.'

'Nou, dat vind ik fijn.'

'Ik had het fijner gevonden als u voor mij een draagbare had gekocht.'

'Jij krijgt ook wel een draagbare. Maar je moet Michiel tegen me zeggen. Gewoon "je" en "Michiel".'

'Op de FM kan ik 's middags geestelijke muziek horen. Het gekke is alleen dat het op uw toestel kanaal drieënveertig is en bij mijn tante kanaal achtenveertig en bij familie van mijn tante waar ik wel eens oppas tweeënvijftig.'

José draagt een witte bloes met oranje dwarsstrepen. Ze trekt de bloes met een ruk naar beneden over een donkere rok die te wijd hangt. 'Het is nooit gelijk,' dringt ze aan.

'Een nieuwe bloes, José?' Ze trekt hem nog lager. 'Mooie frisse tint. Met dit weer.' Ze kijkt hem stralend aan.

Yvonne zegt eigenwijs: 'Ik ga opa bellen,' en begint op haar speelgoedtelefoon met deftige gebaren de schijf rond te draaien.

'Ik kan niet zo goed tegen harde operamuziek, José, ik ben al oud.'

'Dat zegt u altijd. U maakt altijd grapjes.'

'Niet u! En ik maak nooit grapjes.'

'U maakt wel grapjes.' Hij kijkt haar aan. Uit welke afgrond komt haar duistere koppigheid voort?

'Je bent wel een beetje grijs opzij, maar ik vind je helemaal niet oud en mijn tante zei toen ze u had gezien in de boekwinkel dat je er nog zo jongensachtig uitzag en dat iedereen naar je keek.'

'Hou op, José.'

Yvonne zegt: 'Opa is niet thuis. Waar is mamma?'

'Mamma is toch weggegaan?'

'Ik dacht dat ik mamma hoorde.'

'Nee hoor.'

'Mamma was net wel in de kamer.' Ze huilt bijna, de punt van haar tong verschijnt tussen haar lippen.

'Mamma is met de auto naar opa.' José loopt de trap op. Haar manier van lopen is deinend en sloom.

'Ik zal je wat voorlezen.'

'Komt mamma gauw terug?' Yvonne heeft nu grote zielige ogen.

'Ik zal voorlezen van het jongetje dat naar school loopt, dat achterom kijkt en een groot nijlpaard ziet dat achter hem aankomt.' Ze gaat op zijn schoot zitten. 'Dat jongetje was heel blij omdat hij tot het soort jongetjes behoorde met wie nijlpaarden graag meeliepen. De volgende dag was het sportdag op school en er liepen vier nijlpaarden achter het jongetje aan dat Kareltje heette (in jouw klas zit toch ook een jongetje dat zo heet?) en ze keken rustig naar het voetballen en 's avonds waren het al negen nijlpaarden en zo ging het een hele tijd door, de hele tuin lag vol, ze lagen met hun lijven over de goudvisvijver heen. Zal ik je nu voorlezen uit het boek over het arme konijntje dat al zijn kleren verloor? Wacht, pappa wil eerst wat drinken.'

Michiel drinkt melk uit een beker die hij dan weer naast zich op de grond zet. Op dat moment ziet hij een klein jeneverglas, weggeschoven onder de radiator. Yvonne is naar haar speelhoek gelopen. Michiel bukt zich opnieuw, pakt het glas en houdt het tegen het licht. Een leeg glas met lichte aanslag tegen de rand. Hij zegt hardop tegen zichzelf: 'Ik herinner mij heel precies het moment dat ik het daar heb neergezet. Hella kwam thuis, de zon scheen en in de hal waren die dag de badmintonwedstrijden begonnen, de eerste wedstrijden van het nieuwe seizoen. Yvonne speelde met José in de tuin en op die kruising van gebeurtenissen... ik weet nog wat Hella droeg, wat voor gebaar José maakte – ze hief haar armen wanhopig ten hemel en Yvonne schaterde van het lachen – op dat moment schoof ik het glas onder de radiator.

Hij gooit het nu omhoog, vangt het op, gooit het nog hoger. 'Kijk eens, Yvonne, kijk eens!' Yvonne kijkt in de richting van haar vader. Hij vangt het glas op en ziet José in de deur staan. Hij zegt: 'Ik was een kind des doods.'

José glimlacht, onbevangen. 'Waarom kijk je me zo aan?'

'Ik heb thee gemaakt.'

'Ik heb wel zin in thee. Maar niets is gezonder dan melk.' Hij gooit het glas bijna tegen het plafond, staat snel op om het op te vangen. 'Weet je, José, dat ik, niet zo lang geleden, hier zo'n vreemd gevoel had. Als ik ter hoogte van dit punt drukte, onder de ogen en op de bovenkant van de wang, duurde het erg lang, leek het, voor mijn vingertop het jukbeen raakte.'

'De jukbeenderen zakken bij u steeds dieper.' Die glimlach, bijna onbevangen.

'Wat vroeg ik je in die tijd? Och José, als je toch naar buiten gaat, loop even langs de Chinese roos of langs de jasmijn. Jij had tevoren de jenever op het koele mos gelegd. Waarom zeg je nou niets? Waarom blijf je daar staan kijken? José, als er zich in die lege, wattige ruimte een beest drong, zou hij aan mijn botten kunnen knagen.'

Haar glimlach verdwijnt. Gespannen stilte.

'Ik heb u in de krant zien staan. Mijn tante heeft de foto uitgeknipt.'

'In de krant?'

'Bij de sporthal. Er stond ook een agent bij.'

'Oh, een erg kleine foto, onherkenbaar.' Het haar van José glanst. Ze opent haar mond. José's tanden zijn plat, stomp, grijs.

'Ik herkende u onmiddellijk op de foto.'

'José, het begint met het voze gevoel dat alle vlees op je gezicht los lijkt te zitten, dan komt de agressie, gevolgd door vechtpartijen, dan de huilbuien en een van die huilbuien zal nooit ophouden, zal uitlopen op geweeklaag tot aan de einden der wereld.'

José is verdwenen. Ze trekt buiten het zonnescherm iets op. Ze kijkt de kamer in. Als ze terugkomt, vraagt hij: 'Waarom geef je de vuilnisemmer als hij leeg is en nog aan de straat staat een zet zodat hij de weg afrolt?'

Licht, zonlicht, warm zonlicht valt in de kamer.

'Omdat ik eens gezegd heb dat dan de politie komt?'

José zwijgt. Hij heeft er spijt van dit gezegd te hebben. José is de kamer uitgegaan. Yvonne is bij hem komen zitten, kruipt dicht tegen hem aan: 'Ik vind pappa lief.'

'Mamma toch zeker ook?'

Hij streelt over haar hoofd, sluit zijn handen om haar lijf en voelt hoe stevig haar borstkas is. José gilt hoog en snerpend. Ze zal nu haar kaken naar achteren trekken, ze zullen grimmig en star zijn. Ze loopt buiten langs het raam. Het gillen van daarnet is aan haar gezicht niet meer te zien.

De telefoon gaat.

'José, neem jij op, zeg dat ik er niet ben. Ik wil nu geen bezoek.'

'Met het huis van Wijlhuyzen. Nee...'

Hij luistert, neemt de hoorn uit haar handen.

'Met Michiel.'

'Ik dacht: Ik bel. Ik volg gewoon mijn eerste impuls, ik ben blij dat ik het gedaan heb.'

'Ik kan nu niet rustig praten, ik bel je vanavond.' (Ik wil haar niet kwetsen. Emmy's stem is gehaast. Ze is bang dat ik ophang.)

'Je vindt het niet erg dat ik gebeld heb?'

'Nee, natuurlijk niet. Ik bel vanavond.'

'Het betreft ons beiden.'

Hij hangt op. José heeft in de keuken de kraan zo ver mogelijk opengedraaid.

'Ze heeft al twee keer gebeld, vandaag.'

'Wat kijk je me aan, José? Weet je dat de hal verkocht wordt?'

'Dat laat me koud.'

Ze trekt aan haar ceintuur. José heeft tranen in haar ogen. Ze is zevenentwintig. Sinds een jaar helpt ze Hella in huis. Twee middagen in de week. Het gaat er vooral om dat José bezig is. Haar tempo is heel traag. Soms past José 's avonds op. Ze is in huis bij een 'tante'. Haar vader kent ze niet. Haar moeder is uit de ouderlijke macht ontzet, ziet ze één keer per jaar. Op tweede kerstdag 's middags. Haar moeder is dan dronken en maakt ruzie met haar vriend.

Haar tante noemt José zwakbegaafd.

'U kunt, voor mijn gevoel, elk moment weer gaan drinken. Iedereen is verbaasd dat u er zomaar mee opgehouden bent.'

'Iedereen?' En na een korte stilte: 'Nee, José, ik drink nooit meer. Dat is voorbij.'

Michiel lacht tegen haar omdat hij niet weet wat hij moet zeggen. Hij denkt: Ik heb momenten gekend van puur geluk. Ze waren voorbij voor ik het besefte. Ik heb ook momenten gekend die nooit voorbij zullen gaan, die zich onophoudelijk vertakken in een haast rustgevend ritueel.

De smaak van Hella's oogleden. Die smaak kent hij. Hella en hij. Hun penibele evenwicht. De hardnekkigheid van zijn verdriet. De koppigheid waarmee hij dat verdriet niet van zich af laat nemen.

8

De weg daalt scherp naar het centrum van de stad. Ze steekt een sigaret op. Hij volgt de bovenleiding van de trolleybus. Pappa draagt handschoenen in de auto. Hij houdt met beide handen het stuur vast.

'Ken je dit collier nog?'

'Natuurlijk.'

'Het is mooi, hè.' Ze laat het over haar hand glijden. 'Mamma droeg deze gitten altijd op een rode zijden bloes.'

'Weet je dat nog? Zoiets ben ik nou helemaal vergeten.'

'Claire zou zoiets ook vergeten. Claire en jij lijken op elkaar.'

'Waar heb je het gevonden?'

'De deur van je kamer stond open. Ik heb even in mamma's bijouteriedoosje gekeken.' Ze denkt: Pappa vindt het niet leuk dat ik op zijn kamer ben geweest. Ze naderen de stad. Pappa is zesenzestig. Hij rijdt bedachtzaam, houdt al in als het groene licht op oranje zal springen.

Hij parkeert de auto aan de noordkant van het station. Ze lopen over de glazen loopbrug waaronder treinen rangeren. Dan slaan ze rechtsaf en komen in een korte straat met aan één zijde een talud met struiken, aan de andere kant hoge villa's met daklijsten. Ze lezen de opschriften: 'Wouters, Wouters, Riss en Wouters, Advocaten en procureurs' en 'Het besloten huis'.

'Rendez-vous huis zeker.'

Hella vindt zulke opmerkingen onplezierig als ze met hem alleen is. Ze was net van plan hem een arm te geven. Ze doet het niet.

'Je weet best dat er een tapijtenwinkel is gevestigd.'

Vlak voor een brede granieten trap die naar het stationsplein leidt, kijken ze naar de voordeur van het laatste huis. Een zwartglanzend bord. 'Rouwcentrum.'

Ze zegt: 'Hier lag Richard opgebaard. Wat is dat al weer lang geleden.'

'Gisteren precies een halfjaar.'

Hella denkt: Pappa houdt nog steeds van Conny.

Ze steken zwijgend het stationsplein over. De gedachte naast een verliefde vader te lopen verwart haar zo dat ze een moment haar benen niet onder controle heeft en struikelt. De mensen die bij een bushalte staan te wachten, kijken op. Ze lopen gearmd verder. Hij kijkt bezorgd. In de verte zien ze de opritten van de nieuwe brug.

'We kunnen er even gaan kijken,' stelt hij voor.

'Je loopt zo hard.'

Hij kijkt omlaag. 'Dat zijn ook geen wandelschoenen.'

'We zouden toch samen gaan eten. Op vakanties liep je ook altijd hard vooruit. We konden je nooit bijhouden. Mamma werd daar vreselijk boos om.'

'Je kunt tegenwoordig langs de rivierkade lopen.'

'Nee pap, zo'n brug zegt me niets en mijn voeten doen zeer.' Ze slaan een zijstraat in en komen op een druk, geheel door hoge, smalle huizen ingesloten plein. Ze drinken wijn op een terras.

'Werd mamma daar vreselijk boos om?'

'Dat ben je toch niet vergeten? En als mamma weer dichterbij was gekomen maakte je foto's van haar. Mamma, te-

57

gen een rotsblok in Karinthië of tegen de weidse achtergrond van een blauw dal in Sussex.'

'Mamma wilde altijd op de foto.'

'Je kunt toch niet iemand op de foto zetten met wie je net ruzie hebt gehad.' Hella bestelt nog een glas. 'Ze denken dat je met je vriendin uit bent.' Ze buigt zich lachend naar hem toe, legt in een snelle beweging haar hoofd op zijn arm.

Hij presenteert sigaretten.

'Michiel is zeker hard aan het werk?'

'De dissertatie is voorbij, is voorgoed voorbij.'

'Hij was zo onstuitbaar.'

'Een paar weken geleden zit ik in de tuin – misschien dat hij het je zelf wel vertelt, dus laat niet merken dat je iets weet – hij komt naar buiten met een enorme kartonnen doos. Ik zeg: Je hebt eindelijk je kamer eens opgeruimd. Daar zal José blij om zijn. Hij geeft geen commentaar. Toen vroeg hij waar Yvonne was en ging met haar fietsen. Ik maakte de doos open en daar lagen ze: de mappen, getypte vellen, alles verscheurd. Hij heeft zijn hele dissertatie vernietigd.'

Hella herinnert zich nu dat José haar toen vanuit de keuken stond aan te staren.

'Heeft hij gezegd waarom?'

'Iemand in Berlijn was met hetzelfde onderwerp bezig.'

'Promotie-onderwerpen zijn toch geregistreerd?'

'Er blijkt soms iets mis te gaan. Misschien wilde hij er ook vanaf. Michiel was zo verbeten bezig maar kwam niets verder.'

'Is hij wel aan het solliciteren?'

'Vraagt u hem dat zelf maar.' Ze wacht even. 'Pappa, het zal voor Claire wel vreemd zijn als ze voor de eerste keer weer in huis komt.'

'Waarom?'

'Om mamma. Toen Claire wegging was mamma er nog.'

'Daar heb ik nooit aan gedacht.'

'Het is eigenlijk een gedachte van Michiel.' Haar toon is tegelijk luchtig en onderzoekend. Ze probeert een man die alleen loopt met haar blik vast te houden. Voor hij in de menigte verdwijnt kijkt hij om. De terrassen lopen flauw op naar een plateau van kasseien. Hij staat nu op het hoogste punt van het plein. Ze ziet hem nog een keer. Hij blijft staan, kijkt weer, verrast.

Het is schemerig geworden. Lantarens met grote matglazen bollen gaan aan.

'Waar gaan ze wonen?'

'Ze weten het nog niet. Ik heb niet de indruk dat ze zich daar veel zorgen om maken.'

'Claire en Oscar zijn beiden zo nuchter. Je bent nooit naar ze toegegaan in Kenia. Ze hebben het zo vaak gevraagd.'

'Ik kon er niet toe komen.'

Hella bestelt een glas wijn.

'Je drinkt te veel.'

'Ik drink thuis bijna nooit. Het is omdat ik met je uit ben.' Ze kijkt hem liefdevol aan. Hij heeft mooi grijs haar. Hij draagt een licht kostuum. Ze is trots.

'Jammer dat ik die brieven niet meegenomen heb.'

'Je bent vergeetachtig.' Ze voelt zich beschermd op dit plein. Hier kan haar niets gebeuren. Het mist het boosaardige dat ze soms in pappa's huis aantreft.

'Waarom ben je niet naar Kenia gegaan?' Ze verbaast zich erover dat ze vanavond niet naar woorden hoeft te zoeken.

'Het was jou toch tegengevallen?'

'Dat heb ik niet zo gezegd.'

'Het is anders gegaan dan je je had voorgesteld.'

'Het was niet altijd even leuk. Ik hield me buiten hun ruzies.'

'Die hond heeft je lelijk geraakt.'

'Vanuit de verte was het net een egel. De lucht trilde.'

'Dat doet me aan een mopje denken.' Ze ziet het plezier dat hij zich van tevoren gunt. Ze wil geen mopjes horen.

'Wat schreeuwt een egel als hij in de brandnetels valt?' Ze kent hem al maar zegt niets. Ze doet alsof ze nadenkt.

'Ik weet het niet.'

Hij lacht, beweegt zijn lippen over elkaar. 'Help, ik word verkracht.'

Hun terras ligt tegenover de nieuwe bioscoop.

'In Scène 1 draaien ze *Elisa vida mia*. Van Saura. Hij maakt erg mooie films.'

'Saura?'

'Saura.' Ze zwijgen. Dan kan ze de aanvechting hem uit zijn tent te lokken niet langer onderdrukken. 'Zie je Conny nooit meer?'

'Daarom misschien ben ik niet naar Kenia gegaan. Conny kon mij nodig hebben.'

Ze schuift haar stoel dichter naar hem toe.

'Heeft ze je hulp nodig gehad?'

'Nee,' zegt hij afwerend.

'Zie je haar nog?'

'Ze heeft het heel druk, de hele afwikkeling, zijn familie.'

'Je kunt haar toch 's voorstellen samen te gaan eten of naar de schouwburg te gaan.'

Tijd gaat voorbij. 'Ik heb me wel eens afgevraagd wat ik van jouw karakter heb.'

'Waarom vraag je dat?'

'Dat is toch heel gewoon, je af te vragen of je bepaalde trekken van je vader hebt. Laatst zei iemand dat onze stemmen zo op elkaar leken.'

'Ik vind het moeilijk om zomaar te zeggen dat een bepaalde trek van jou nou karakteristiek voor mij of voor mamma was.'

Hij zwijgt. Ze legt haar hand op zijn arm.

'Ik heb nooit begrepen waarom je bij mamma bent gebleven.'

'Om jullie.' Om ons, denkt ze. Om ons!

'Maar toen wij het huis uit waren?'

'Het is er niet van gekomen.'

Hella verlangt plotseling naar Michiel en Yvonne. Achter haar in het restaurant hoort ze gelach.

'Mamma had niets liever gewild. Mamma wist dat jij van Conny hield.'

'Wist mamma dat?'

'Natuurlijk. En iedereen kon het zien. Heeft Conny je nooit voor de keus gesteld: Nou moet je beslissen.'

'Niet met dit soort dilemma's. Het kwam niet in mij op om van jullie weg te gaan. Dat was ondenkbaar. Ook in verband met mijn werk. Iedereen kende mamma. Iedereen mocht mamma trouwens erg graag.'

'Toen is Conny met Richard getrouwd. Maar ze hield van jou.'

'Ik wil er niet meer over praten. We gaan zo eten.' Hij zwijgt even. 'Zoiets komt vaker voor.'

9

Een maand voordat ze naar Kenia ging, belde pappa 's morgens op. 'Richard is dood.' Hij kon niet uit zijn woorden komen.

'Ik kom direct naar je toe.' Hij had niet gezegd: Richard is vannacht overleden. Ze gingen samen naar de rouwkamer. Treinen reden knarsend over wissels. Ze stonden voor het hoge huis dat op het stationsemplacement uitkeek. Pappa belde aan. Een man in zwart kostuum deed open en ging hen voor in een schemerige ruimte met verborgen verlichting. Een gordijn werd opzij geschoven, een geur van tuberozen kwam hen tegemoet.

Conny staat aan het hoofdeinde naast haar schoonvader. Aan de andere kant een onbekend echtpaar. Pappa aarzelt. Heeft hij Conny die avond niet verwacht? Dan loopt hij resoluut om de kist heen, op haar toe.

'Dag,' zegt ze zacht. Hij kust haar, houdt haar arm vast, praat tegen haar. Wat hij zegt is onverstaanbaar, maar de woorden komen onophoudelijk, aandringend.

Zo nu en dan knikt Conny. Soms strijkt hij vluchtig over haar haar. Ze kijken elkaar strak aan. Ze zijn precies even lang. Beiden schijnen te vergeten waar ze zijn, alsof de zachte, doordringende geur van de rozen hen bedwelmt. Het is een wonderlijk mooi boeket, breed uitgewerkt, een grote

stervormige toef die aan beide zijden ver over de kist uit-
steekt.

Hella buigt zich en leest op het kaartje: 'Voor jou, Richard, die zo van rozen hield. – Philip.'

Pappa heeft ze gestuurd. Pappa die weinig om bloemen
gaf, die een dahlia niet van een gladiool kan onderscheiden,
stuurde dit schitterende boeket.

De bloemen waren ook niet voor Richard bestemd, al lagen ze op zijn kist. Over zijn dood heen waren ze voor Conny, voor haar geurden ze zo sterk.

Pappa zweeg. Alsof de beweging die Hella heeft gemaakt
om het kaartje te kunnen lezen de betovering heeft verbroken. Conny's schoonvader begon zacht te huilen. Pappa
kwam naast Hella staan. Ze keken naar de dode die als alle
doden ten slotte bewoog.

'Hij heeft niet geleden,' zei de oude man. Hij sprak heel
luid. Maar de lippen van Richard waren gezwollen en blauw,
stukgebeten van de pijn. Een witte zakdoek was om zijn kin
geknoopt. Het gordijn werd opzijgeschoven.

'Wilt u afscheid nemen?'

Conny boog zich naar de kist, kwam bijna met haar gezicht tegen het glas, keek heel intens en zei iets dat niemand
kon verstaan.

De oude man mompelde: 'Het is zo irregulier. Ik ben tach-
tig, ik had eerder moeten gaan, hij had mij moeten begraven.
Een zoon begraaft zijn vader!'

Hella gaf hem een arm. Buiten drongen mededelingen van
het perron uit de warme avond tot hen door.

Pappa en Conny kwamen als laatsten het huis uit. Ze bleven stilstaan en pappa begon opnieuw ernstig, kalm en op
dringende wijze tegen haar te praten. Het onbekende echtpaar aarzelde, nam afscheid van de oude man en van Hella.

De hemel was nachtblauw en vol sterren. Hella wachtte.

Op de terugweg zei hij plotseling: 'Ik zal te weten komen wat ze gezegd heeft.'

'Hou je zoveel van haar?'

Hij zag er moe uit, hij keek haar aan maar gaf geen antwoord. Ze zei: 'Je moet haar tijd geven.'

'Ik zal het te weten komen.' Zijn vastberadenheid.

Zijn verbijstering over Richards dood ging snel over in een haast overweldigende vreugde om de onverwachte kans, om het *mogelijke* geluk.

Kort daarna sprak hij nooit meer over haar. Had hij haar verkeerd getaxeerd? Had zij te lang op hem moeten wachten?

'Pappa, weet je waarom Claire in Amsterdam is gaan studeren? Om zo ver mogelijk van mamma af te zitten. En ik? Ik ging op kamers, nog geen drie straten van jullie af. Ik wilde jullie niet in de steek laten. Claire ging studeren, Claire had ondernemingslust, ging als jong meisje al naar jeugdkampen in het buitenland. Claire lukte alles, was tot alles in staat.

Toen ze met Oscar ging samenwonen en jullie er de eerste keer op bezoek gingen, lachten jullie, een beetje gegeneerd, om de naaktfoto's van Claire die aan de muur hingen, prachtig uitvergroot door Oscar.

De eerste keer dat een jongen me van een schoolfeestje thuisbracht, moest ik hem van mamma terugroepen. Ik ben hem achternagelopen, ik heb hem een kus gegeven en ik zag dat mamma naar mij keek. Gerard, die keurige buurjongen, was helemaal beduusd.'

'Gerard? Is dat jouw vriend geweest?'

'Geen vriend.'

'Mamma had ook veel goede dingen.' Achter Hella's ogen

komt een moe gevoel opzetten. Houdt ze wel van pappa? Was hij, was zijn huis het toevluchtsoord dat ze zich zo zorgvuldig geconstrueerd had? Ze kijkt hem aan. Ze denkt aan wat Michiel haar heeft verteld: dat hij Tiffany in was gelopen en aan de bar Richard had gezien met een jonge vrouw. Ze deden heel verliefd.

Ze zou het pappa kunnen vertellen. Hem een wapen in handen geven. Als je dit aan Conny vertelt, zal zij zeker haar bezwaren overwinnen. Maar misschien dat pappa het niet zal geloven. Hij kan zich niet voorstellen dat iemand een vrouw als Conny bedriegt.

Ze eten buiten, naast Martins'. Op de eerste verdieping is de bar. Voor de ramen zijn de witte luiken altijd gesloten. Ze glimlacht. De fameuze nacht in Martins'. Die nacht had een veelvoud aan aspecten. Aan de achterkant kijkt Martins' uit op de rivier.

Het scherpst heeft ze het moment onthouden toen boven de rivier, op een ongehoord hevige wijze, de dag aanbrak. Een fel oranje streep boven de scheepswerf.

De lege grens van de horizon. Onecht verschiet. Michiel stond in het absurde kunstlicht van de bar.

10

'Waar zijn pappa en Claire?' vraagt mamma. 'Wandelen natuurlijk. Ik ben te dik om te lopen.'

'Jij hebt juist heel slanke enkels,' zegt Hella.

'Pappa en Claire zijn het zo roerend met elkaar eens.' Mamma heeft gelijk. Claire praat over haar studie en pappa haalt herinneringen op aan zijn studententijd. Ze houden van dezelfde boeken, van dezelfde schrijvers. Claire is weg van Purdy. Ze voelen elkaar zo goed aan. Pappa houdt ook van Purdy. 'Ken jij twee mensen die zo goed met elkaar kunnen opschieten, Hella?' Mamma schudt het hoofd van kwaadheid. Haar hoofd lijkt nu als twee druppels water op de bekende karikatuur van Louis Philippe uit het leerboek algemene geschiedenis: een op zijn kop gezette, uitgedijde peer.

Hella zit op de rand van mamma's bed, beschouwt haar bleke gezicht, het haar dat vaag violet en gekruld is. Mamma ligt al een week op bed met dit warme weer.

Vlagen van ondraaglijke pijn in haar buik en hysterische woedeaanvallen op pappa, op de dingen in haar kamer, op de Russen, op de Chinezen, wisselen elkaar af.

De dokter zegt dat haar niets mankeert, dat er slechts wat hartruis te horen is. Dat moet ze als kind ook al gehad hebben. Het is aangeboren. Hella schudt het kussen op, trekt de lakens recht, die klam en vochtig aanvoelen.

Hella reddert in de kamer. Is mamma echt ziek? Ze is er niet van overtuigd dat ze niet echt ziek is. Pappa en Claire vinden dat ze zich aanstelt. Waarom is mamma ook zo dik? Als Claire niet oppast, zal ze later het figuur van mamma krijgen. Claire is nu nog slank omdat ze bijna niets eet, omdat ze altijd lekkere hapjes klaarmaakt die alleen voor Oscar zijn.

Mamma klaagt: 'Pappa heeft nooit gevoel gehad. Toen ik Claire moest krijgen, heeft hij geen dokter willen bellen.' Hella kent het verhaal. 'Ik ben bijna doodgebloed.'

'Hij heeft toch gebeld.' Hella weet ook dat pappa alles wat mamma hem vraagt, extra langzaam, tergend langzaam, uitvoert. Dat is zijn verweer. Mamma geeft details over hun samenleven. Hella geneert zich voor mamma's openhartigheid. Ze heeft een afkeer van haar moeder als ze zo praat.

Hella herinnert zich dat mamma eens kwaad het huis uitliep, het was vóór de scène met het aardrijkskundeboek. Pappa was haar nagelopen. Uit angst? Uit plicht? Uit liefde, hoe verkrampt dan ook, hoe verwrongen? Hella wist ook dat pappa een grote aversie jegens haar gecultiveerd had. Pappa dacht dat mamma zoiets niet in de gaten had.

'Hella, ik ben zo alleen.'

'Mamma, ik ben toch bij je.' Hella kijkt in de ovale spiegel.

'Ik ben blij dat je in de buurt woont.'

'Ben je op pappa verliefd geweest, mamma?' Hella kan zich niet voorstellen hoe dat geweest moet zijn. Mamma zwijgt. Hella heeft vaak in oude fotoboeken gekeken om haar geest te dwingen zich van die liefde voorstellingen te maken. Vergeefs. Mamma was mooi, met grote dromerige ogen, net als Yvonne.

'Als die pijn maar niet zo erg was.' Mamma had zo graag in een museum willen werken, maar het is er nooit van gekomen. 'Hella,' zegt ze plotseling, 'je kreeg nooit genoeg van sprookjes. Ontelbare malen heb ik ze je voorgelezen. Dan zei je: "Mamma, nog een keer, nog een keer".'

Het wordt nog warmer in de kamer, de ziekenlucht wordt tanig, scherp. Hella kijkt in de spiegel naar zichzelf.

Omdat er vanwege de vakantie geen verpleegster van het Groene Kruis beschikbaar is, wast Hella mamma en verschoont haar. Haar zware benen rusten op kussens. Hella denkt aan de kussens die ze zelf onder zich trekt, zodat Michiel dieper in haar kan komen.

Ze haalt een bak water en wast haar. Ze ruikt het lichaam van mamma.

Mamma kreunt. Terwijl Hella haar blik afwendt hoort ze in gedachten haar moeder weer zeggen: 'Hella, je gaat vanavond je excuses aanbieden. Je hebt je iets in het hoofd gehaald. Hij was hier gisteravond nog om met pappa postzegels te ruilen.'

Hella wast mamma, woelt diep met de washand in de plooien van haar buik en ziet zich weer bij de bushalte staan onder het viaduct vlak bij de speeltuin.

'Mamma, als je wist hoe hij keek. Vreise heeft van die enge lichte ogen: het wit en het blauw zijn even helder, bijna doorzichtig. Hij wilde me tegenhouden, hij hield me vast. Ik ben hard weggelopen.'

Ze was toen vijftien.

'Je gaat erheen,' zei pappa 's avonds. 'Hij is nu thuis want zijn auto staat voor de deur.'

En ze wast mamma nog steeds, die vreemde zware lucht die haar de adem beneemt blijft van het lichaam komen; ze heeft handwarm water, knijpt de washand uit; het water is inktzwart, ze schrikt, holt de trap af en op het Oremusplein, voor de snackbar, staat René Cambron. René lacht. Hij heeft altijd condooms bij zich, en zijn twee vrienden ook, met wie hij boven de snackbar op kamers woont. Dat weet iedereen in de buurt. Hella gaat met hem mee naar boven. Omdat ze geen vriendinnen heeft, omdat ze alleen is.

Hella zit rechtop in bed, hoort geluiden die ze niet thuis kan brengen. Pappa's kamer ligt naast de hare. Ze hoort hem heen en weer lopen. Het is nog geen twee uur. Het lijkt of het buiten licht is. Ze trekt het gordijn open en ziet dat licht vanuit zijn slaapkamer de tuin vult. Ze leunt op de vensterbank: een labyrint van smalle tuinen, met bleke paden; kleine rechthoekige afgronden; uit een schaduwhoek sluipt de poes, komt in de lichtstrook, slaat naar een onzichtbaar beest, loopt dan in het koele licht in de richting van de schuur. De heggen zijn smalle zwarte strepen. Alles glanst alsof het heeft geregend.

Op pappa's kamer gaat het licht uit. Zijn bed kraakt. Hella valt weer in slaap... Als vroeger blijft ze in bed liggen, ze is misselijk, bang voor de school, voor de meisjes die haar uitlachen omdat ze een zwarte rok draagt met die grote raffiazakken waar je zo lekker schuin en diep je handen in kunt steken; mamma had de jurk gemaakt. Alleen stond ze tegen de muur van de school, trillend van woede, met ogen toegeknepen in de felle zon, ze lachten haar uit. Ze hoeft niet naar school van mamma. Mamma brengt thee en Hella blijft de hele dag in bed, leest een boek en buiten dwarrelt wit zonlicht als sneeuw langs het raam. Het beeld verdwijnt.

Ze laat zich nu uit bed glijden, ze is bang geworden, gaat de donkere trap af. De kamerdeur staat halfopen. Mamma en pappa zitten op de bank, dicht naast elkaar, doodstil. Ze kijken voor zich uit. En Claire? Dan ziet Hella haar, ze ligt op de grond, half onder de tafel. Haar jurk is omhooggekropen tot boven de knieholten. Haar voeten staan vreemd naar buiten en haar hoofd is zichtbaar door de glazen plaat van de tafel. Hella kan niet schreeuwen. Een hand snoert haar keel dicht. Ze zit op de trap en kan haar blik niet van Claires hoofd afhouden.

Claires bevalling! Hoe vaak heeft ze dat verhaal niet moeten aanhoren. Het kleine, ronde hoofd van Claire. Maar nu spelen ze samen in de met slingers versierde kamer, Hella en het veel jongere zusje met de al wereldwijze ogen.

De kamer is hel verlicht. Hella bijt op haar lippen terwijl ze Claire tegen de grond drukt. Vanaf de bank, roerloos, oneindig glimlachend, kijken pappa en mamma toe.

Hella zit op het naaktstrand en kijkt naar Yvonne die in het water speelt. Hella zit er rustig en tevreden bij. Ze schilt een appel, roept het meisje en geeft er haar een stuk van. Yvonne bijt in de appel, het sap loopt langs haar mond. Een bruinverbrande man komt voorbij. Hij heeft grijs haar, zijn lichaam is krachtig en slank.

'Opa,' zegt het kind.

'Gekke meid.'

Ze trekt haar naar zich toe, kust haar, kijkt de naakte man na.

Het meisje is teruggelopen naar het water en speelt, geconcentreerd, in de lauwe uitlopers van de golven. Ze is nu alleen met Yvonne op het strand. Ze kijkt of Michiel er nog niet aankomt. De dag is van een zeldzame perfectie. De monotonie van het lege strand maakt slaperig. Hella sluit haar ogen, snuift de hardnekkige geur van Yvonnes lichaam op en uit het enige paviljoen dat nog open is, komt muziek: 'Falling leaves.'

Hella heeft geen gedachten

DEEL TWEE

I

...Het bedoelde servituut is gevestigd bij akte van 17 oktober 1873, bij afschrift overgeschreven op 24 oktober 1873, in deel 587, nr. 72 (tikfout voor 73), toen de eigenaren van het landgoed Schoonenberg een perceel verkochten, sectie D nr. 3179, thans opgenomen in de percelen, kadastraal bekend, sectie F, nrs. 2058, ged. 2059 ged. en 1567 en ten laste van deze percelen omschreven als volgt: 'ten andere dat de verkochte grond ten nutte van het aangrenzende landgoed dat kadastraal aangewezen door nummers 2643, 1572 (tikfout voor 1527) en 3165 der sectie D het eigendom der verkopers en door hen bij aangehaalde titel verkregen, zal belast zijn met de erfdienstbaarheid van de op die grond geene gebouwen te plaatsen dan ingerigt en gebruikt wordende als herenwoningen, bijbehorend koetshuis met paardestal en trekkasten. Enz.'

Michiel Wijlhuyzen, werkloos, tweeëndertig, met doorgaans banale gedachten – een situatie die heel wat horizonten voorgoed afsluit –, borg het contract in de la van het oude bureau waaraan zijn vader zo vaak had zitten dromen, vooral toen bleek dat het bedrijf niet meer te redden was.

Michiel was alleen met Yvonne. Hij keek naar buiten. De hal was een gebouw waar je niet aan kon ontsnappen.

De zon scheen over de vlakte die er nu stil, heet en bijna zonder kleur bijlag, onder een schitterende namiddaghemel met nerveuze, kleine wolken boven de donkere lijn gevormd door bomen, villa's en nok van de hal. Een enthousiast gevoel overviel hem. Wat was het eigenlijk een mooi stuk grond dat zich voor hem uitstrekte, een uniek binnenterrein, en dan was vanuit het raam nog maar een gedeelte te zien.

'Zal ik opa bellen? Gaan we naar opa toe?'

'Ik vraag of hij hier komt. Opa is altijd alleen.' De tederheid die hij voor zijn schoonvader voelde, en voor Hella, sloot op dit moment zelfs de bewoners van de villa's aan de Singel in.

Michiel stond voor het raam en vroeg zich af waar Hella was. Ze zag er gisteren zo aantrekkelijk uit toen ze van haar vader terugkwam. Hella's haar had de tint van de purperrode beuken onder aan de Bergweg, die in vroeger tijden de oprit van de oude buitenplaats Schoonenberg hadden aangegeven.

's Avonds was hij nog even het pad uitgelopen. Over de hele lengte van het pad en op de Singel stond het vol auto's. Te midden van die files verhieven zich twee betonwagens die dwars op de weg stonden, met de voorzijde naar het pad gekeerd.

Een man schoot Michiel aan, hij stelde zich voor als Roed. Hij was rood van verontwaardiging.

'Die auto's,' stotterde hij, 'gaan een betonlaag in de hal storten, maar ze zijn te breed om het pad in te rijden. Zulke joekels.'

De huizen en de bomen weerspiegelden zich omgekeerd in de daken. Er waren veel mensen op de been. 'Ik woon op numero negen.' Hij wees op een villa die tegen de hal gebouwd leek. 'We hebben net een vergadering gehad met andere bewoners. De situatie is onhoudbaar, de politie doet niets. Loopt u even met me mee uit de benzinedamp?'

Men had Michiel gevraagd de leiding op zich te nemen van het actiecomité dat alles in het werk zou stellen om dit permanente burengerucht tegen te gaan. Michiel zag over het pad een man zijn richting uitkomen. Hij verwijderde zich van het raam.

'Waar is Hella?' mompelde hij.

'Mamma is boven,' zei Yvonne.

'Hella!'

'Ik ben op Yvonnes kamer.' Hij liep naar boven. Hella schilderde bloemen op het hoofdeinde van Yvonnes bed. Ze zat op haar hurken. Hij legde zijn hand op haar hoofd: 'Wat doe je dat leuk!'

'Ik ben er nooit zeker van of je het nou meent.' Hij zag de versieringen op de deur: fantasiebloemen, gestileerde dierfiguren, poppetjes, als een borduurpatroon. 'Ik heb ook de vensterbank gedaan.'

'Waarom zou ik niet menen wat ik zeg?'

'Ik dacht dat ik iets spottends in je toon hoorde.'

'Jij hebt meer fantasie dan ik.'

'Jij hebt genoeg fantasie, maar je hebt geen geduld.' Ze boog haar hoofd naar achteren, tegen zijn arm.

'Vind je het echt mooi?'

'Ik vind het echt mooi, maar je weet nooit maat te houden. Het is net te veel van alles.' Hij dacht: Hella vergist zich soms in de schaal. De dingen krijgen dan in haar optiek andere afmetingen en ze raakt haar gevoel voor verhoudingen kwijt.

'Ja?'

'In ieder geval niet meer, dan bederf je de rest.'

'Er wordt aan de voordeur gebeld, Michiel.'

Michiel had niets gehoord. Er werd opnieuw gebeld.

'Ga eens kijken. Het is natuurlijk voor jou.'

'Het kan net zo goed voor jou zijn.'

Hij keek uit het raam en zag mr. Wouters staan.

'Zie je nou wel, het had iets met de hal te maken, ik wist het, met jouw toekomst misschien.'

Michiel luisterde naar de advocaat en dacht: Ik huil bijna, ik beheers me, maar ik zou liever huilen. Zelfs die keer in Martins' heb ik niet gehuild, ook niet toen ik uit handen van de hoogleraar mijn doctoraalbul kreeg uitgereikt, na de eindeloze omweg die ik daarvoor heb moeten afleggen, en ook niet toen mijn ouders vlak na elkaar stierven. Wat zei Id toen tegen hem: 'Je praat er zo klinisch over, dat ken ik van jou niet.'

De gigantische hal in plaats van de gigantische dissertatie. De ivoren toren van de literatuuronderzoeker ingeruild voor aards gewoel. Egoïstisch denken voor gemeenschapszin.

Vanaf de plaats waar hij met de advocaat stond, rees de hal voor hem op, te midden van villa's aan de ene en een rij hoge bomen aan de andere kant.

'U bent toegelaten tot de promotie.'

Van wie dat het minste werd verwacht. Hij was iedereen voorbijgestreefd. Zijn vroegere vrienden legden op de Amrobank dagafschriften in de juiste volgorde of waren autoverkoper bij Renault.

Onmiddellijk na zijn doctoraal had hij op een havoatheneum kunnen waarnemen. De betrekking bood perspectief omdat de leraar die hij verving ernstig ziek was. Zijn zieke collega stierf, maar iemand met meer ervaring werd benoemd. De rector zei nadenkend: 'Hebt u het onderwijs bewust gekozen?'

'Ik heb negen jaar naast mijn baan gestudeerd om les te kunnen geven.'

De rector had hem vriendelijk aangekeken: 'U bent nog iets te onrustig. U maakt de leerlingen nerveus.'

Kort daarna viel hij in op een andere school in de stad. Na een week was er een moment gekomen dat hij een klas niet had durven binnengaan. Hella had nooit geweten wat er zich precies had afgespeeld. En weer voelde hij hoe koud zijn scheenbenen toen waren.

Dat was allemaal alweer een jaar geleden gebeurd. Omdat het toch zijn bedoeling was om via het middelbaar onderwijs op de universiteit te komen, was hij met zijn dissertatie begonnen.

Al die jaren studie had hij gezien als het perspectief op een onbegrensd, oneindig domein, waarin met Hella en Yvonne een werkelijk ander leven zou beginnen. Maar hij had zich daar nooit een heldere voorstelling van gemaakt.

De droom was korte tijd verstoord geweest, maar toen had hij zich hartstochtelijk op zijn dissertatie gegooid en de oneindigheid van het gedroomde domein was nog betoverender geworden. Hij meende originele ideeën te hebben, maar de woorden die hij opschreef brachten de gedachten om zeep. Hij liet stapels boeken komen, jaargangen van tijdschriften. Soms kreeg hij na maanden zijn aanvraag om een boek dat hij absoluut nodig had, terug, voorzien van vele stempels: niet aanwezig. Wordt niet uitgeleend. Wetenschappelijk graafwerk.

Een uur in de universiteitsbibliotheek: ijskoude benen en een gloeiend hoofd.

'Je bent te opgewonden,' zei Hella.

'Wat leest Michiel veel,' zei zijn schoonvader.

Maar ik heb nauwelijks ideeën! Ik ben te emotioneel. Zoveel stof, zoveel aantekeningen. Een vormeloze massa die langzaam de berg afschoof, vaart kreeg, steeds ongrijpbaarder werd. Hoe verlangde hij naar een soeverein idee dat als bij toverslag orde in de chaos zou brengen. Promoveren zou bij hem overschrijven worden. Maar hij zou promoveren. 'De courtisane bij Balzac.'

Interessant. Een typologie opstellen. Sociografisch. Pikant. Courtisane, cocotte, ordinaire hoer.

Met verdubbelde ijver verzamelde hij nog meer materiaal. Hij schaamde zich omdat hij Hella de indruk gaf een bijzondere ontdekking op het spoor te zijn.

Toen hoorde hij dat een ander hem voor was. Iemand in Berlijn was bezig met dezelfde teksten. Met welke vondsten kwam die man binnenkort voor de dag? Wat voor type zou 't zijn?

Michiels promotor zei: 'Zet er vaart achter.'

Hij was niet meer uit zijn kamer gekomen. Het geringste geluid bracht hem tot een driftaanval. Op een dag kwam de paniek. En de weerzin. Nog kwam het voor dat hij 's nachts van de promotie droomde. Hij raakte opgewonden van de spitse redeneringen die hij bedacht. Hij stelde de professoren met zijn schoonschijnende speculatieve redeneertrant voor raadsels. Hij kon niet meer in slaap komen.

Terwijl de droom grootser werd, liet het eigenlijke onderwerp hem ten slotte helemaal los, zoals een slang zijn huid afstroopt en dan onwennig, in de schrille zon, verdoofd blijft liggen. Zó keek hij naar wat het voorwerp van zijn obsessie was geweest.

In die tijd was José bij hen gekomen. Hella informeerde naar een cursus remedial-teaching.

Hij nam afscheid van mr. Wouters, die hem zijn plan de campagne had ontvouwd.

'Hella,' zei hij voor zich uit, 'ik ga mij met de hal bezighouden en ik verbeeld me dat ik dan met iets positiefs bezig ben en zolang zal ik het idee hebben dat ik in een wereld leef die altijd onbegrijpelijk zal blijven, maar als je greep hebt op een aspect ervan, zoals Oscar dat heeft, Hella, vechten voor een zaak... in het vechten voor iets zit iets heel verleidelijks, iets heel romantisch. Echte romantici willen de wereld verbeteren. De hal is gebouwd tegen alle wetten in.'

Op het land waar hij als jongen had gespeeld, waar hij holen had gegraven, waar zijn vader voor hem pijlen en vlierdoppen had gesneden, waar hij alle atavistische perioden van de mensheid had doorgemaakt; het stuk grond dat zijn vader had moeten verkopen om een dreigend faillissement te voorkomen – het had slechts uitstel van een jaar betekend –, het stuk grond dat in het verlengde lag van de tuin achter de villa, gelegen aan de Straatweg, was door Berkhof, de eigenaar van de villa, gekocht om er een koetshuis op te bouwen voor de paarden van zijn dochters.

De bouw begon op 15 oktober 1970. Na veertien dagen werd het werk stilgelegd. Dakgebinte van handbrede ijzeren balken rustte op vier muren van enkele meters hoogte. Niemand wist waarom Berkhof plotseling van zijn plan leek af te zien. Hij zag er ook niet vanaf. Kort daarna verschenen hijskranen en graafmachines die ook de rest van de tuin tot op geringe afstand van de villa uitgroeven. Een immense kuil ontstond. Twee meter dieper rond het gat waarin het koetshuis al gedeeltelijk was opgetrokken. Eén korte muur, die welke evenwijdig met de voorgevel van de villa liep, werd weggebroken. Prefabwanden verrezen rond de kuil en rond het koetshuis, meters hoger dan de oorspronkelijke die bleven staan en daarna in lengterichting werden doorgetrokken. IJzeren gemeniede balken vormden een reusachtig rood skelet. De villabewoners aan de Singel konden zich al nauwelijks de plaats meer herinneren waar vroeger een parkachtig landschap was geweest. Arbeiders werkten met ontbloot bovenlijf in de zon. Het geraamte rees uit de vallei omhoog, muren die steeds hoger werden... zo werd om het koetshuis een enorme hal gebouwd, over de volle lengte en breedte van de twee samengevoegde tuinen. En vanuit Michiels slaapkamer gezien lag het gebouw daar, heel bizar, als een schip dat vastgelopen was, hoog, onwrikbaar, als de ark van Noach op de berg Ararat.

Toen de hal klaar was werd binnenin het koetshuis afgebouwd. De twee omheiningen van ongelijke hoogte maakten het gemakkelijk er een omloop en tribune van enkele oplopende rijen te realiseren. De zoldering was van matglas. De wanden waren van binnen zwart-wit gevlamd alsof ze met koeienhuiden waren bespannen. Halverhoogte werd in de ruimte van het oorspronkelijke koetshuis een bar met terras ingericht die de ruimte van het eerste speelveld overkoepelde, bijna als die beroemde zeeterrassen waar het sterk aan deed denken, ook al door de blauw-groen beschilderde vloer. De andere twaalf speelvelden lagen twee meter lager. Vanaf het terras ging een trap naar beneden, die naar het eerste speelveld leidde, een tweede, smallere trap reikte tot de andere velden.

Tijdens de bouw was Michiel vaak met Hella gaan kijken. Geboeid had hij gekeken naar de hijskraanmachinisten in hun glazen koepel. Het kwam niet in hem op Berkhof een strobreed in de weg te leggen. De lichte onbehaaglijkheid die hij voelde weet hij niet aan de hal.

Maar de dubbele muren omsloten onverbiddelijk de grond waar hij gelukkig was geweest.

Het gebouw stichtte verwarring, de dingen kregen andere proporties: werden mateloos klein. Het als uit de hemel neergedaalde schip woog zwaar op het land, domineerde, maakte de omgeving onwezenlijk, irreëel, leek er een andere zin aan te verlenen.

De hal werd door Berkhof 't Koetshuis gedoopt. Borden vanaf de Straatweg gaven de plaats van ligging exact aan. Wat had hij met 't Koetshuis voor? Drie jaar lang bleven activiteiten uit, heerste doodse stilte om het gebouw. Men raakte gewend aan de hoge muren die de tuinen van de villa's aan de achterkant afsloten, en wanneer de zomers heet waren, genoot men van de schaduw; daar de kaalte van de muren toch een doorn in het oog bleef, liet men er clematis, kanariekers en bruidssluier tegen groeien.

De bewoners in de omgeving waren niet helemaal gerust maar accepteerden gelaten de aanwezigheid van de kolos in het land.

Soms liep Berkhof langs de muren met zijn ontelbare ramen, keek omhoog naar de imposante voorgevel.

Maar op een dag begonnen, toch nog onverwacht, de ergernissen en ze namen in een fataal ritme toe.

Ze hadden samen Yvonne naar bed gebracht. Ze stonden nu buiten. Hij legde zijn arm om Hella heen, tilde het haar in haar nek op en kuste haar.

'De hal is solide, imposant. Geen ander bouwsel van dit soort bestaat er in de omtrek. Nergens verheft zich in het land zo'n constructie. Maar de hal is een incident, Hella, een incident van steen, ijzer en beton.' Hij streelde haar nek. 'Weet je wat Roed tegen me zei? Die hal is eigenlijk de kleine

81

geschiedenis onder de grote. Die kleine geschiedenis moet nog geschreven worden.'

Ze keek hem glimlachend aan. Hij vroeg: 'Wanneer verwacht je antwoord op je brief?'

'Gauw. Ik heb echt zin in die cursus, bezig zijn met probleemgevallen lijkt me veel aardiger dan voor de klas staan.'

'Zijn er veel aanmeldingen?'

'Ik denk het wel. Iedereen probeert zoiets te krijgen nu er bij het onderwijs nauwelijks banen meer zijn.'

'Hoeveel plaatsen zijn er?'

'Tien.'

'Wat ben je optimistisch!'

'Ik geloof dat ik op de cursus kom. Ik geloof het omdat ik vrolijk ben, omdat ik me de laatste dagen zo opgewekt voel. Alsof er allemaal fijne dingen gaan gebeuren.' Zonder op een reactie van hem te wachten ging ze door: 'Ik had zo graag net als Claire willen studeren.'

'Claire, met haar universitaire opleiding, zal ook genoeg moeite hebben om aan een baan te komen. Wil ze weer lesgeven?'

'Voor ze naar Kenia ging, heeft ze een halfjaar voor de klas gestaan. Het viel haar erg tegen.'

'Waarom ben jij niet gaan studeren?'

'Ik weet niet meer hoe dat precies gegaan is. Pappa en mamma namen aan dat ik voor de klas wilde. Dat deden zoveel meisjes. Dat neem ik ze nog steeds kwalijk. Al is dat misschien niet eerlijk. Claire bepaalde zelf wat ze ging doen. Pappa was zo trots op haar. Ze konden samen zo fijn met elkaar over literatuur praten.'

'Claire en Oscar komen morgen, hè?'

'Waarom ga je niet mee naar Schiphol?'

'Ik wil hier in de buurt blijven.'

'Ze hebben pappa geschreven dat ze verwacht hadden dat wij hun voorlopig onderdak zouden aanbieden.'

'Nee, Hella. Ze mogen tot diep in de nacht blijven, ik vind dat ze dat de volgende avond weer mogen doen, maar ik kan het niet verdragen dat er 's nachts in dit huis andere mensen slapen dan wij drieën.'

'Dat zeg jij ze dan maar.' Haar kleine spottende glimlach die onmiddellijk verdween.

'Je had toch kunnen studeren.'

'Ze hebben me nooit op het idee gebracht. Als ik ook naar Amsterdam was gegaan, had ik ze verdriet gedaan. Dat hebben ze me laten merken. Hen verdriet doen, dat was het laatste wat ik wilde. Ik had zo graag kunstgeschiedenis gedaan of literatuurwetenschap, nee, ik mocht onderwijzeres worden. De school was lekker dichtbij. Een oom was ook bij het onderwijs in Almelo. Het kwam daarna niet eens bij mij op om in een andere stad op kamers te gaan wonen. Ik voelde me verantwoordelijk voor hen. Als mamma ziek was kon ze helemaal niet zonder mij. Ik heb een keer mijn vingers in mamma's dijen gedrukt en het vlees had een hele tijd nodig om weer omhoog te komen. Mamma had het altijd heet, pufte altijd van de hitte, pappa had het altijd koud. Dagelijks twistpunt in de winter. "Philip, kan die verwarming niet lager, ik weet niet hoe dat werkt." Ze stond onderaan de trap te roepen. Pappa gaf geen antwoord. Dan krijste mamma. Hij boog zich onverwacht over de leuning van het trapportaal en zei heel verbaasd: "Wat is er, mam?" Ik weet nog hoe pappa dan keek: hij beet op zijn lippen, trok zijn wenkbrauwen snel achter elkaar op, net of hij glimlachte.'

'Hij glimlachte echt, denk ik.'

'Ze hadden nooit moeten trouwen. Hun temperamenten kwamen niet overeen.'

Hella luisterde. 'Ik dacht dat ik Yvonne hoorde. Michiel, ik heb ook wel eens gedacht dat het achteraf wel goed is geweest dat ik niet ben gaan studeren. Ik was waarschijnlijk naar Amsterdam gegaan. René Cambron ging daar ook heen. Ik was in die tijd zo onzeker.'

'Je zou in verkeerde handen zijn terechtgekomen?'

'Wie weet.'

'Ik heb jou "gered".' Hij grijnsde.

'Het is wel een zwaar woord, maar ik wist heel zeker dat ik bij jou moest blijven.'

Hij dacht: Wat is een vrouw waard? Als ze onder je vrienden en verwanten verkeert, kun je pas zien wat ze waard is!

Hij keek haar aan. Ze was mooi. Ik heb altijd willen trouwen met een meisje als Hella. Hij begon krulletjes in het haar te draaien dat uit haar houten bewerkte haarpin was gegleden. Martins'? Martins' interesseerde hem niet meer. Hella had misschien iets gedaan dat hem diep gekwetst had. Maar Hella was geen teleurstellende vrouw. Hij kon zijn ogen niet van haar afhouden.

Roze doorzichtige wolken, in de vorm van wilgenbladen, schoven onder een blauwe hemel.

Diep uit het dorp klonk de muziek van een korps dat een rondgang maakte.

'Ik moet vanavond nog wel naar Wouters,' zei hij. Hij voelde een scherpe wroeging omdat hij met Emmy had afgesproken. Ze luisterden naar de muziek die dichterbij kwam. Hella zei onverwacht, als conclusie van een ingewikkelde gedachtegang: 'Ik ben toch blij dat Claire en Oscar komen. En pappa heeft zo naar hen uitgekeken.'

'Toch.' Hij lachte.

'Nee, ik ben echt blij. Ik heb zin om met Claire in Amsterdam te gaan winkelen en we kunnen samen eten. Ik ben ook blij dat die brief weg is. Ook omdat ik geloof dat ik gauw antwoord zal krijgen. Ik heb hem voor mijn gevoel op het juiste moment weggestuurd.'

Zo bracht de aankondiging van hun komst een merkwaardige spanning teweeg, een spanning die even ver van angst als van grote vreugde verwijderd was, maar alles te maken had met zekere verwachting.

Hella zag dat Michiel al grijs werd. Ze zei: 'Het grijze haar staat je goed.' Ze keek hem bewonderend aan. 'Je bent veel mooier dan Id.'

'Nee,' zei hij, 'dat is niet waar. Id is een mooie jongen, nog steeds. Ik ben altijd jaloers op hem geweest. Ik heb altijd gewenst dat ik Id was.'

Toen ze terugliepen naar huis vroeg Hella zich af of Yvonne zich nog iets van haar verblijf in Kenia zou herinneren.

2

Hij parkeerde zijn auto die avond tegen elf uur voor een bar aan de Lawick van Pabststraat. Een steile van het station weglopende, brede laan met aan één kant hoge, aan elkaar gebouwde herenhuizen.

Een trap leidde naar de voordeur. In oranje neon: Tiffany.

'Dat in deze straat een bar is,' zei Emmy. 'We zijn hier nog nooit geweest.'

Hij gaf geen antwoord, belde aan. Ze gaf hem een arm. Ze zei: 'Ik vind het eng: Een vierkant luikje achter spijlen ging open.

'Goedenavond: 'Wijlhuyzen, broer van Id.'

De deur ging open.

Aan de bar zei ze terwijl ze haar glas neerzette: 'Mag ik hier wel komen? Het is een club voor homoseksuelen, hè?'

'Ja, maar jij mag ook komen.'

'Er zijn geen andere vrouwen.'

'Nu toevallig niet.'

'Willen jullie iets lekkers?' De jonge barkeeper droeg een zilveren ketting met hugenotenkruis om zijn hals. Hij hield hun een schaal met worst en kaas voor. 'Speciaal op woensdag,' zei hij. 'Woensdag is toch al zo'n ongezellige avond.'

'Wat een aardige jongen,' zei Emmy. 'Ik vind de hele sfeer zo intiem.'

Gebogen aluminium wanden gaven de indruk dat je je in een glinsterende cilinder bevond die zich in de verte verwijdde en een enorme diepte suggereerde. Daar was een open haard, waarin vuur brandde.

'Emmy, die open haard daarginds, wat denk je, is dat echt vuur?'

'Van hier af lijkt het wel.'

'Ga eens kijken.' Ze liet zich van de barkruk glijden.

'Ik wil toch ook even mijn haar doen,' zei ze. Hij keek haar na. Hij was niet verliefd. Hij voelde zich onder haar blik nooit helemaal op zijn gemak. De morele strengheid die hem had ontbroken toen hij aan deze verhouding was begonnen, liet hem ook in de steek toen hij van haar af wilde. De situatie was nu zo dat hij haar min of meer aanhield. Ook misschien om haar droevige ogen. Bruin en glanzend als die van Hella, maar er kwam altijd een moment als ze samen ergens waren dat Emmy's ogen een kille insnoerende draad om zijn hart trokken, dat een scherpe sensatie van verlatenheid hem overviel, de sensatie dat hij bezig was iets voorgoed te verliezen.

De barkeeper boog zich naar hem toe en vroeg: 'Mag ik!' Met zijn vinger veegde hij wat bierschuim van Michiels bovenlip. Michiel keek hem met belangstelling aan. De kleine attentie had hij niet onaangenaam gevonden. Michiel dacht: Deze eeuw is vol van latente homo-erotische gevoelens. Misschien heeft de psychiater van Id toch gelijk!

Emmy kwam op hem toe. Ze liep te vlug en met te grote passen. Voelde ze hoe vernederend hij dit voor haar bedoelde?

Hij vroeg aan de jongen: 'Is Id nog geweest?'

'De laatste tijd niet meer.'

Emmy zei: 'Zelfs als je heel dicht bij de open haard bent, denk je nog dat het echt vuur is.'

Michiel lachte.

'De laatste keer was hij hier met Mary. Het was op een stil moment van de avond,' zei de jongen.

'Hoe zag hij eruit?'

'Niet goed. Nee, hij zag er niet goed uit. Maar in het violette licht hier...'

Men riep hem. Michiel dacht: Wat moet ik tegen Emmy zeggen? Hij vroeg of Wim het druk had. Haar man was internist in het streekziekenhuis. Ze zei dat hij bijna niet thuis kwam, want er was een collega ziek. Ze liet merken grote waardering voor hem als arts te hebben.

Hij dacht: Wat doe ik hier met Emmy? Ik hou van Hella. Zou Emmy vanavond weer wijn willen proeven uit mijn mond? Maar ik drink niet meer. Tomatensap uit elkaars mond? Dat is niet esthetisch.

Hij zag haar glinsterende voortanden. Emmy dronk rode wijn en ze zei: 'Je bent een indolente minnaar.' Het rood van de wijn en het violet van de lampen vloeiden in elkaar. Naar Hella kon hij altijd kijken. Zelfs als ze boos was. Vooral als ze boos was! Hella's prachtige ogen. Met wanhopige hartstocht kuste hij Emmy's hand. Hij besefte dat dit ogenschijnlijk tedere en nogal zelfverzekerde gedrag (een moment vroeg hij zich af of zij met hem speelde?) onbetwistbaar betekende dat hun verhouding niet tot de ondergang gedoemd was maar voor hem al lang was ondergegaan. Emmy's wang rustte in zijn hand.

Hij zei: 'Je haar is zo mooi verkroest. Heb je er wat aan gedaan?'

'Vind je het echt mooi? Het is vanzelf gekomen.' Ze duwde haar gezicht tegen zijn hand, en zei: 'Michiel, er zit een andere man achter me aan. Daarom belde ik je op.'

'Daarom?'

'Je hebt zo lang niets van je laten horen. Ik dacht: Ik bel gewoon. Dat kan toch wel, je begrijpt het toch niet verkeerd?'

Zijn verlangen naar Hella en Yvonne nam toe. Hij dacht: Ik heb haar toch niet de indruk gegeven dat ik niet van Hella houd?

'Ik ben blij dat je gebeld hebt, Emmy.'

'Je bent druk bezig aan je proefschrift?' Ze zocht zelf verklaringen voor zijn laksheid. Haar hoofd lag schuin in zijn hand. Ze keek omhoog, afwachtend. Ze had hem, ongetwijfeld na lang wikken en wegen, opgebeld met de rechtvaardiging dat zoiets in deze tijd toch wel kon. Nu verwachtte ze wat van hem. Hij herinnerde zich het tuinfeest. Een vrouw was zijn richting uit gekomen. Een donker slank silhouet. Met onzekere passen volgde ze het grillige rode parcours van een pad. Ze liep daar buitengewoon 'alleen'. Hij kende haar niet. Een vrouw van vijfentwintig, meende hij. Ze volgde het pad nauwgezet, liep achter een bosschage langs, kwam weer tevoorschijn. Ze was een meter of tien van hem af. Rode zon weerkaatste tegen de muur van een tuinhuis. Ze liep langzamer. Ze flirtte met het zonlicht. Ze was bereid met zich te laten flirten. Zijn hart bonsde. Toen ze vlak voor hem stond, zag hij dat ze veel ouder was. Had hij gehoopt toen hij haar daarnet vroeg om naar de open haard te gaan kijken, iets van dat dubbelzinnige karakter terug te vinden? Maar hij had haar nauwelijks aangekeken toen ze op hem toeliep.

Hij vroeg: 'Waar denk je aan?'

'Aan de flat die ik gauw krijg.'

'Ga je echt van Wim weg?'

'Als Saskia haar eindexamen heeft gedaan.'

'Saskia is je oudste dochter?'

'De jongste. De oudste is het huis al uit. Ik heb op dit moment gewacht. Ik kan niet langer bij Wim blijven. Hij begrijpt er niets van. Hij zegt: "Het is toch allemaal goed tussen ons?" Als ik echt een keer weg wil, moet ik het nu doen, ik ben drieënveertig. Mijn gevoelens voor Wim? Er zijn alleen pijnlijke holtes ergens diep in mijn maag. Het is een hel met hem. Ik leef op een eiland.'

'Je hebt toch niet alleen om mij... ik mag je man wel.' Hij dacht: Ik ben laf, maar het kan me niets schelen. Niet anderen zullen over mij beschikken.

'Ik kan niet zonder je. Je zou me bellen toen Hella in Kenia was, ik ben nog nooit bij je thuis geweest.'

'Ik heb je gebeld. Je was niet thuis. Welke man zit achter je aan?'

'Ik kreeg gisteren een bos gerbera's.'

'Nu je het veilige huis gaat verlaten, omring je je met een stoet van minnaars. Heb je er geen idee van wie je die bloemen gestuurd heeft?'

'Je bent jaloers.'

'Lieveling.'

'Waarom kijk je me zo aan, Michiel?'

'Omdat je er zo jong uitziet.'

'Weet je waar ik nu aan denk?' Emmy's grote ernstige ogen.

Hij had geen idee.

'Aan de afspraak die we gemaakt hebben. Je lacht, je denkt dat ik me er niet aan houd!'

'Welke afspraak, Emmy?'

'Je bent het vergeten?'

'Welke afspraak Emmy?'

'Je weet het heus wel.'

'Zeg het dan.'

'Het was heel romantisch. Dat we wat er ook gebeuren zal, elkaar één keer per jaar gedurende vierentwintig uur zul-

90

len zien en de afspraak geldt tot een van ons tweeën niet meer leeft. Zo was het toch?'

'Heb ik dat gezegd?'

'Je probeert er nu al aan te ontkomen.'

'Nee hoor, maar heb je alle consequenties ervan overdacht? Ik stel voor dat we er nog veertien dagen over mogen nadenken.'

'Ik hoef er niet meer over na te denken.'

Hij kuste de bovenkant van haar hand. Hij voelde haar lippen tegen zijn hals. Die lippen bewogen.

'Ik kan niet zonder jou, zeker niet nu ik van Wim wegga.' Hij bestelde wijn voor Emmy. Ze dronk van de wijn. Hij keek om zich heen, hij liet tijd voorbijgaan. Toen in een wanhopige poging: 'Emmy, luister, ik kan het vanavond niet laat maken want ik ga met Hella en Yvonne vannacht mijn zwager en schoonzusje van Schiphol halen. Het vliegtuig komt om vier uur aan.'

Ze geloofde hem, ze dronk nog een glas wijn, hij was een moment erg tevreden over zichzelf.

Het had geregend. Voor hij de auto instapte, keek hij de straat af. Een trolleybus met verlichte ramen reed voorbij. De draden boven de weg speelden krijgertje. De stad lag onder hem. Hij zag het station, de rivier, de twee bruggen met hun toevoer van wegen als een enorme paperclip. Ervoor de school waar hij Hella voor het eerst gezien had. Vijftien, zestien jaar geleden. En achter de hoge stationsmuur met metershoge reclame voor kippenvoer, onzichtbaar, in de diepte, het Plein. Op het terras van de Ark had hij Id voor het laatst gezien. Emmy legde haar arm om zijn middel. Hij was haar vergeten.

'Je bedoelt dat je om mij,' zei hij, 'op die flat gaat zitten ?'

'Om jou, en om van hem weg te zijn.'

'Je verliest het contact met de vrouwen van zijn collega's!'

'Wat kan mij dat contact schelen. Ik haat die bezoekjes op zaterdagavond, altijd dezelfde mensen, dezelfde gesprekken, dezelfde quasi-onverschillige verhalen over ongeneeslijke zieken, terwijl ze zelf zo bang zijn... Wim laat op kosten van de gemeenschap om de twee maanden het cholesterolgehalte van zijn bloed bepalen.'

Ze reden naar de buitenwijk waar ook Hella's vader woonde.

'Zullen we nog even iets gaan drinken?'

De woede die opkwam en beheerst werd. 'Nee, Emmy, ik kom echt te laat. De volgende keer blijf ik langer.'

Waarom heb ik haar gerbera's gestuurd? Iets goedmaken? Het antwoord was te simpel. Hij reed om de stad heen naar huis. Het is niet in haar opgekomen dat die bloemen wel eens van mij zouden kunnen zijn. Of is ze erachter gekomen dat ik die bloemen gestuurd heb en wacht ze mijn reactie op haar reactie af?

De bebouwde kom werd in de verte al aangegeven door verlichte uithangborden die elkaar gedeeltelijk overlapten. Het was halftwee. Blauwe zwaailichten van de politie. Aan beide zijden van de weg stonden auto's, half op de stoep. Hij sloeg een weg eerder in, parkeerde zijn auto. De situatie op de Singel was nog onoverzichtelijker. Agenten hielden contact met elkaar via walkietalkies. Halftwee 's nachts. In een stille buitenwijk zat het verkeer muurvast. Uit de hal kwam muziek. Langs de auto's liep hij het pad in. Op zijn terrein stonden auto's en tot ver op het land trof hij mensen aan. Hij zag dat er licht op hun slaapkamer brandde. Hella was al thuis. Sprakeloos keek hij om zich heen. Men had bezit van zijn land genomen. En boven het vrolijke tumult van de feest-gangers torende de hal, immens in de leegte van de hemel, zo-als op een middeleeuws miniatuur uit een blauwgroen schit-terend landschap van velden een stad verrijst. En de hal kwam langzaam omhoog als gedragen door donkere trage golven, stond ver boven de chaos. Een verlicht schip op een onmogelijke zee. Bezield met kracht leek het adem te halen. De hal betoverde hem, verleidde hem tot het gevoel dat er een geheime analogie bestond tussen hemzelf en het gebouw, en dat het daar voor hem zijn eigen vreemdheid toonde.

Hij zei langzaam tegen zichzelf: 'Ik wil dat de hal wordt af-gebroken, wordt ontdaan van zijn omhulsel, wordt ontman-teld tot op de aarde. Wie weet welk geheim zij blootgeeft.' Hij raapte een dakpanscherf op en scheerde hem in de rich-ting van het verblindende licht dat uit het dak scheen. Hij wachtte op het neerkomen, maar hoorde niets. Aangetrok-ken door de muziek liep hij die kant op. Wat had Wouters vanavond tegen hem gezegd? 'De hal, meneer Wijlhuyzen, is een kolfje naar mijn hand. Deze hal had nooit gebouwd mo-gen worden. Ik heb op het kadaster een kort onderzoek laten instellen naar de erfdienstbaarheid die op deze grond zou rusten. Nogmaals, het is overduidelijk dat op die plaats deze hal nooit gebouwd had mogen worden.'

3

Wouters had Michiel een overzichtstekening laten zien.

'Het oude landgoed is geheel door een blauwe arcering omgeven. Zoals u ziet strekte het zich vroeger uit tot aan de Ringallee en bevond zich tussen Straat- en Bergweg. Later is de zaak verkaveld, er zijn bepalingen vastgelegd. Erfdienstbaarheden. We moeten wel onderscheid maken tussen heersend en dienend erf. U kan ik zoiets wel vertellen, de meeste van mijn cliënten geven dan al niet meer thuis.'

Michiel had hem ook niet helemaal kunnen volgen, maar hij had begrepen dat het oude landgoed heersend erf was ten opzichte van de verkavelde stukken en dat het land waarop de hal van Berkhof stond, dienend of lijdend erf was. Als je heersend en lijdend erf in eigendom hebt, vervallen servituten. Hij hoorde voetstappen achter zich. Het was Hella.

'Oscar is niet met het vliegtuig meegekomen.'

'Hè. Het is gek, zoiets heb ik gedacht.'

'Ik ook een beetje.'

'Waarom is hij niet meegekomen?'

'De koffers sturen ze per boot. Die stonden in Mombasa op de kade. Ze mochten niet worden ingeladen omdat er bepaalde papieren niet juist waren ingevuld.'

'Dus hij kan er met een of twee dagen zijn.'

'Ja.'

'Hoe ging het vanavond?'

'Pappa was drie uur te vroeg. Bovendien had het vliegtuig vertraging. Pappa ging steeds informeren. Hij kan soms zo streng doen tegen Yvonne. Dat voel ik altijd als een verwijt, alsof ik haar niet goed zou opvoeden.'

'Zagen jullie Claire onmiddellijk?'

'Ze stond opeens voor mij. Ik kon mijn tranen niet inhouden. Claire huilde ook. We hebben pappa moeten zoeken die weer aan het informeren was. Bij Oscars ouders hebben we broodjes gegeten. Sinds Oscars vader zijn tabakswinkel heeft laten saneren, wonen ze in Osdorp. Claire kan voorlopig bij hen een kamer krijgen.'

'Is pappa direct doorgegaan naar huis?'

'Ja, hij zag er erg moe uit. Hij was erg ontroerd toen hij Claire zag. Hij vond het natuurlijk jammer dat hij haar niet uit de aankomsthal had zien komen. Dat ogenblik had hij gemist. Ik eigenlijk ook. Ze stond zo onverwacht voor ons. Ze heeft een heleboel foto's, ze komt ze gauw laten zien.'

'Foto's van jouw geld.'

'Michiel! Je zegt er niets van als ze komen. Je doet er pappa verdriet mee. Hij zou die reactie niet begrijpen. Claire was erg teleurgesteld dat je er niet was. Ik heb altijd gedacht dat ze wel eens wat voor jou zou kunnen voelen.'

'Claire?' Michiel lachte, zei toen nadenkend: 'Misschien wil Claire met me slapen. Heb je het met haar daarover gehad, in Kenia?'

'Zo goed was de verhouding niet.'

In het verkeer op het toegangspad kwam beweging. Auto's die op het land stonden geparkeerd, werden gestart, koplampen gingen aan. Hella en Michiel liepen achteruit om uit het licht te komen.

De voorgevel van de hal ging over in een muur die de vlak-

95

te scheidde van een grote tuin die aan Cohn behoorde. Michiel klom op een stapel stenen, zag de oude oranjerie waarin geen ruiten meer zaten, verwilderde vruchtbomen met lichtgroen fonkelend korstmos op de dode takken. Een druivenstok had zich om de roeden van een broeikas gewikkeld.

Hij zei: 'Hella, ik herinner me dat tegen de muren leiperen en morellen groeiden. Daar in de hoek was het zo warm dat de abrikozen er rijp werden. Heb je wel eens bloesem van de abrikozenboom gezien? Een waterval van helwit licht. Het was streng verboden daar te komen. Cohn had een tuinknecht met een bloedhond. Ik heb de hond vaak horen blaffen, ik heb hem nooit gezien. Eldorado en vijandelijk terrein. Ik klom als jongen op de muur, sprong er ineengehurkt vanaf en kwam in het zachte turfmolm terecht. Dan begon ik te sluipen.'

'Was Id daar ook bij?'

'Id? Nee, ik geloof het niet. Hij had zijn eigen vriendjes.' Michiel sprong van de stapel stenen. 'Ik heb bij Wouters oude tekeningen van het landgoed bekeken. Hij lijkt me heel plezierig. Hij vertelde dat hij in alle mogelijke sportorganisaties zit, voorzitter is van de stedelijke voetbalclub en hoofdbestuurslid van de Nederlandse Lawntennisbond.'

'Een bekende figuur in de stad?'

'Ja.'

'Zo'n advocaat lijkt me gunstig.'

'Oh, hij is er zeker van dat we winnen.'

Tussen de rode beuken was de verlichte kerktoren zichtbaar. De bochtige winkelstraat weerspiegelde rood tegen de hemel. Daar lag de kleine plaats. Rechts lag de stad. Hun land vormde een enclave. Een soort grensgebied.

'Hella, kijk!' Hij greep haar hand. 'Het is toch fascinerend om te zien. De hal helemaal verlicht van binnen, lijkt op die enorme feestboten die zich van de kade losmaken en de rivier opvaren. Moonlightcruises op de Rijn. A cosy ship and a good band bring you a wonderful night. Funny attractions are included. Ein Wassertour zum Grenzgebiet Lobith/Emmerich. Bei Lobith ist der Rhein eine enorme, lebhafte Wasserstrasse. Schiffe aus verschiedenen Ländern sehen Sie Holland ein- und ausfahren. Eine wundervolle Reise.'

'Zou je werkelijk willen dat de hal werd afgebroken?'

'Come with us for a restful view of Holland along the winding and scenic Rhine. Ik probeer me voor te stellen hoe de omgeving er zonder hal uit zou zien.'

'Er zou een afschuwelijk gat overblijven.'

'Dat gooien we vol met vruchtbare teelaarde. Intussen heb ik het oude stuk grond teruggekocht. Op het land om ons heen laat ik een schitterend park inrichten. Er worden vruchtbomen geplant. In de holtes van een slangenmuur op het zuiden wilde kwetsen en leiperziken.'

'Een visioen?' Ze drukte zich tegen hem aan. 'Michiel, ik hou van jou, ik zal altijd bij je blijven. Mijn verliefdheid op Id toen was geen ontkenning van wat ik voor jou voelde. En als onze verhouding in die tijd beter was geweest, zou ik misschien nooit op hem verliefd zijn geworden. Het is maar goed dat ik nogal langzaam met alles ben. Die traagheid heeft mij ervoor behoed weer contact met hem te zoeken... Michiel, ik had er helemaal geen behoefte aan om naar pappa te gaan. Ik had zo gehoopt dat je iets zou zeggen...'

'Je kent me goed genoeg om te weten dat ik op dat moment niets kon zeggen. Ik ben dan in een stemming waarin ik altijd dingen doe of nalaat waar ik later spijt van heb.'

'Ik weet niet eens waarom ik had afgesproken een paar dagen bij pappa te gaan logeren. Er was niet de geringste aanleiding om weg te willen. Misschien was het de monotonie van de warme dagen, of de lege straat, of de tennissers die niet alleen jouw maar ten slotte ook mijn irritatie opwekten. Ik weet alleen dat ik die dag veel scherper dan anders de bewegingen rond de hal opmerkte. Ik herinner me dat ik hun onnozele gebaren bespiedde... Het was alsof ik me aan die tocht wilde onderwerpen. Iets doen wat ik niet wilde, een gevecht aangaan, mezelf geruststellen. Het lijkt achteraf of ik door zo onverwacht weg te willen, zelf verrast wilde worden.'

Hella zag zichzelf opnieuw in het lege landschap rijden. En daarin was een andere lege wereld. Hella's geest. Hella die gedachteloos de weg om de stad genomen had, die in een door coulissen verkleinde wereld reed en haar auto aan de kant van de weg tot stilstand bracht. Daarna zei ze: 'Ik was verdrietig toen ik wegging, maar in de auto loste zich dat gevoel als vanzelf op. Er kwam ruimte vrij voor iets anders; die ruimte werd niet gevuld. Geen verdriet, geen angst, geen tevredenheid. Niets. Een vacant gevoel.'

Hij had zijn arm om haar schouder gelegd. De hemel boven de hal was ongewoon helder. Tegen de kerktoren hing een wolk, roerloos, van zilver met roze serpentines.

'Michiel?' Hij keek haar aan. 'Ik denk soms dat ik iemand ben die ik helemaal niet wil zijn.'

Hella zag er kwetsbaar uit.

'Maar je bent mooi,' zei hij opgewekt. 'Iedereen vindt je mooi...' Hij zweeg. Ze keken naar de hemel waar een overdaad aan sterren schitterde.

'Ik ben onzeker, ik ben een slechte moeder. Soms denk ik dat ik niets ben.'

Hij zei na lange tijd: 'Daar in de muur laat ik een poort maken. De muur wordt doorgetrokken en zal de hele tuin omsluiten. De oude oranjerie zal weer geuren van de bloesems en reusachtige bladeren van de bananenboom zullen uit de luchtramen langs de nokken groeien en het glas uit de roeden drukken. In het park, dat wordt beplant met snelgroeiende vruchtbomen, laat ik paden aanleggen met verrassende bochten, met onverwachte uitzichten op een enorme waterval die zich van de aarde lijkt te verheffen uit een monumentale schelpengalerij die meerblauw en blinkend roze is en waarvan er ten noorden van de Alpen geen vergelijkbare te vinden zal zijn. Er komt ook een theekoepel, stijl Daniël Marot. En we laten karpervijvers graven op verschillend niveau. Zo maken we er een middeleeuwse "boomgaard" van, een besloten tuin. Een brede zone land van ons. Jij bent de dea ex machina, godin van de kruispunten der wegen, koningin van de Boomgaard. Zij wacht op haar minnaar die zijn kracht aan haar zal tonen. Ik alleen mag de grenzen van de tuin overschrijden. Slechts sensuele argumenten zullen geldingskracht hebben. Jij begeleidt mij door de hof en zult mij enige geheimen onthullen die jij alleen kent.' Hij haalde diep adem. 'In de hof – want dat is het juiste woord – moeten verschillende landschappen in elkaar overvloeien. Over de welvingen daarvan hangt een waas van saffraan. Het is warm en midden op de dag verzamelt zich tegen de hoge blinde muren, waarop het mos al zijn charmante, verwoestende werking begint, de hitte. In de lauwe zachte wind die de tuin doorwaait zullen de Doyenne de Comice, de Precox de Trévoux met zijn lancetvormige uiteinden en de Reine Claude, matgeel, bruinrood en troebel groen, sappig, zoet en geurend worden. Ik laat ook een reusachtige balustrade bouwen, zodat ik boven in de purperen beuken kan kijken. In onze tuin zal een rust heersen die groter is en indrukwekkender dan die van een slapende stad. Merels zitten op onze hoofden, kropduiven fladderen op onze schouders, van de hemel plukken we limoenen en sterappels en bomen rijzen op als zilveren torens. Dan dringen we samen in de tuin door, we gaan de tuin veroveren. We volgen verschillende paden, proberen elkaar niet uit het oog te verliezen. Hella, jij bent in het wit gekleed, ik kan je dus goed zien en je bent blootsvoets. Het paradijs is niet langer afgegrendeld.

Of is de tuin ondoordringbaar en verstikkend en blijken de paden op afgronden uit te lopen? In de verte klinkt muziek. Het wordt donker; we zien de duisternis als een opkomende zee langs de muur stijgen.

Laten we nog wachten en met wijdopen ogen om ons heen kijken. Een soort halte in ons leven, een lang moment waarin de tijd zijn snelheid verliest. Wij houden onze adem in. Ik zal mij niets meer herinneren. Ik zou bijvoorbeeld niet eens weten hoe Martins' er toen vanbinnen uitzag.

Ik zie dat je huivert, Hella. Maar de vrouw huivert eerder dan de man. Ze voorvoelt veel beter wanneer er belangrijke dingen op til zijn. Blind onder jouw blik, blind onder jouw handen.'

Hij dacht: Onaantastbare vrouw. Hella is van mij. Hij kuste haar. 'Hella, zo'n herfst zal schitterend zijn!'

Uit de hal kwamen mensen. De deur bleef open. Binnen werd gedanst.

'Waarom is er feest?'

'Toernooi van de badmintonclub.' Hella greep Michiel bij zijn arm.

'Ik miste pappa opeens. Misschien wilde ik daarom een paar dagen weg. Is het extra moeilijk om van hysterische mensen te houden?'

'Je moeder was niet hysterisch. Ze had soms aanvallen.'

'Maar die vreselijke onredelijkheid tegenover pappa.'

'Mamma's overwinningen bij jullie thuis gingen ver.'

Ze liepen naar huis. Hella dacht: Ik durf Michiel zelfs niet te vertellen dat ik onderweg naar pappa gedroomd heb dat Vreise naast mijn auto stond, dat ik uitstapte en hem volgde.

'Ik heb zin om tegen de hal te vechten,' zei Michiel.

Hella dacht: Over honderd jaar zal de hal er nog staan. Michiel wil altijd dingen die aan het onmogelijke grenzen. De vernietiging van de hal is een bevlieging die met de tijd wel overgaat. Toch zei ze: 'Wat heb je met al die mensen daarginds aan de Singel te maken. Zet een hek, een hoog hek tot waar ons terrein loopt.'

'Bij de verkoop van het stuk land aan Berkhof is bepaald dat bewoners van het huis aan de Bergweg altijd recht van doorgang zouden hebben, dat de uitgang naar de Singel nooit mocht worden geblokkeerd. Berkhof heeft er zich niet aan gehouden.'

'Die hardnekkigheid van jou.' Maar ze dacht: Hij heeft in ieder geval zijn sombere pose afgelegd.

De maan stond pal boven het land. Opnieuw die nacht gleed Michiels blik langs de beuken, de daken, de kerktoren. Zonder aarzelen duwde hij de beide deurvleugels van de hal open. De musici waren verdwenen. Een witte trui was met de mouwen aan de rugleuning van een stoel geknoopt. Op tafel lag een racket. Hij trok de deur achter zich dicht. Een glazen wand scheidde de bar van de speelvelden en scheidde zo twee werelden. Hij had de indruk in de antichambre van een eerste wereld te staan. Een glazen deur in de wand gaf toegang tot de andere. Hij deed deze deur open.

Hij keek de galerijen langs. Netten hingen als fuiken. Er was niemand. Wat zocht hij hier? Toen hij zich wilde omdraaien, hoorde hij in de verte een deur opengaan die daarna onmiddellijk met kracht werd dichtgeslagen. De ruimte lag aan die kant in het duister.

Maar wie hem ooit eerder had horen lopen, zou die krachtige maar slepende voetstappen nooit meer vergeten. Berkhof kwam op hem toe. Hij naderde als op een leeg toneel, nog verborgen achter de coulissen.

Michiel zag hem. Zijn hemd stond wijdopen, zijn mouwen waren opgerold. Maar door het verval in diepte was het toch of een soort koning de troon besteeg. Koning Berkhof, heerser over nagenoeg alle bouwactiviteiten in plaats, stad en ver daarbuiten. Een jongen uit het volk, die de taal van het volk sprak en wat hij aanraakte in goud veranderde. Koning Midas. De omvang van de hal gaf een indruk van zijn koninkrijk.

Voor zijn dochters had hij dochtermaatschappijen opgericht. Dochters met tieten van vuursteen, zoals hij zelf zei. Hij passeerde het laatste net en hield stil.

'Ik zag je al staan, Wijlhuyzen. Het was een mooi feest vanavond. Dat had je vader nog moeten meemaken. Al die auto's in dat pad. Hoe vaak heeft hij hier niet zitten klagen.'

'Je hebt vrije doorgang beloofd. Het is vastgelegd in het koopcontract.'

'Jouw vader was de beroerdste niet. Ik zie hem nog kijken toen ik voor dit stukje grond een ton bood. In zevenenzestig!'

Michiel keek hem aan. Berkhof was zo oud als zijn vader nu zou zijn geweest. Zestig. Zijn vader was dood. Deze man was nog in de kracht van zijn leven. Hij stond wijdbeens, haalde een sigaret los uit zijn zak, stak hem aan en inhaleerde diep. 'Maar zelfs voor zo'n bedrag vroeg je vader nog bedenktijd.'

'Je hebt je niet aan de afspraak gehouden.'

'Om zo'n stennis te maken over een paar auto's in het pad.

Mooie chaos, dat land van jou. Dat had je vader zo eens moeten zien. Om goede grond zo te laten overwoekeren. Wat jij niet kunt hebben is dat Berkhof iedereen te slim af is, dat Berkhof die van niets heenkomt het zo ver heeft geschopt.'

Michiel dacht: Ik heb het ook ver geschopt. Hoe vaak heb ik het thuis niet gehoord. Id moest een voorbeeld aan mij nemen. Id had het naar zekere maatstaven niet ver gebracht. Id had zoiets als een huiswerkcursus in een vervallen pand in de binnenstad. Hij wist niet eens waar. Id meed iedereen. Of meed hij juist zijn jongere broer? Maar met al zijn examens, met al zijn diploma's was hij nu werkloos. Een werkloos academicus. Dat was (dat leek) erger dan gewoon werkloos. Een extra schande.

Berkhof kwam de trappen op.

'Drink wat van mij. Er is al genoeg ruzie op de wereld. Het kan nu nog. Morgen om tien uur ben ik geen eigenaar meer. De hal heeft mij al genoeg opgebracht. Ik kan niet tegen klagende buurtbewoners. Ik hou ook niet zo van onroerend goed met bars, dat geeft altijd gelazer. Wegman en Loos zijn de nieuwe eigenaars. De sport zal er helemaal uitgaan. Ze hebben een boekbinderij in de stad. Ze moeten daar weg of ze willen uitbreiden, ik weet het niet precies. Er zal dus naar alle waarschijnlijkheid een binderij inkomen. Er wordt een nieuwe betonvloer in gestort want er komen zware machines in die wel wat gedreun zullen veroorzaken. De hal heeft veel opgebracht. Dingen waar je voor geknokt hebt, zijn kostbaar. Maar Wegman en Loos hadden kennelijk veel geld. De bar is eigenlijk gesloten. De bar is voorgoed gesloten. Wat wil je drinken?'

4

Michiel zei de volgende dag tegen Hella: 'Nu ben ik voorzitter van een actiecomité. Wie had dat ooit kunnen denken. Men heeft mij in diepste nood verzocht om de belangen van mijzelf en anderen te verdedigen. Ik ben vanmorgen bij de wethouder van volkshuisvesting geweest. Ik vroeg hem hoe dat toen precies gegaan was met de bouw van de hal. Hij zei: "In die tijd was ik nog raadslid, ik weet er dus het fijne niet van. Maar omdat ik wist dat u kwam, ben ik in de zaak gedoken en ik kan u dit zeggen: servituten leiden een eigen leven. Berkhof diende in negenenzestig een aanvraag in tot het bouwen van een koetshuis. De gemeente had geen reden toestemming te weigeren. Ook niet toen hij korte tijd later een gewijzigde aanvraag inzond. We hebben natuurlijk wel eens gehoord dat hij dat Koetshuis als sporthal zou exploiteren, maar in die tijd waren sporthallen dun gezaaid. Bovendien had Berkhof een aannemingsbedrijf. Hij kon de hal vlug neerzetten, zonder financiering van de gemeente. Particulier initiatief moedigen wij altijd aan. Maar als u meent in uw recht te staan, moet u het recht gaan halen."'

De telefoon.

'Het zal wel voor jou zijn.'

Het was mr. Wouters.

'Goedemiddag. Het is nog niet precies duidelijk wie zich eigenaar van de hal mag noemen. Ik ben van plan én tegen Berkhof én tegen Wegman en Loos te procederen. Ik heb ook met Loos contact gehad. Een gewone jongen die er mooi ingetippeld is. Berkhof heeft bij de koop niet gesproken over servituten. Ik heb Loos aangeraden een advocaat te nemen en tegen Berkhof een kort geding aan te spannen. Weet je wat Loos mij toen vroeg? Of ik zijn zaak niet wilde verdedigen. Ik heb dat natuurlijk moeten weigeren, het zou anders een laakbare vermenging van belangen worden. Voor zover ik heb kunnen nagaan aan de hand van mij ten dienste staande gegevens is met vrucht een actie in te stellen tot handhaving van de erfdienstbaarheid, gevestigd bij akte van 17 oktober 1873. In deze akte wordt het landgoed "Schoonenberg" als heersend erf aangegeven. Het karakter van "landgoed" is wel verloren gegaan, maar de kadastrale aanduiding is duidelijk.

Ik wil u ook nog voorstellen een fonds te vormen van tienduizend gulden. Zesduizend daarvan kan ter verrekening te mijner beschikking worden gesteld, de overige vierduizend zal ik op een speciale rekening reserveren als dekking voor proceskosten, mocht onverhoopt de procedure worden verloren. Zo wordt niemand op het einde van de reis geconfronteerd met het verzoek te suppleren. Over dit alles krijgt u nog een brief van mij.'

'Ik dank u hartelijk.' Michiel maakte een lichte buiging. Hella glimlachte. Michiel was zenuwachtig. Hij had vlekken in zijn hals, voelde zich nog niet op zijn gemak in zijn nieuwe rol.

'Ik ben voor u altijd bereikbaar, alleen zondagmiddag zult u mij uit het voetbalstadion moeten plukken.'

Toen Michiel vanmorgen uit het raam keek, schitterde het land. Het had geregend, de vuurtoortsen waren geknakt;

door de kracht van de zon steeg damp op, een geheim vluchtig leven was in de puinhopen wakker geworden. Met Hella en Yvonne was hij naar buiten gegaan. Ze liepen onder banen licht die elkaar kruisten, en weer overviel hem het gevoel van verrukking dat hij gisteren gekend had. Een gevoel dat zijn benen licht maakte en hem ook een beetje triest stemde omdat hij niets met die overweldigende blijdschap kon beginnen.

Hij zat nu in de tuin. Hella deed met Yvonne boodschappen.

'Je hebt lekkere thee gemaakt, José.'

'Meent u dat?'

'Ja.'

'Ik vind thee vies.'

'Drink jij nooit thee?'

'Nee.'

De telefoon. Michiel ging naar binnen.

'Ja.'

'Met een oude schoolvriend. Raad eens.'

Een oude schoolvriend. De stem zei hem niets. Hij zag nooit oude schoolvrienden. Hij was ze voorbijgestreefd. 'Ik weet het niet, echt niet.'

'Derek.'

'Derek?'

'Derek Blanke.'

'Oh, van het makelaarskantoor.'

'Kan ik een afspraak met je maken om eens langs te komen?'

'Waarover wilde je praten?'

'Dat zou je kunnen vermoeden.'

'Nee. Geen idee.' Hij dacht: Het heeft of met de hal of met mijn grond te maken.

'We hebben allemaal zo wel eens onze dromen. Ik net zo goed als een ander.'

'Ik ken jouw dromen! Naefflat, Daalhuyzerflat, Bellevue en Overbeek, Zuid-flat, verzorgingsflats, luxeflats. Allemaal dromen die werkelijkheid geworden zijn.'

'Je kunt ook zeggen dat ik de woningnood hier heb opgelost.'

'Ten koste van heel veel, van bijvoorbeeld enige mij zeer geliefde historische gebouwen, waaronder een café uit 1750 dat vluchtgangen naar de kerk bezat, waar een ideale temperatuur heerste voor het opslaan van fusten bier, en ten bate van...'

'Ik heb je vader goed gekend, ik heb hem wel eens gezegd: Als je met de zaak ophoudt, doe ik een bod op het terrein. Hij had er wel oren naar.'

'Het heeft geen zin om verder te praten, Derek.'

Michiel hing op. Het zweet stond in zijn handen, hij trilde op zijn benen. Derek was niet in staat geweest de mavo af te maken. Na twee jaar op die school te hebben gezeten, kwam hij bij zijn vader op kantoor, die kort daarna stierf. Derek woont in een kapitale villa met ondergrondse manege en zwembad aan de Stikke Trui, een plateau dat uitkijkt op de rivier. De villa werd enige jaren geleden gebouwd op grond waar geen Nederlander mag bouwen. Grond van Natuurmonumenten.

'Was er al vier keer gebeld vandaag, José?'

'Uw schoonzuster en uw schoonvader komen vanavond op bezoek.' Ze zweeg, trok haar trui omlaag. 'Wanneer komt uw vrouw terug?'

'Direct, denk ik, ze is boodschappen doen met Yvonne. Waarom?'

'Ik heb liever dat ze thuis is.'

'Je weet toch wat je moet doen?'

'Het is zo druk geworden in huis, met de telefoon, vroeger ging de telefoon nooit, ik weet niet meer of ik eerst moet strijken of de kamers boven doen.'

'Dat maakt toch niets uit.'

José keek hem aan. Hella en Yvonne kwamen thuis. Yvonne liep stilletjes met haar pop naar buiten. Hella viel in een stoel.

'Moet je eens kijken hoe ze die pop vasthoudt? Aan het hoofd.'

'Je bent onredelijk, net als je moeder.'

'Ze kan in de winkel nergens afblijven. Ze bleef jengelen om een lollie.'

'Dan geef je haar een lollie.'

'Ze had er al een gehad. Ze is soms onuitstaanbaar.'

'Je hebt ongelijk. Ze is heel lief.'

'Jij gaat alleen maar gezellig met haar fietsen.'

'Wat betekent het nou dat ze haar pop aan het hoofd vasthoudt?'

'Agressie tegen de moeder.'

José was opgestaan, bleef bij de zandbak kijken waarin Yvonne een diepe kuil groef. Het zand gooide ze ver over het gazon. De pop werd in de kuil gezet. José ging er op haar hurken bij zitten. Ze glimlachte. Maar langzamerhand verdwenen de uiteinden van die glimlach. Een kleine grijns waaruit niemand een betekenis kon distilleren, bleef over. Hella en Michiel wendden hun blik van de zandbak af.

'Ik begrijp niet waarom je zo vreselijk boos op haar bent.' Zijn stem klonk een beetje wanhopig. Er hing even een vreemd moment van ontmoediging dat er lang niet was geweest.

'Ik ben niet echt boos op haar. Ik ben dan moe. Je weet best dat ik Yvonne nooit kan straffen. Ik ben opeens razend. Bijna een soort woede om niets. Het is net een enorme krachtsinspanning in de leegte. Ik had Claire ook allang verwacht.'

'Claire heeft gebeld. Ze is nu bij je vader. Ze komen straks samen.'

'Blijven ze eten?'

'Ik denk het wel.'

'Wat zal ik dan maken?' Hella stond op om het receptenschrift te halen. 'Ik had vanavond ook Yvonnes kamer willen afmaken.'

José kwam door de open tuindeuren de kamer in. Ze liet achteloos haar tanden zien. Ze bracht uitdrukkelijk een glimlach op haar lippen, tegelijk uitdagend en beschroomd.

'Mag ik straks met Yvonne gaan fietsen?'

'Natuurlijk,' zei Michiel.

Ze hoorden de bel van de voordeur.

'Zal ik kijken?' vroeg José. Michiel was ook opgestaan. Hij dacht: Dit heb ik nou altijd gewild. Van vele kanten wordt een beroep op mij gedaan. Tegelijk met José was hij bij de deur. Boven stond de radio aan.

'Wilt u hier tekenen?'

Een expresbrief. Hij was onmisbaar. Ik ben een type dat veel dingen tegelijk kan. Iemand moest hem dringend iets meedelen. Voor het eerst in zijn leven ontving hij een expresbrief. Glimlachend keek hij José na die de trap opliep, de klanken van een opera tegemoet.

Hella dacht: Geen brief voor mij. En Michiel denkt dat hij onmisbaar is. Misschien was de hal een ongelooflijke mogelijkheid, een zinvol intermezzo. Ze volgde de gebaren waarmee Michiel de brief openmaakte.

5

Hij las het laatste gedeelte van de brief aan Hella voor: '...de tot de erfdienstbaarheid gerechtigden wensen thans onverkort en onaangetast hun rechten te handhaven en zijn voornemens daartoe tegen u (Berkhof en/of de fa. Wegman en Loos) een actie in rechte in te stellen. Daarbij zal dan een veroordeling gevorderd worden om bouwsels en opstallen in strijd met de erfdienstbaarheid gesteld, weg te nemen of te doen wegnemen. Mocht ik binnen een week niet vernemen dat u daartoe in der minne bereid bent, dan zal ik tot dagvaarden moeten besluiten.

De heren Wegman en Loos schrijf ik per gelijke post aan.'
Hella zei dat ze benieuwd was hoe dit zou aflopen. 's Middags ging Michiel naar de UB en maakte kopieën. Hij zag de ronde banken waarop hij zo vaak en zo lang had zitten wachten op boeken die hij aangevraagd had. Een student keek wanhopig langs een wand met catalogi. Nooit meer iets opzoeken, nooit meer een donkergeel briefje invullen om dan ten slotte een stoffige foliant te krijgen die hij niet bedoeld had! Er hing sinds kort een koffieautomaat. Hij trok er een beker koffie uit. Er hing in bibliotheken altijd een stilte die een moment weldadig aandeed maar snel beklemmend werd. Michiel deed een kopie van Wouters' brief in reeds geadresseerde enveloppen. Hij hoefde op die manier niet langs

de andere leden van het actiecomité te gaan. Hij verliet de bibliotheek, postte de brieven in de stad en ging naar huis.

Hella zei later in de middag onverwachts dat ze er spijt van had dat ze zo kon uitvallen tegen Yvonne. Hij zei: 'Je moet José duidelijker vertellen wat ze doen moet. Ze was een beetje in de war vanmiddag. Ze wist niet of ze eerst moest strijken of eerst de slaapkamers doen.'

'Ik heb er niet aan gedacht. Het was het eerste wat haar tante tegen me zei toen ze José kwam voorstellen. De geringste verandering in gewoontes brengt haar van streek.'

'Het gaat erom dat ze de volgorde van de dingen weet die ze moet doen.'

'Michiel, ik weet eigenlijk niet of ik haar nog langer om me heen kan verdragen. Ze is zo nadrukkelijk aanwezig, zelfs als ik beneden ben en zij boven is, heb ik nog het gevoel dat ze me in de gaten houdt!'

Claire kwam alleen. Hella vroeg waarom pappa niet was meegekomen. 'Ik heb iets gemaakt dat hij juist erg lekker vindt.'

'Pappa ging naar de ruilbeurs, met Klooker, de nieuwe buurman.' Claire lachte verlegen. Ze kusten elkaar. Ze zeiden van elkaar dat ze er bruin en gezond en slank uitzagen.

Claire bracht een kikuyu-mand mee, drie olifanten van ijzerhard hout die in elkaar pasten en ook een roze reuzenschelp.

'Die wilde je toch voor Yvonne?'

'Dat je daaraan gedacht hebt. Ik was vergeten dat ik je erom had gevraagd.'

'Yvonne, je kunt de zee horen ruisen.' Ze boog zich naar haar toe en zei: 'Je bent alweer groter geworden. Ken je me nog?'

Yvonne luisterde aandachtig en keek Claire zwijgend aan.

'Zou ze zich nog iets van het bezoek herinneren?' vroeg Claire zich hardop af.

Men had geen idee.

Michiel zei: 'Je ziet er erg goed uit, Claire.' Ze had hem op zijn mond gezoend. 'Mooi bruin. En slank. Hella was ook bijna mager toen ze uit Kenia terugkwam.'

'Hitte maakt slank.'

'Wat vervelend nou dat Oscar daar moest blijven. Heb je al contact met hem gehad?'

'Nee, hij is nu op weg naar Mombasa. Het was wel gek. Een halfuur voor we weggingen, kregen we te horen dat de koffers niet vervoerd mochten worden. Ik vond het jammer dat je niet op Schiphol was.'

'Ik heb het erg druk. Druk met niets.'

'Ik had nooit gedacht dat jij nog eens een actiecomité zou gaan leiden.'

Hella had toastjes gemaakt. Claire wilde niet.

'Het zit er bij mij zo weer op.' Ze klopte met de handpalmen op haar heupen.

'Oscar wil gynaecologie gaan doen, hè?' vroeg Michiel.

'Ik heb al geïnformeerd. Er zijn twee plaatsen en honderdtwintig liefhebbers.'

'Maar zijn ervaring in Kenia zal toch wel meetellen?'

Hella zei: 'Het is net als bij de remedial-teaching.'

'Als Oscar hier geen plaats kan krijgen zou ik best weer weg willen.'

'Dat kun je pappa niet aandoen.'

'Toen we voor het laatst door het land reden, heb ik wel gedacht: Als ik zeker wist dat ik er nooit meer zou komen, als ik het nooit meer zou zien, zou ik dat heel erg vinden.'

'De vermaarde vergezichten,' lachte Michiel. 'De wijde blik en de onnatuurlijk blauwe luchten.'

'Zou je werkelijk terugwillen, Claire?' Hella keek haar verbijsterd aan. 'Je bent er net en we praten al over teruggaan.'

Claire zei: 'Ik kon wel huilen toen ik wegging.'

'Als jullie teruggaan zit ik weer alleen met pappa.'

'Je doet net of het een last voor je is.' Claires toon was vinnig.

'Het is helemaal geen last, maar hij heeft twee dochters. Het is voor pappa ook plezierig als hij zondags eens een hele dag bij jullie zou kunnen zijn.'

'Wat trekt je zo in Afrika aan?' vroeg Michiel.

'Het heel primitieve naast het heel luxe.'

'Ik heb anders gehoord dat in die heel luxe gebouwen de liften het niet doen, er geen water uit de kraan komt en dat op het plein voor die luxueuze flats en hotels, op heel primitieve wijze, elke zaterdagmiddag mensen worden geëxecuteerd, als een publiek schouwspel. Je kunt als de tv het doet de van angst vertrokken gezichten op je hotelkamer bekijken. Is het waar of niet?'

'Het is waar.'

'Het gebeurde alleen niet waar wij zaten,' zei Claire.

'Dat doet er natuurlijk niets toe,' zei Michiel. Hella ergerde zich aan de toon die Michiel aansloeg. Ze glimlachte tegen Claire. Michiel wist niet hoe ze naar Claire verlangd had. Ze zou Claire direct Yvonnes kamer laten zien.

'Als we een tocht door een reservaat maakten vond ik de kleuren zo geweldig, onbestemd, en die enorme vlakten. Ik was alleen bang voor de keffende honden. Je hoorde ze overal en naarmate het donkerder werd, blaften ze harder, heel schor en doordringend, alsof ze op het punt stonden iemand naar de keel te vliegen, alsof het hele oerwoud rondom er vol mee zat. Het mooiste moment vond ik wanneer de zon onderging die de grote weg naar Nairobi donkerrood kleurde en de tint van de bougainvillea's veranderde. Fascinerend waren ook de regenwolken, zo roerloos boven het land.' Hella zweeg, bijna beschaamd.

De telefoon ging.

'Dat gaat de hele dag zo door,' zei Hella. 'Michiel is onmisbaar. De gemeenschap heeft hem nodig.'

Michiel stond op, blij dat de telefoon in de gang was.

Wouters zei: 'Blijkens mijn recherches op het kadaster zijn Wegman en Loos waarschijnlijk eigenaars van het dienend erf. Of het eigendom eerlang weer in andere handen zal overgaan, heb ik niet zo gauw kunnen achterhalen. Gezien de blijvende hinder, stel ik mij voor het bodemgeschil nu toch maar door te zetten. De uit te brengen dagvaarding tegen Berkhof, tegen Loos en Wegman en de Badmintonclub BCA gaat hierbij in drievoud vandaag nog de deur uit.'

Michiel hing op, durfde een ogenblik lang niet de kamer in te gaan.

Toen deed hij de deur open. Ze keken hem allen aan. Hij begon te glimlachen.

'Het was Wouters. We zullen straks even naar de hal lopen,' zei hij.

'Toen ze er lucht van kregen,' zei Claire, 'dat wij weggingen begonnen ze te stelen; alles raakte weg, scharen, pleisters, Oscar kon niet meer opereren en een week voor we naar de kust gingen, was onze Landrover verdwenen.'

'Weet je wie dat hebben gedaan?' vroeg Hella.

'Oscar denkt dat het de inheemse artsen zijn met wie hij al die jaren heeft gewerkt.'

'Dan zou ik niet terugwillen.'

'Misschien juist wel door dit soort dingen. Elke dag kun je voor de meest onverwachte situaties komen te staan. Ik heb het jullie maar niet geschreven, maar op een ochtend werden we wakker, liepen de veranda op en zagen zeven lijken op het gazon, op hun buik. Oscar moest getuigen dat ze door een infectieziekte waren gestorven.'

'Dat zou ik nooit doen,' zei Hella.

'Als je het niet doet, moet je het land onmiddellijk verlaten. Je bent in dienst van de Keniase regering. Je moet je onderwerpen aan de wetten van dat land.'

'Aan de chaos van dat land.'

'Dat is niet waar, Michiel. Al is het minder rustig sinds Kenyatha dood is.'

'Hebben jullie hem wel eens gezien, met kralen hoofddeksel en zijn flywisk? Zo heet toch zijn staf met struisveren pluim?'

'Michiel weet de gekste dingen,' lachte Hella.

'Eén keer vanuit de verte,' zei Claire, 'hij had een geweldig charisma.'

'Je schreef in de laatste brief aan pappa dat een van jullie beste vrienden was omgekomen.'

'Twee weken voor we weggingen. Het was de bekwaamste arts van het ziekenhuis. Oscar heeft tot drie keer toe getracht hem weg te halen. Hij kreeg geen kans, omdat ze wisten dat Oscar wegging. Toen dat bekend werd, was hij op slag alle invloed kwijt. Hij lag op de glimmende, hete weg die voor het huis liep.'

'Waarom werd hij doodgeschoten?'

'Omdat het een Indiër was, Hella. Vaag gemotiveerde haatgevoelens van de inheemse bevolking. Aanvechtingen om te doden.'

Hella keek naar buiten. Het zonlicht werd opgevangen door een vuurrode dahlia. Ze zei: 'Ik was altijd bang als ik plotseling een grijnzende Afrikaan voor me zag staan. Ik ben blij dat zoiets niet gebeurd is toen ik bij jullie was.'

'Ze grijnzen altijd als ze een blanke zien. Oscar heeft ze in het ziekenhuis zien doodgaan, heel gehavend soms, maar als ze Oscar zagen, begonnen ze te grijnzen.'

Yvonne maakte een pad van kranten en begon er voorzichtig overheen te lopen. Claire ging op haar hurken bij Yvonne zitten.

'Ze is al weer veranderd sinds ze bij ons is geweest. Op wie lijkt ze nu eigenlijk?'

'Ze heeft in ieder geval de bruine ogen en het ronde gezicht van mamma,' zei Hella.

'Ik vind het jammer dat Oscar er niet is,' zei Michiel. 'Maar dat kan toch nooit lang duren.'

'Hij zal eerst wel weer stapels formulieren moeten invullen.'

'Zo ademt Afrika nog steeds de sfeer van avontuur.'

'Luister maar niet naar Michiel. Hij kan nooit serieus praten.'

'Oh, maar ik ken Michiel wel een beetje. Ik vind alleen dat jullie ons zo weinig geschreven hebben.'

'Zo weinig geschreven,' zei Hella. 'Jullie stuurden pappa altijd de brieven en die waren dan ook aan ons gericht. Dan heb ik ook niet veel zin om regelmatig te schrijven. Trouwens, wat moest ik schrijven. Zoveel is er niet gebeurd.' Hella stond op en liep naar de kast waarin een stapel grammofoonplaten lag. Ze zocht er een uit, zette hem op.

'Herinner je je deze muziek nog, Claire?'

'"Black blood". Dat hoor je daar nog steeds.' Hella voelde dat Michiel naar haar keek. Haar blik werd verleidelijk. Ze keek als in de roomkleurige bar toen ze met de neger gedanst had. Ze was ervan overtuigd dat Michiel begreep dat ze die avond zo gekeken had.

'Je herinnert je dit plaatje nog echt, Claire?'
'Natuurlijk.'
'Waar denk je dan aan?'
'Aan Mombasa.'

Hella danst. De neger trekt zijn dunne wenkbrauwen op. Is Hella met hem meegegaan? Zo keek Hella dus. Het is heel begrijpelijk dat ze met hem is meegegaan. Alleen, in een vreemd land. In zo'n sfeer. Hella is naakt. Hella's naaktheid vult de bar van het hotel, weerspiegelt zich in de blauwe wanden. Hella's bovenlip schuift omhoog langs haar tanden. De neger raakt haar tanden met zijn tong.

Michiel liep tussen Claire en Hella in. Ze gaven hem een arm. 'Ik vind Nederland zo volgebouwd, maar jullie wonen hier erg mooi.' De deur van de hal zat op slot. 'Michiel, leider van een actiegroep. Ik heb nog steeds moeite om aan dat idee te wennen.'

'Oh, maar Claire, ik geef toe dat ik nooit een natuurlijk leider ben geweest. Ik was vroeger altijd het jongetje dat vlak onder de aanvoerder stond. Bij vechtpartijen tegen een andere straat was ik altijd adjudant van de kapitein. Ik droeg een korte sabel van vurenhout. De kapitein een lang eikenhouten zwaard. Ik droeg een oranje band om mijn arm, de kapitein een oranje sjerp schuin over zijn borst. Ik liep een halve pas achter de aanvoerder. Daarachter kwamen de soldaten met gepunte stokken. Als ze iets aan de kapitein wilden vragen, moest dat via mij. Die hiërarchie had ik zelf ingesteld. Het werd tot mijn verbazing geaccepteerd. Strakke hiërarchie die slechts ruimte liet voor twee helden. Een grote en een kleine. Die kapitein van toen is nu korporaal bij de intendance.'

'Jij hebt hier altijd gewoond, hè Michiel?'

'Ja.' Hij keek om zich heen.

'Het is wel een chaos. Je doet er helemaal niets aan?'

'Over twee jaar ken je het niet meer terug. We gaan er iets heel moois van maken, of niet Hella?'

'Zoals je het van plan bent, kan het heel mooi worden.' Ze liepen langs de muur terug naar huis.

'Als Oscar nou eens niet bij die opleiding gynaecologie kan komen en jullie zouden ook niet terug kunnen naar Kenia?'

'Wil je Claire zo graag weghebben?' vroeg Hella. 'Michiel is iemand die al ongerust wordt als een ongeluk of een ander naargeestig bericht te lang op zich laat wachten.'

'Ik zou best naar Zuid-Amerika willen. Peru. Maar de kans wordt steeds geringer. Er worden bijna geen mensen meer uitgezonden.'

'Het lijkt erop of die hele ontwikkelingshulp wat uit de mode begint te raken. Het was typisch iets voor de jaren zestig en zeventig.'

'Dat zou best kunnen.'

'En als Oscar niet zo gauw iets kan vinden hier, hoe moet het dan financieel?'

'Ik denk dat hij de uitkering krijgt die hij als arts zou verdienen.' Ze gaf hem een steviger arm. 'Hij is er nog niet eens.'

Yvonne knipte plaatjes uit een oude tv-gids die ze op een blote pop plakte. Claire sneed champignons in stukjes, Hella maakte rode sla schoon.

'Ga jij weer voor de klas, Claire?'

'Ik heb er eerst over gedacht om te gaan vertalen, maar dat betekent de hele dag met een woordenboek op een kamer zitten.'

'Ik hoop echt dat ik op die remedial-teaching kan komen.

Ik vond lesgeven vroeger echt leuk, maar na Yvonnes geboorte kan ik er alleen met angst aan terugdenken.'

'Ik zou ook wel wat anders willen.'

'Pappa zou erg graag willen dat jullie een kind hadden. Hij is gek op Yvonne.'

'Ik mag graag naar kinderen kijken. Ik hou van mooie kinderen. Ze hebben iets wreeds. Ik ben bang dat ik ze niet lang om me heen verdraag. Je weet toch, Hella, moeder zijn is misbruikte vrouwelijkheid.' Claire lachte.

'Dat is al weer ouderwets. Ik ben ontzettend blij met Yvonne.'

'Ja, natuurlijk.'

'Toen Yvonne twee jaar was, is Michiel een keer met haar naar de markt gegaan. Hij kocht iets voor haar en toen hij zich omdraaide, was ze verdwenen. Het was gaan regenen. De markt raakte leeg. Yvonne was weg. De rivier is op nog geen driehonderd meter. Michiel is in paniek geraakt, is gaan hollen. Ten slotte bleek een mevrouw haar naar het politiebureau te hebben gebracht. Die hele middag, precies vanaf het moment dat hij haar is kwijtgeraakt – we hebben dat achteraf precies kunnen nagaan – ben ik misselijk geweest, onrustig, alleen met mijn gedachten bij haar.' Ze keek naar Yvonne. 'Dat is al weer twee jaar geleden. Ik zal je zo Yvonnes kamer laten zien.'

'Oh, graag.'

'Zal ik pappa bellen om te vragen of hij hier komt eten? Ik heb speciaal voor hem slagroom gekocht.'

Hella belde, maar er werd niet opgenomen.

'Misschien is hij naar Conny,' zei Claire.

'Heb je met hem over haar gesproken?'

'Ja, pappa houdt nog steeds van haar.'

'Met mij wil hij er niet over praten.'

'Ze zien elkaar nooit. Zij belt soms op.'

'Zou hij meer van het idee "Conny" houden? Dat ze in zijn gedachten een perfecte droom is geworden.'

'Pappa zei tegen mij dat hij nog steeds hoopte dat ze gingen samenwonen.'

'Waarom wil hij er met mij niet over praten?'

'Ik weet het niet.' Claire trok haar penseeldunne wenkbrauwen op.

'Was je niet verdrietig toen je na al die tijd weer in de huiskamer kwam, zonder mamma?'

'Nee, daar had pappa het ook over, dat jij dacht dat ik dat heel erg zou vinden. Ik heb het daarginds verwerkt. Wat ik wel erg vond...' Ze vond dat Claire er opeens veel ouder uitzag. 'Pappa heeft foto's van mamma in de kist gemaakt. Waarom doet hij nou zoiets? Ik had van mamma een heel ander beeld bewaard. Hij heeft me er een plezier mee willen doen. Hij stond zo onhandig met de foto's in zijn hand. Ik ben heel erg boos geworden.'

'Je bent toch niet hard tegen hem geweest?'

'Ik heb het onmiddellijk goed gemaakt.'

'Als je wist hoe hij naar jullie verlangd heeft. Hij is ook erg op Oscar gesteld. Meer dan op Michiel. Hij heeft zelf arts willen worden.'

Ze dronken wijn in de keuken. Michiel werkte in de tuin. Hella zei: 'Ik wil pappa zo graag gelukkig zien. Ik heb erover gedacht om samen met jou naar Conny te gaan en haar te zeggen dat pappa nog steeds op haar wacht.'

'Denk je dat zoiets zin heeft?'

'We kunnen het toch proberen.'

'Je weet niet wat je losmaakt. Pappa en Conny zullen dit toch zelf wel besproken hebben?'

'We zouden er alleen heen kunnen gaan, voor een bezoek.

Ze kent ons goed. Dan kunnen we nog zien of we erover beginnen.'

'Ik had toch een keer naar Conny toe willen gaan.'

'Een paar maanden voor zijn dood heeft Michiel Richard in een bar op het plein gezien. Hij was met een jonge vrouw en deed erg verliefd.'

'Ik kan het me bijna niet voorstellen.'

'Michiel is er zeker van. Als zij zoiets weet, is ze misschien eerder geneigd met pappa te gaan samenwonen.'

'Weet pappa dat?'

'Dat Richard waarschijnlijk een verhouding heeft gehad? Ik heb het hem niet durven vertellen.'

Na het eten bood Michiel aan alles af te wassen en koffie te zetten. Claire en Hella bleven in de kamer.

'Claire, als je eens wist hoe mamma mij probeerde te beïnvloeden. Zelfs toen ik zwanger was, moest ik dagelijks horen dat ik nooit met Michiel had moeten trouwen.'

'Ik heb dat nooit zo gemerkt.'

'Jij zat toen in Amsterdam.'

'Wat had mamma dan tegen hem?'

'Hij was niet goed genoeg voor mij. Ze had echt een intuïtieve aversie tegen Michiel. Het had ook iets met zijn afkomst te maken.'

'Oscars vader heeft zijn hele leven een klein winkeltje gehad.'

'Maar Oscar studeerde medicijnen. Daar was mamma erg gevoelig voor. Pappa keek daar ook erg tegenop.' Hella stond plotseling op. 'Michiel, Yvonne is zo stil, ze doet iets wat ze niet mag.'

'Ik hou haar in de gaten, ze speelt buiten.'

Hella zei: 'Jij had je een onafhankelijke positie tegenover

mamma gecreëerd en dan is het gemakkelijk om van daaruit je afhankelijkheid en aanhankelijkheid ten opzichte van haar te bepalen. Zover ben ik nooit gekomen.'

'Het gebeurde niet bewust, geloof ik, ik bedacht altijd iets om niet thuis te zijn.'

Michiel kwam met koffie binnen, tegelijk met Yvonne. Yvonne liep snel door naar haar speeltafel.

'Kijk eens wat ze met die pop gedaan heeft!' Hella pakte hem uit haar handen. De ogen waren dichtgeplakt met pleisters. Op het lichaam zaten gekleurde plaatjes die je bij kauwgum krijgt.

'Wat heb je met je pop gedaan?'

Yvonne draaide het hoofd van haar weg. 'Yvonne, waarom heb je 'die pleisters op haar ogen geplakt?'

'Er kwam bloed uit de ogen.' Yvonne sprak met een klein stemmetje.

'Heb je erin geprikt?' vroeg Michiel en boog zich naar haar voorover. 'Was je boos op de pop?'

Yvonne zweeg. Michiel zag dat Hella hiervan overstuur was. Hella zei, erg geforceerd: 'Wat gaat er nou in het hoofd van zo'n kind om?' Ze hield haar stem met moeite in bedwang.

De twee zusjes. Twee mooie vrouwen. Maar Claire, hoewel jaren jonger, zag er ouder uit. Claires ogen, in een klein, vermoeid gezicht, waren groot en donker.

Michiel trok haar naar zich toe.

'Ik vind het fijn dat je weer terugbent.' Hij kuste haar op het voorhoofd, zoals hij dat Id zo vaak bij meisjes had zien doen. Hij ging opgewekt bij hen zitten.

'Nu Oscar nog, dan zijn we compleet.'

Michiel bladerde in een tijdschrift. Hella zei: 'Ik ben blij dat mamma niet thuis in haar eigen bed is gestorven. Ik kan dat niet goed uitleggen, maar dan zou ik misschien niet meer thuis durven komen.'

'Je bent volgens mij veel overgevoeliger in die dingen geworden.'

Claire keek Hella onderzoekend aan.

'Misschien.' Ze zei het heel vaag.

Later die avond vroeg Claire: 'Hoe is het met Id? Oscar is daar ook nieuwsgierig naar. Iets met zijn hals?' De toon beviel Hella niet.

'Een torticollis,' zei Michiel.

'Is hij naar het academisch geweest?'

'Die mogelijkheid wil hij nog openhouden.'

'Dus hij doet er niets aan?'

Hella zei dat Id onder behandeling van een acupuncturist, van een chiropracticus en een psychiater-hypnotiseur was geweest. 'Zonder succes. Misschien is hij ongeschikt voor zo'n behandeling.'

Michiel zei: 'Id staat sceptisch tegenover alternatieve genezers, maar hij heeft het toch willen proberen. Als je ziek bent vraag je je alleen af wat baat heeft.'

Claire zei: 'Oscar is nogal tegen de hedendaagse irrationele tendensen in de geneeskunde.' Stilte. Ze glimlachte naar Michiel. 'Zie je Id nog wel eens?' De toon was onverwacht minder koel.

'Ik ontmoet hem wel eens bij Tiffany of in Martins',' loog hij.

'Op Id ben ik verliefd geweest,' zei Claire, 'echt verliefd. Dat kan Oscar nog steeds niet hebben.'

'Alle mannen zijn jaloers,' lachte Hella. Een lange stilte. Claire trok haar wenkbrauwen op. Haar ogen werden ovaal, als twee donkere sterk vergrote druppels die op het punt staan uit een fles te rollen.

6

'Ik wil nu geen ander bezoek. Zeg dat ik er niet ben.' Hella ging naar de voordeur. Toen ze in de kamer terugkwam, zei ze: 'Het was een collecte. Niemand heeft er behoefte aan om bij zo'n neuroticus op bezoek te komen.'

Een auto hield stil. Na enige ogenblikken werd er opnieuw gebeld.

'Ik ben weg,' zei hij obstinaat.

Hella deed open. 'Even maar, is uw man thuis?' Ze liet Wouters binnen.

Hij werd voorgesteld aan Claire. Wouters was een kleine man met ronde schouders. Zijn toon was stellig: 'Er is een turbulente ontwikkeling in de zaak gekomen. Loos is met de noorderzon vertrokken. Wegman is in liquiditeitsmoeilijkheden geraakt en heeft noodgedwongen surséance van betaling aangevraagd. Die is voorlopig verleend. Waarschijnlijk wordt mr. Pit tot bewindvoerder benoemd. Ik denk dat de badmintonclub nu ook haar activiteiten zal moeten staken.' Hij haalde diep adem. Ze keken naar zijn stropdas die in schuine banen een grote verscheidenheid aan tinten groen vertoonde. Hella had whisky voor hem ingeschonken. Het ijs knapte toen hij het elegant liet rondtollen.

'Met hoeveel is Loos er vandoor?' vroeg Hella.

'Met zo'n achthonderdduizend gulden, volgens Wegman.'

Hij trok zijn dunne grijze wenkbrauwen op. Zwarte ronde oogjes in een appelgezicht. 'Een van mijn aardigste zaakjes uit de laatste jaren. En om het geheel nog wat ondoorzichtiger te maken, is er ook een geschil tussen Berkhof en Wegman en Loos. In hun kort geding hebben de laatsten retrotransport gevraagd, terugdraaiing van de koop, toen het servituut aan de orde kwam. Die zaak is overigens in hoger beroep gestrand, wel aangebracht maar niet uitgeprocedeerd.'

'Omdat Loos er vandoor is?' vroeg Michiel.

'Ik denk het.'

'Hoe lang is Loos weg?'

'Een dag of drie.'

'Hij kan toch niet zo ver komen met dat geld?'

Wouters glimlachte, dronk van de whisky. 'Het lijkt mij niet dat Wegman het zwarte garen heeft uitgevonden. Loos is een ander type.'

Wouters' blik viel op de kikuyu-mand. Hij keek Claire aan.

'U bent in Kenia geweest? Ik herken het vlechtwerk. Mijn dochter woont nu met haar man in Zambia. Ze hebben een half jaar in Kenia gezeten. Ik ben er geweest. De vermaarde Afrikaanse luchten. Wat een weidsheid.' Hij keek op zijn horloge en stond op. 'Ik kan ook nog vertellen dat Wegman zich intussen van een andere raadsman heeft voorzien. Niet meer mr. Bronsvoort maar mr. Lam. Ten slotte blijkt Berkhof nog een aanzienlijk bedrag van de koopsom te goed te hebben.'

'Wie is dan nu eigenaar van de hal?'

'Formeel, op dit moment, Wegman en Loos.'

Hella zag dat Michiel nog iets wilde zeggen, dat er van opwinding geen klank uit zijn mond kwam.

Michiel dacht: Ik word meegesleept in een net van gebeurtenissen die ik niet doorzie. Het gevoel overvalt me dat ik nog van vroeger ken als het Wilhelmus werd gespeeld. Een ontroering die tranen in mijn ogen brengt. Bijna hetzelfde gevoel als ergens op de wereld oorlog dreigt en het gevaar voldoende ver verwijderd is om je nog niet echt onveilig te wanen.

Hij liet Wouters uit. Boven de hal dreven aarzelende wolken roze lucht voor zich uit. De schemering bereikte de nok van de hal, toen de toppen van de bomen.

Claire en Hella keken naar het ingeslapen kind.

'Wat heb je haar kamer leuk gemaakt.'

'Ik ben er nog lang niet mee klaar.'

Claire keek in de kastjes. Stapels hemdjes, broekjes, jurkjes. Te veel kleren. Yvonne zal dat nooit allemaal kunnen dragen. Hella zag dat Claires belangstelling vluchtig was.

'Je hebt alles zo schoon, zo ordelijk, net als bij pappa.'

Claire keek haar aan. 'Hella, je moet wel gelukkig zijn.'

Wat wilde Claire zeggen? Niet dit. Stond ze op het punt iets vertrouwelijks mee te delen? Hella liep op haar tenen de kamer uit, bleef op de drempel staan als wilde ze ontsnappen aan Claires confidenties. Ze zag dat Claire zich over Yvonne heenboog.

Ontroerd liep ze de kamer weer in.

'Ik ben niet gelukkig, maar ook niet ongelukkig. Ik weet niet wat er ontbreekt. Ik zou natuurlijk graag bij die opleiding komen, maar dat is het niet wat mij niet-gelukkig maakt.'

'Michiel?'

'Negen jaar heeft hij avond aan avond zitten studeren.

Nou blijkt hij ongeschikt voor het onderwijs. Ik weet zeker dat hij nooit meer een school zal binnengaan. En nou die bezetenheid met die hal! Surrogaat voor gewone activiteiten. Zo voelt hij het zelf ook wel aan.'

'Maar hij kan toch wel wat anders vinden?'

'Wat dan?'

'Vertalen, tolken.'

'Hij heeft gestudeerd met één doel voor ogen. Lesgeven en wetenschappelijk onderzoek. Tot beide lijkt hij op de een of andere wijze niet in staat.' Ze streek door haar haar. 'En jij?'

'Wat?'

'Ben jij gelukkig?'

Claire antwoordde niet. Hella verbaasde zich niet over Claires zwijgen. Ze had haar geluk in Kenia gezien.

'Zullen we naar beneden gaan?' Hella glimlachte. Claire glimlachte terug. 'Wacht.' Hella trok het gordijn goed dicht zodat het licht van de straatlantaren Yvonne niet wakker zou maken.

'Ik had misschien nooit een kind moeten krijgen.' Haar stem klonk onzeker en een beetje triest. 'Ik heb zo weinig vat op Yvonne. Ik kan soms zo driftig zijn. Dan ben ik bang dat ik net als mamma word.'

'Mamma kon ook heel lief zijn. En niemand was zo inventief als zij wanneer het om cadeautjes ging. Zoals ze die inpakte! Met lintjes, strikjes en een toef kleine bloemen.'

'Het was goed bedoeld, maar te veel. Alles wat ze deed had iets buitensporigs. Ik heb dat, geloof ik, ook een beetje.'

'Ik vind dat jij helemaal niets buitensporigs hebt.' Claire raakte Hella aan en lachte. Claire had mooie, rechte tanden, maar ze waren net iets te groot voor haar gezicht.

Ze brachten Claire tegen tien uur naar het station. Omdat Yvonne vast sliep durfden ze haar wel even alleen te laten. Ze gingen op het terras van Bordelaise zitten. Het was een beetje mistig. De lichten waren smeulende punten, die verwarrend trilden. Er vielen al gele, verschrompelde bladeren uit de linden op het plein. Een man die voorbijliep klakte met zijn tong toen hij Hella zag.

'Ken je hem?'

'Nee.' Muziek van Randy Newman. Ze dronken wijn. 'Claire is anders geworden. Liever.'

'Ik weet nog hoe je keek toen je uit Kenia terugkwam. De hele reis is voor jou toch een teleurstelling geweest? Je vader had het ook in de gaten. Daarom is hij zelf niet gegaan. Hij wist wat hem te wachten stond.'

'Je overdrijft.'

'Je bent er toch met grote verwachting heengegaan?'

'De reis was geen teleurstelling. Vooral de tocht terug niet. Over de Nijldelta. Alle reizigers die vertederd naar Yvonne keken. Dat zou ik zo over willen doen. Ik kijk er nu al weer anders tegenaan dan een paar maanden geleden.'

Ze keek dromerig over het plein. De lampen straalden rafelig licht uit, als roze en witte hortensia's. Ze zei onverwacht: 'Ik zat op de veranda. Hun hond, een groot zwart beest, likte Yvonne. Een eucalyptus helde over hen heen, fonkelend als een amethist. En de massa purperrode bloemen van de bougainvillea's, die zijn zo fantastisch daar, een bijna paradijselijk tafereel, die grote, sombere, nauwelijks getemde hond en Yvonne, naakt, bruinverbrand. Ik zei: Claire, kijk eens! Ze kwam naar buiten en haar reactie was: Nou en? Ik zei: Kun je hier geen foto van maken? Ze maakte geen foto, omdat ik niet tijdig aan de vakantiepot had bijgedragen.'

Muziek uit de discobars. 'Kiss'. Een waterval van geluid. 'Ik moest vandaag zo sterk aan mamma denken.'

Michiel zei: 'Als ze dit had meegemaakt: ik zonder werk,

Oscar die niet met het vliegtuig meekomt, die misschien nooit komt, Claire zonder werk, Claire die geen kinderen wil. Het was voor jou een hel geweest. Misschien is het beter dat ze niet meer leeft.'

'Dat mag je nooit zeggen. Ze had alles voor mij over.'

'Dat verwijt je haar juist.'

'Ze waardeerde jou later ook.'

'Je zou geen leven gehad hebben nu.'

Ze greep zijn pols.

'Ik herinner me mamma op een dag in de vakantie. Het was erg warm, we waren aan het wandelen, achter de dierentuin. Mamma kreeg plotseling een vuurrood gezicht. Ze moest gaan zitten. Voor het eerst van mijn leven zag ik dat pappa voorzichtig zijn arm om haar heen legde, maar ze duwde zijn arm weg en schudde wild haar hoofd. Claire en ik durfden niet goed dichterbij te komen. Pappa kwam naar ons toe: "We gaan naar huis." Toen begon mamma te schreeuwen op dat hete zandpad: "Jullie laten me in de steek, jullie laten me rustig doodgaan. Ik zie jullie fluisteren. Samenzweerders. Mij dood laten bloeden."

Papa keek als een kind dat beschaamd is, heel schuw. Hij duwde zijn bovenlip omhoog, je zag zijn tanden. Het was een bizar gezicht. Zijn pogingen om zich te beheersen. En toen dat ontmoedigde gezicht, met vreemde ogen, zonder kleur. En ik zag hoe zijn bovenlip zich weer langzaam over zijn tanden sloot.'

Michiel riep de ober en bestelde twee glazen wijn.

Ze dacht: Hij weet geen raad met zo'n verhaal. Er zijn zoveel situaties waar hij geen raad mee weet. Ze wist niet of ze hem dit kwalijk moest nemen. De ober bracht twee glazen. Ze vond dat hij met overdreven stem bedankte. Zijn krampachtigheid als hij, in aanwezigheid van anderen, tegenover vreemden zijn stem moest gebruiken. Ze legde haar hand op zijn hand.

Aan de uiterste grens van het plein waren de huizen donker, geheimzinnig gesloten. Dicht bij hardrock. In Georges jazzcafé had zich een band geïnstalleerd, die het openingsnummer speelde. Het herinnerde haar aan de muziek die ze gehoord had op het strand. Yvonne speelde in het water. Als toen werd ze overvallen door een groot verlangen om te dansen. Een verlangen dat ook de begeerte inhield: nog niet naar huis gaan. Hier de hele nacht blijven. Misschien zouden ze Id en Mary tegenkomen. Hoe zou Mary eruitzien. Ze zei: 'Als Oscar er was geweest, hadden we met z'n vieren kunnen uitgaan.'

'En Yvonne dan.' Hij deed nors. Ze besloot zich er niets van aan te trekken.

'Voor Yvonne kunnen we een oppas krijgen. We kunnen altijd pappa vragen.'

'Wacht eerst maar tot Oscar terug is.'

'Ik wil nu dansen.'

David Bowie. De tocht naar pappa kwam in haar gedachten. 'Ik wil nu dansen, Michiel.' Ook uit Martins' kwam muziek. Het Plein was bedwelmend. Ze boog zich naar hem toe, kuste hem. 'Doe eens lief tegen Hella.' Ze liet haar hoofd achterover hangen. Hij keek naar haar borsten. Het waren de borsten die Id gestreeld had. Die door de neger gestreeld waren. Martins' en Mombasa.

'Goed,' zei hij.

In Martins' was het nog leeg. Ze zaten aan de bar. Ze zei: 'Toch ziet Claire er vervallen uit.'

'Ze is vervallen, maar op een roerende manier.' Midden op het plein stond een groep mensen. Ze schaterden van het lachen.

'Claire en Oscar zouden ook een kind moeten hebben.'
'Waarom?'
'Ik geloof dat het goed is een kind te hebben. Alleen al om volwassen te worden.'
Martins' bleef leeg. 'Je begrijpt jezelf beter.'
'Misschien.'
Ze dansten. Ze waren alleen op de dansvloer. Aan de bar zaten twee mannen die naar hen keken. Plotseling begonnen ze zich voor elkaar te schamen. Ze lieten elkaar tegelijk los, liepen beschroomd terug naar de bar. Hij zei: 'Die man in Berlijn heb ik nog eens willen opzoeken.'
'Welke man?'
'Die met hetzelfde onderwerp bezig was. Alleen om te kijken wat voor type...'
'Lieveling.'
'Jij speelt nooit meer piano, Hella.'
'Nee.'
Ze haastten zich door de stad.

Langs al haar merktekens – bars, eethuizen, bioscopen – al haar andere symbolen, die Hella met grote scherpte herkende, met details die ze nooit eerder had gezien: diep ingekraste kerven, rode verfstrepen, straatnamen. Het was nog steeds druk. Opnieuw een waterval van licht en geluid, maar als in een droom, zonder dat er werkelijk lawaai was, zonder werkelijke verlichting. Ze zag zichzelf, geïsoleerd in een lege, holle ruimte, verbaasd over de scherpte waarmee ze registreerde en zichzelf waarnam. Wat waren er vanavond veel afwezig geweest uit dat toch al kleine wereldje waarin zij leefde. Id, Oscar, mamma. Een stad vol schimmen. Een avond vol afwezigen.

Er reden geen bussen meer. Ze liepen langs de Straatweg die de stad met de plaats verbindt. Hij zei plotseling: 'Je vindt toch niet dat die hal een loze zaak is, Hella, een zaak van niets?'

Ze kon geen woord uitbrengen.

Hij meende dat de telefoon ging. Hij zag dat Hella sliep. Het was halfvier. 'Ik heb gedroomd,' zei hij tegen zichzelf. Hij stond op en ging voor het raam staan waarvan hij het gordijn opzijschoof. In de hal brandde nog licht. Schoonmakers? Om deze tijd? De bar? Nee, ze lieten het licht branden als in alle openbare gebouwen. Tegen inbrekers.

Er viel een zachte regen. De zoete parfum van vlier en de bittere geur van vogelkers kwamen naar binnen. De regen begon dichter te vallen, het ruisen nam toe, het werd buiten donkerder en de hal werd werkelijk een schip, een zwarte vlek op de golven, in een nauwelijks door de maan verlichte nacht, trillend, op het punt om te vertrekken. Hij was er opnieuw heel zeker van dat zijn plaats op deze wereld, zijn prestige in de ogen van Hella, van Claire, van allen, afhing van de verdwijning van de hal.

Hij kon niet meer in slaap komen. Op zijn studeerkamer, die naast de slaapkamer lag, keek hij weer naar buiten. De hal was geen echte plek meer, het schip verdween langzaam, loste op, werd vloeibaar, en toen de regen ophield en het lichter werd stond de echte hal er weer, een klein stukje vaste stof, nog niet tot ontbinding gekomen, maar een al lege ruimte.

De nacht na Martins', toen hij naar huis reed, met Hella naast zich. (Dat zij naast hem zat, had hij achteraf nog als een wonder beschouwd. Zwierf hij een uur daarvoor niet wanhopig door de verlaten straten van de binnenstad. Waarom was hij weer in Martins' teruggekomen? Die lafheid zou hij zich zijn leven lang kwalijk nemen. Teruggaan om je eigen vernedering te aanschouwen.) Ze spraken niet. Hella stak de ene sigaret met de andere aan. Om haar hing een geur van lavendel, vermengd met die van rook en wijn.

Thuis hadden ze elkaar gekust. Ze deed heel verliefd en hij kon zich niet herinneren dat ze zich ooit zo aan hem gegeven had. Hoe verliefder ze deed, hoe sterker hij het besef had dat hij haar was kwijtgeraakt. Met haar tong tussen zijn lippen dacht ze aan zijn broer. Onverwacht sloeg hij haar. Hij hield niet op, in blinde woede sloeg hij op haar hoofd, op haar gezicht. Ze had slechts verbaasd gekeken, en geglimlacht.

Machteloos, met haar verbaasde blik nog in zijn ogen, was hij naar buiten gerend.

De duisternis was bezig zich terug te trekken. Het licht was puur en wit. Vocht viel hoorbaar uit de kelken van de hibiscus.

Voor het eerst van zijn leven had hij begrepen wat verlatenheid inhield. Alles wat hij daarna gedaan had, was een poging om die leegte nooit meer tegen te komen. Soms slaagde hij erin zichzelf wijs te maken dat hij nooit werkelijk jaloers was geweest. Dat die gebeurtenis niet eens had plaatsgevonden, was bedacht, of zo ver weg dat ze onmogelijk nog invloed kon uitoefenen. En waarom ging hij nooit meer naar zijn broer? Omdat hij door een toeval een keer een afspraak niet was nagekomen en geen zin had gehad om naar hem toe te gaan en excuses aan te bieden. Daarna was het er niet meer van gekomen hem op te zoeken. Hij wist niet eens waar hij woonde. Er zou zeker een moment komen dat ze elkaar toevallig in de stad aantroffen.

De vlakte schitterde.

Als jongetje rende ik tot aan de uiterste grens van mijn vaders land, het lichaam opzij, links en rechts wiegend, de armen zijwaarts gestrekt op en neer bewegend. Ik speelde vliegtuigje en mijn vader keek mij lachend na. Veel later, twintig jaar na de oorlog, vond ik met de jongen die nu autoverkoper is, nog kogels waarin slaghoedjes zaten. We maakten een vuur van kranten en dorre bladeren en de slaghoedjes knalden om onze oren. Daarom had mijn oude vriendje, de autoverkoper, een glazen oog. Voor een kwartje haalde hij dat oog eruit en mocht je in het lege gat kijken.

Hella's moeder keek nu ook in een duister, leeg gat. Mamma had een nijdige grijns op de foto die pappa van haar gemaakt heeft.

Hella denkt dat mamma nog steeds kwaad is op pappa, omdat hij te traag was met het waarschuwen van de dokter. Ik denk dat mamma nijdig is op de dood. De dood die haar betrapte als een dief in de nacht.

Mamma had geweten dat ze Claire nooit meer zou terugzien. Niemand wilde haar geloven als ze dat zei. Men lachte haar uit.

Ze zal eeuwig boos zijn. Het mooie gezicht van Claire dat naar die onthullende foto van haar moeder kijkt. Haar moeder, vroeger even mooi als zij, nu opgeblazen, nijdig, dood in een kist.

Soms zegt Hella als ze ontroerd is, als ze te veel wijn heeft gedronken: 'Ik denk dat mamma ons ziet.'

'Maar Hella, een geest heeft toch geen ogen.' Maar ze heeft gelijk: wat weten wij van deze dingen? Ze zegt ook: 'Michiel is zo actief.' Ik kom tot niets. Hij keek naar zijn boeken. Je kon zeggen dat hij bezig was twee projectontwikkelaars aan de kaak te stellen, twee uitbuiters van de gemeenschap. Hij handelde uit idealisme. Zoals Oscar, die hoewel hij daarmee de militaire dienst ontliep, toch maar naar een ver land was getrokken waar hij mensen hielp.

Michiel lachte, drukte zijn vingertoppen diep in zijn wangen. Maar hij dronk niet meer. Dat was al gewonnen. Een pijnscheut trok schuin door zijn hoofd. De pijn als hij vroeger schielijk een ijsje at. De kille greep hield zijn hoofd secondenlang gevangen.

Had Hella die nacht na Martins' met Id contact gezocht? Misschien zagen ze elkaar nog steeds! Onzin. Hij was haar niet kwijt. Hij had een vrouw die alle blikken tot zich trok. Door Hella was hij bijna tragisch, een tragische held. Zijn blik viel op het laatste boek dat hij gekocht had: *Verhandeling over de desillusie,* van François Bott. Waarom had hij dat boek gekocht? Omdat Yvonne een ballon wilde hebben. Hij zag de letters op het zwarte kaft heel scherp.

Hella! De gedachte aan haar trok opnieuw een diepe voor van pijn in zijn hersenen. Maar Martins' was achter de rug, allang bijgezet in de rococo grafkelder van zijn geest, rijkelijk opgesierd door zijn verbeelding.

Of kon er een nieuwe Martins' komen? De sfeer die nacht rond de bar was als die bij het eindpunt van een bushalte om zes uur 's morgens. Dat moment waarop de muziek afwisselend opzwepend en moedeloos klonk, toen hij wist dat hij zich niet om moest draaien omdat hij zich dan de kans ontnam om later opnieuw achterom te kijken en de beelden te zien die hij naar gelang van de kracht van het moment, wenste te zien.

Hij staarde naar de wond die nooit meer scheen te genezen. De hal verschoof. Hij zag nu dat de hal een smerig, lelijk gebouw was, dat geen waarheid kon bevatten, maar misschien kon het, zoals bij sommige mannen een baard, iets voor een tijdje onherkenbaar maken en verborgen houden.

De geuren van de vlier en de vogelkers mengden zich met de honing van de petunia. Hij hoorde Yvonnes ademhaling. Ze had zich blootgewoeld. Hij dekte haar toe.

DEEL DRIE

.

I

Een week ging voorbij. De naam van Wouters viel soms, die van Claire vaker. Hella vond geen bericht over de remedial-teaching bij de post. Alleen een dikke envelop gericht aan drs. M. Wijlhuyzen of huidige bewoner: Süddeutsche Klassenlotterie-Accept. 'Ze vergeten mij.' Er kwam wel een brief van mr. Wouters die Michiel haar in de tuin voorlas.

'...Mr. Bronsvoort, president van de arrondissements-rechtbank, heeft het gevraagde in kort geding geweigerd en daarbij overwogen:

a. dat een beslissing in deze zaak door het complexe karakter van de materie zich niet leent voor een behandeling in kort geding.

b. dat de overlast als voorgesteld door de buurt schromelijk wordt overdreven.

Zodra ik afschriften van het vonnis heb, kom ik nader op de zaak terug. Voorlopig wil ik al de volgende opmerkingen maken: In de overweging van de president dat naar zijn mening de materie te ingewikkeld is voor een beslissing in kort geding, zie ik een vingerwijzing om de zaak in een gewone procedure aan de rechtbank voor te leggen. De partij die alsdan in het ongelijk wordt gesteld, zal wellicht toch alsdan in hoger beroep gaan zodat ook het gerechtshof nog zijn oordeel zal geven.

Het is m.i. onjuist om in de uitspraak van de president zonder meer te berusten. De wederpartij, in casu Wegman en Loos en BCA zullen dan stellig na enige aanvankelijke aarzeling hun gang weer gaan en hun plannen ten uitvoer brengen.

Financiële verplichtingen brengt voortprocederen voor u en de overigen niet mee.'

'Ik vind die overlast helemaal niet overdreven,' zei Hella.

'Al die auto's op het land,' zei Michiel. 'Maar die woord-keus is natuurlijk tactiek van de tegenstander.'

'Laat die brief eens aan Roed lezen.'

'Nee, ik heb geen zin om met hem te praten, ik stuur ieder-een een kopie van de brief.'

Toen hij met Yvonne de Singel afreed, zag hij Roed gebukt in zijn voortuin bezig. Hij had een donkerblauw nethemd aan zoals spoorwegarbeiders in Noord-Frankrijk dragen. Zijn hals en schouders waren rood. Michiel hoopte dat Roed hem niet zou zien. Yvonne riep: 'Hallo. Ik durf tegen ieder-een "hallo" te zeggen.' Roed keek op. Michiel stapte af en liet hem de brief lezen.

'Het gaat er nu om door te zetten,' zei hij, 'frappez, frap-pez toujours.'

Hij was rood, ontroerd, en zijn glimlach deed de oranje vlekken in zijn ogen glanzen. 'Zal ik kopieën maken?' bood hij aan. Sinds die dag deed Michiel iedere brief die hij van Wouters ontving 's avonds laat in de brievenbus van Roed, die voor de verspreiding zorgde.

Michiel vertelde wat er gebeurd was. Hella's blik, verho-len spottend: 'Daar ben je dan weer mooi vanaf.' Het was of de stilte om hen heen de muren van de hal hoger, langer en desolater maakte. 'Ik zag Emmy Hansman vanmorgen in de stad. Ze stond voor de etalage van Cohn. Ik liep op haar toe en tikte haar op de schouder.'

'Wat zei ze?'

'Ze was heel verbouwereerd, scheen me eerst niet te herkennen.'

'Hoe zag ze eruit?'

'Oh, niet onknap. Ook niet echt bijzonder. Moe, kringen onder de ogen, erg opgemaakt.' Hella's toon was onmiskenbaar die van de vrouw die niet werkelijk beducht is maar zich toch beledigd voelt.

'Ik heb haar nooit meer gebeld. Ze denkt aan mij, ze lijdt. Onbevredigde vrouw.'

'En je hebt haar beloofd terug te bellen, ze wilde toch met je praten. Ik vind het niet in de haak als je het niet doet. Je moet eens naar iemand luisteren. Ze heeft een verhaal.'

'Ik ben wel benieuwd naar haar minnaar.'

'Ik weet niets van een minnaar.'

'Ze heeft me toch gebeld een paar weken geleden.'

'Ze heeft helemaal geen minnaar. Dat is om je jaloers te maken. De oude truc.'

'Zou ze op mij verliefd zijn?'

'Vraag het haar.'

Hella's toon was niet plezierig.

'Ze interesseert me toch niet. Ik zou bijna willen dat ik verliefd op haar was of dat ze me op een andere manier fascineerde. Ik zou niet met Emmy kunnen slapen.'

'Je hoeft toch niet met haar naar bed te gaan. Niemand vraagt je dat. Je houdt haar aan het lijntje, je interesseert je niet echt voor haar. Nogal laf. Zeg haar dat je geen zin hebt in een verhouding, dat je van mij houdt.'

José vroeg of Hella even boven wilde komen.

Hij herinnerde zich hoe hij met Emmy in gesprek was gekomen. Ze vertelde op een feestje dat ze met Wim naar Parijs ging, fijn samen, zonder de kinderen. Aan niets gebonden. Michiel kon het zich indenken. Hij zei: 'Ik zal je Hella voorstellen, daar loopt ze.' Hij was een paar jaar geleden met Hella naar Parijs geweest. Hella's moeder zorgde voor Yvonne. In Parijs was er iets mis gegaan. Hij was op zoek geweest naar een kleine boekwinkel in de rue de Grenelle. Ze zouden elkaar in 'Le Dôme' zien. Terug, zit ze aan een tafel in 'Le Dôme', tussen twee mannen in met wie ze geanimeerd, opgewonden praat. Ze lacht. De mannen lachen. Ze heffen het glas. Eén legt zijn arm over de leuning van haar stoel. Hij observeert haar vanachter de kiosk op de hoek van de boulevard Raspail en de rue Delambre. Hij was naar zijn hotelkamer gegaan. Ongerust was hij onmiddellijk weer teruggekeerd. Hella had er niet meer gezeten.

Later op die feestavond kwam Emmy naar hem toe.

'Ik heb daarnet gelogen.' Hij wilde haar nog tegenhouden, haar confidenties ontlopen. 'Het was vreselijk met Wim in Parijs. Een hel. De verveling.'

Iemand anders sprak haar aan, want ze was mooi en begeerd. Toen ze weer alleen waren zei Emmy: 'Ik heb een vriend in het buitenland. Ik ga er één keer per jaar heen.'

'Weet Wim dat?'

'Hij zal er toch aan moeten wennen.'

'Waaraan wennen?'

'Dat ik van hem wegga.' Wim keek glimlachend naar het feest. Ze zei: 'Moet je hem zien staan. Hij danst nooit. Hij vindt het prachtig om naar een feest te kijken.' Michiel vond Wim onmiddellijk sympathiek.

'Is die vriend een goede minnaar?' Het kon hem niet zoveel schelen wat hij nu vroeg.

'Ja,' zei ze, blozend.

Drie dagen later wachtte ze hem op in de hal van de universiteitsbibliotheek. Hij deed of hij haar niet zag. Ze kwam snel op hem toe. Ze moest zijn terughoudendheid bemerkt hebben. Hij ging met haar een café in op de Oude Gracht.

'Ik had niet moeten zeggen dat hij een goede minnaar was. Je keek zo teleurgesteld. Ik dacht dat ik je al verloren had.'

'Nee hoor.'

'Of maken zulke verhalen je juist opgewonden?'

'Doorgefourneerde vrouw.'

'Met die vriend liep het af. Laten we naar Tiffany gaan.'

Na afloop van het feest zei Hella: 'Ze kon haar blik niet van je afhouden.'

'Wat dacht je?'

'Ik vroeg me af of jij haar niet hebt laten merken dat het wel iets kon worden. Ik vind het namelijk nogal onbeschoft tegenover mij. Ze valt me bovendien tegen bij nader inzien. Ze heeft al van dat samengetrokken celweefsel bij de ooghoeken. Ik ben mooier, ik ben jonger, ik ging dicht tegen je aan staan om te laten merken dat ze niet hoeft te denken...'

'Een wig tussen ons te kunnen drijven.'

'Had je dat in de gaten?'

'Natuurlijk, Hella.'

Hella is zeker van mij. Ze tikt Emmy Hansman op de schouder en dat is een gebaar dat Hella nooit bij een vrouw zal maken. Dat is het gebaar van een vrouw die zich superieur voelt, die geen gevaar ducht. Hella weet alles, bijna. Maar Emmy denkt: Hella, die arme Hella wordt bedrogen. Michiel is met me uitgeweest. Alleen omdat hij naar het vliegveld moest om zijn schoonzusje en zwager op te halen, kon hij die avond niet met me mee naar mijn kamer. Michiel belt me gauw, dat heeft hij beloofd.

De momenten dat hij Hella had kunnen inlichten over zijn 'relatie' met Emmy, schimmige relatie die ooit eens had moeten dienen als compensatie, als al te ordinaire revanche – momenten dat Hella zoiets verdragen kon –, had hij voorbij laten gaan.

2

'Krengen. Krengen!' krijste José in de keuken. Haar ogen drukten, verlegen en achteloos, onderworpenheid uit toen ze Michiel zag. En obsceniteit.

'Krengen,' zei ze zacht en schor. Ze sloeg met beide handen op de trommel van de wasmachine. De lakens had ze er met geweld ingepropt.

'Tegen wie schreeuw je, José? Tegen de marmotten?'

'Het wasgoed,' hijgde ze, 'het wasgoed wil er niet in.'

'Doe het dan in twee keer. Kom laat het maar liggen, ik heb wat lekkers gekocht.'

Hij nam haar mee naar buiten. José keek met een verrukt gezicht naar de ijsco's die hij uit zijn fietstas haalde. 'Waar zijn Hella en Yvonne?'

'Op Yvonnes kamer.'

'Wil jij ze roepen?'

Ze aten ijs. José ging weer naar de keuken. Hella zei: 'Vanmorgen is de tante van José geweest. Ze vertelde dat de vriend van José het heeft uitgemaakt. Hij is twee keer met haar uitgeweest, maar hij had op zijn advertentie nog een brief gekregen. Hij dacht dat het andere meisje beter bij hem paste. Dat heeft hij gisteravond tegen José gezegd.'

'Dat vind ik triest.'

'Maar heb jij iets aan haar gemerkt?'

'Nee.'

'Ik vind haar alleen wat stiller.' Ze hoorden José in de keuken fluiten. 'Haar tante zei: U zult er waarschijnlijk niets van merken. José zelf had als enig commentaar gegeven: Er is een land vol jongens.'

Hij dacht: Ik zeg niet in welke toestand ik José straks heb aangetroffen. Hella zou zich ongerust maken.

Ze keken elkaar zwijgend aan. Hella zei: 'Ik zou José graag willen helpen. Iets arrangeren, maar hoe? Ik heb ook het idee dat die tante het niet zo erg vond. Zij wil José natuurlijk graag thuishouden.'

'We kunnen alleen proberen José het gevoel te geven dat we haar mogen!'

'Maar ik vind het niet altijd gemakkelijk met haar in huis. Ze observeert ons altijd, Michiel; zelfs als ze met Yvonne speelt houdt ze ons voortdurend in de gaten. Voordat haar tante kwam, speelde ze blindemannetje met haar. Ze bond Yvonne een handdoek voor en toen zichzelf. Gillend liepen ze naar elkaar te zoeken. Eerst in het hele huis, daarna beperkte José de vrijheid. Ze mochten niet de kamer uit. Ze hebben gekrijst. Een spel vol ernst.'

'Tegen mij zei ze gisteren onverwacht: U draagt veel blauw, dat valt op, blauw staat u goed.'

'Jij kunt geen kwaad bij haar doen.'

José kwam naar buiten, een emotieloos, bevroren lachje om haar lippen, ze bleef staan, keek om zich heen als wilde ze zich van iets overtuigen. Haar kromme sterke benen stonden uit elkaar. Ze was een geheim, soms even doorzichtig in een enkel gebaar. José veranderde onophoudelijk van leeftijd. Nu zag ze eruit als nauwelijks twintig, ondanks haar ouwelijke handen die trilden, ondanks haar jukbeenderen die breder en bleker waren dan anders. Maar het haar van José glansde op ongekende wijze en in haar ogen lag een merkwaardig verstolen uitdrukking.

'Kom bij ons zitten,' stelde Hella voor. José grijnsde nog steeds, kwam beschroomd dichterbij, trok haar schouders samen.

Die avond keken Hella en Michiel naar de tv. Wegman werd ondervraagd over de fraude: Het bedrijf zou volgend jaar vijftig jaar bestaan. Onder het personeel is de klap van de sluiting hard aangekomen. Van oudsher draaide het bedrijf goed. Toen eind vorig jaar de resultaten plotseling terugliepen, was even nakijken van de boeken voldoende om te zien dat er op grote schaal fraude was gepleegd. Loos is voor hij mededirecteur werd jarenlang boekhouder in het bedrijf geweest. De verdenking viel al snel op hem...

'Als ik nog één opmerking mag maken. We hadden juist een nieuw pand gekocht, een grote hal, om het bedrijf opnieuw op te zetten en uit te breiden, maar buurtbewoners trachten dit te verhinderen en vervolgen ons gerechtelijk.'

De telefoon ging.

'Neem jij hem, Hella. Ik ben voor niemand thuis.'

Michiel hoorde aan Hella's stem dat haar vader belde. Het gesprek duurde lang. Ten slotte kwam Hella de kamer binnen.

'Wie was het?'

'Pappa.'

'Hij belde zomaar?' Op Hella's gezicht stonden zweetdruppels. Ze zag er erg moe uit. Haar ogen stonden hol. Hij wist hoe ze eruit zou zien als ze oud was. Grote holle ogen in een afgemat gezicht. Ze worstelde tegen haar tranen.

'Ik vind het gemeen van Claire. Ze had tegen pappa gezegd dat ze Yvonne zo mager vond. Je kon de kleur van de botten door het vel heen zien. Net of ik haar niet genoeg te eten geef.

Dan zegt ze dat ook nog tegen pappa en die belt mij ongerust op. En Yvonne is heel stevig. Precies goed voor haar leeftijd. Ik hou niet van die vette kinderen.'

Hella huilde.

'Belde hij daarvoor?'

'En om te zeggen dat Claire nog niets heeft gehoord uit Kenia. Ze belt de hele dag met Nairobi en met vrienden die in Mombasa wonen, maar niemand weet waar Oscar zit.' Michiel zette de tv af. Buiten hulde de tuin zich in schaduwen. Het werd steeds donkerder, maar de hal met daarboven de heldere lucht bleef het landschap beheersen. Ze zaten tegenover elkaar.

Hella zei zacht: 'Ik had tegen pappa bijna iets over Kenia gezegd. Ik heb me gelukkig ingehouden. Het was lang niet altijd leuk. Ik herinner me nog zo goed dat we in een lodge aan de zee logeerden. Een meter of zestig uit de kust lag een zandbank met prachtig wit zand. Claire en Oscar hadden strandschoenen meegenomen, ze waren daar niet te koop. Je moest over vlijmscherpe riffen klimmen om er te komen. Ik moest ook Yvonne nog dragen. Ze liepen ver voor me uit, zaten allang en breed te zonnen toen ik nog halverwege was. Ze hebben nooit gevraagd: Wil je mijn schoenen lenen?'

'Heb je er wel eens wat van gezegd?'

'Nee. Ik raak dan verlamd en denk: Laat ze maar. Als ik zoiets eerst vragen moet. Ik maak ervan wat ervan te maken valt. En dan zaten we de godganse dag op die zandbank, in de hitte. Ik krijg aan zee toch al zo gauw een zinloos gevoel. Je kon niet zomaar van die zandbank af. Oscar had een grote opblaasband, eigenlijk de binnenband van een grote auto. Daarmee dreef hij langs ons heen en deed heel pesterig. Op die band mocht Claire trouwens ook niet komen.'

'Wat deden jullie 's avonds?'

148

'Spelletjes. Meestal scrabble. Dat spelen alle Nederlanders daar. En een soort associatiespel. Je zegt een woord en daar moet iemand dan onmiddellijk met een ander woord op reageren. Dat ontaardt snel in scabreus gepraat. Maar ik herinner me ook dat op het woord "vooroordeel" moest worden geassocieerd. Oscar zei toen: Vredebedreigend denken.'

'Oeii.'

'We deden elke avond spelletjes, maar noch Claire noch Oscar heb ik ooit volwassen zien reageren. Ze konden niet tegen hun verlies. Oscar helemaal niet.'

'Won jij?'

'Meestal.'

'Als ze zagen dat ik zou winnen, spanden ze tegen mij samen. Fluisterden elkaar woorden in, gingen ook dichter bij elkaar zitten. Ze maakten ook voortdurend ruzie, om de kleinste dingen. Meestal weigerde Oscar het eten dat Claire gemaakt had. Hij schoof het dan zwijgend aan de kant. Dan ging hij zelf iets maken in de keuken. Of hij at in het ziekenhuis. Claire heeft eens tegen mij gezegd: Het is Oscar onmogelijk het eten door te slikken dat ik bereid heb. Na het eten schoven ze de borden naar mij toe. Dat betekende dat ik de afwasbeurt had.'

'Had je wel het idee dat hij een goede arts was?'

'Ik dacht van wel. Hij was ook erg lief voor de kinderen in het ziekenhuis. Vol aandacht voor ze; als hij in Nairobi was kocht hij altijd speelgoed dat bestemd was voor de kinderafdeling van het ziekenhuis. Daarom begreep ik niet dat hij zo vervelend tegen Yvonne deed. Trouwens als Claire er niet bij was, deed hij anders, was hij meer ontspannen. Hij ziet geloof ik erg tegen Claire op. Ik denk ook dat hij wel graag kinderen wil.' Hella lachte een beetje. 'Het was niet leuk. Ik had me er veel van voorgesteld.'

'Ik begrijp niet dat je daar gebleven bent.'

'Ik kon nergens heen. Ik zat tweehonderd kilometer van Nairobi af. In de regenperiode.'

'Heeft Oscar verwacht dat jij wel iets met hem wilde?'

'Misschien. Maar de sfeer was vanaf het begin vijandig.'

'Voelde Claire misschien aan dat Oscar iets met jou wilde?'

'Ik weet het echt niet. Eén keer heb ik Claire zo kwaad gezien. Het was op oudejaarsavond. Oscar wilde Nederland ontvangen. Hij had een extra-antenne op het dak gemaakt, aan een kafferboom vastgebonden. Een dakpan raakte los. Lekkage. Het regende recht de kamer in. Claire tierde, ging tekeer. Ik zei: Als het zo moet, ga ik liever naar huis. Toen zag ik dat ze naast elkaar gingen staan. Claire zei: Je hebt met ons leven niets te maken. Wij hebben onze eigen code.

Maar nu Claire hier is, lijkt het of ik het allemaal gedroomd heb. Ik zou er zeker iets over gezegd hebben als Oscar er ook bij was geweest. Maar ze zouden er niets van begrijpen, zouden ook ontkennen dat ze een blok tegen mij en Yvonne vormden. En na het eten ging Oscar altijd een uurtje squashen. Wij moesten erbij komen staan en de punten tellen. Na elke tien minuten kwam hij op Claire toe die met een handdoek zijn nek en voorhoofd bette.'

'Ze hebben gesmeekt of je bij hen wilde komen. Het is van hen uitgegaan.'

'Ze waren in een vreemde gemoedsgesteldheid. Misschien berustte hun gedrag op de een of andere oude laag van beschermingsriten, heel gecompliceerd, misschien waren ze jaloers. Omdat ik een kind heb. Zoiets. Ik weet het niet.'

'Hebben jullie veel gewandeld? Claire houdt toch van lange wandelingen?'

Ze zei dat hij er geen idee van had hoe het daar was.

'Als je de tuin uitliep kwam je op de verkeersweg naar Nairobi. Aan de overkant oerwoud en rond het huis oerwoud. Jij stelt je een bos met paadjes voor, met hier en daar een bank. Het huis lag erg eenzaam.' Stilte. ''s Avonds is het stikdonker om je heen. We scrabbelden. De sfeer, Michiel. Je houdt het niet voor mogelijk. Als Oscar verloor begon hij vervelende opmerkingen tegen mij te maken. Claire kon helemaal geen woorden bedenken. Oscar hielp haar om mij dwars te zitten maar zo dat hij er zelf voordeel van had. Onder de spelletjes maakte Claire snacks. Welsh rarebits. Iets met gesmolten kaas en bier, op toastjes. Oscar noemde ze Welsh rabbits. Dan werd Claire hels. Zo verliepen de avonden.'

'Gingen jullie 's avonds nooit naar Nairobi?'

'Je hebt geen idee van de afstanden daar.'

'Je hebt alleen in Mombasa gedanst?'

'Ja.'

'Wat zei de neger?'

'We krijgen weer ruzie.'

'Jullie dansten. Wat zei hij tegen je?'

'I'll make love with you. You are my type. Ik zei dat ik getrouwd was. Hij bleef aandringen. Hij had een flat in Mombasa. Hij zou mij de volgende dag terugbrengen.'

'Jullie dansten?'

'We dansten. Ik maakte me van hem los, keek hem een beetje verleidelijk aan, hoewel hij me niet bijzonder aantrok. Zijn gezicht kreeg een vreemde uitdrukking, hij bewoog heftig zijn hoofd, van zijn ogen zag je alleen het wit. Ik voelde hoe Claire en Oscar naar ons keken. Hun ogen prikten in mijn rug. Ik danste met de neger om hen te prikkelen. Ik dacht: Ik zal ze laten zien dat ik me ook zonder hen wel kan amuseren. Ik wilde ze het plezier niet gunnen dat ze me klein zouden krijgen. Op weg naar die bar toe had Oscar mij nog zo fijntjes verweten dat ik met Yvonne een haat-liefde verhouding had. Ik danste om hen uit te dagen, ik danste uitsluitend om wraak te nemen.'

'Dansten Claire en Oscar ook?'

'Eén keer, heel klassiek, heel stijfjes, en ik liet een nummertje jive zien.'

'Jij gooide alle remmen los?'

'Op dat moment was ik in staat geweest om met de neger mee te gaan. Om hun verbijstering te zien. Om hun afkeurende blikken de volgende dag.'

Michiel zag hoe ze zich toestond met de beelden te spelen die ze had opgeroepen.

'Niet zo somber kijken, Michiel.' Ze nam zijn hand en drukte de palm tegen haar wang.

'Ik kijk helemaal niet somber.'

'Die nacht hoor ik Claire kreunen. Een dunne wand scheidde onze kamers. Ik had hen zeker opgewonden gemaakt. Het was een bizar klein geluid, zoals een baby zachtjes huilt. Ik kan niet goed tegen erotische geluiden van anderen. Maar ja, er waren toch ook momenten dat ik fijn met Claire heb zitten praten.'

'In een van die schaarse vertrouwelijke momenten heb je haar naturlijk verteld dat je met Id geslapen hebt.'

'Oh, Michiel, ja dat heb ik haar verteld.'

3

Er volgde een korte periode van betrekkelijke rust. Wouters had sinds vrijdag niet gebeld en ook geen brieven verzonden. Michiel kwam thuis van een kleine fietstocht met Yvonne. De tuindeuren stonden open. Het was erg heet, de lucht was vochtig en van de vlakte steeg damp op; de hal schemerde er vaag doorheen. De zon schoof naar de kant van de villa's. De vlakte was als een groot plein waar eens mensen hadden gewoond maar dat geleidelijk aan zijn bestemming was kwijtgeraakt. Snelgroeiende berken maakten de schroothoop van verwarmingsbuizen bijna onzichtbaar. Michiel vroeg zich af of het land ooit de bestemming zou terugkrijgen waarvoor het bedoeld was. Michiel had op deze grond het bedrijf van zijn vader moeten voortzetten maar hij had het land eerder beschouwd als een plek waar hij zich, afgeschermd door hagen en muren, te midden van bloemen en bomen, aan de wereld kon onttrekken. Resten van muren stonden op het punt overwoekerd te worden. Michiel zag al jaren deze tekenen van verval. De dreiging van het onherstelbare liet hem niet onberoerd. Misschien had het land al zijn mogelijkheden uitgeput.

Hella las *The Loved One* van Evelyn Waugh.

'Er is een brief voor je.'

'Hoe vind je het boek?'

'Niet groots, nogal cynisch.'

Hij maakte de brief open, las hem Hella voor.

'De fa. Wegman en Loos is (nog) niet gefailleerd. Wat ik u al mondeling meedeelde: confrater Meent is benoemd tot bewindvoerder. Ik kan nu dus tegen hem gaan procederen, tenzij ik in der minne met hem tot afhandeling van zaken kan komen.

Als heel curieuze noot kan ik hierbij nog aantekenen dat de rechtbank eerst mij heeft gevraagd of ik mij met het bewind van de fa. Wegman en Loos wilde belasten. Ik heb dit direct moeten afwijzen natuurlijk, gezien de tegenstrijdige belangen.

Loos is nog voortvluchtig. Ik ga nu een paar weken met vakantie, kom eind oktober op de zaak terug. Wie weet kom ik Loos nog tegen, in Spanje, in een casa rurale, vlak achter de Costa del Sol?

ps Op de valreep kan ik nog meedelen dat de eerste hypotheekhouder Slavenburgs Bank, die er voor ƒ 400.000 inzit, al maatregelen heeft genomen om tot veiling over te gaan. Dat zal dan eind dezer maand gebeuren.'

Hella zei dat ze een brief liever zelf las.

'Kom, Yvonne,' zei Michiel onmiddellijk. Hij volgde altijd hetzelfde traject: Singel, Straatweg, Bergweg.

Roed riep hem vanaf zijn dakterras: 'De hinder is tot het minimale teruggebracht. Een enkele wedstrijd soms. Het gaat nu niet alleen tegen het Koetshuis als sporthal maar tegen het Koetshuis als zodanig. Het had nooit gebouwd mogen worden.'

Het was verkiezingstijd en voor alle ramen van zijn enorme huis hingen affiches.

De afstand tot Roed was te groot om iets zinnigs terug te

zeggen. De afstand verhinderde hem te formuleren. Hij stak zijn hand op en reed door. Natuurlijk, de hal moest weg.

Henk stond onderaan de weg. Hij vertelde dat hij een andere kamer had gekregen. Hij sliep nu met Henk. In één adem door voegde hij eraan toe: 'Ik noteer geen autonummers meer.' Hij zat onder de pleisters.

'Je slaapt met Henk op een andere kamer?'

'Ja.'

'Maar die Henk ken ik helemaal niet.'

De opmerking leek langs hem heen te gaan. Toen ze wegreden zei hij: 'Henk maakt altijd ruzie met mij. De volgende week ga ik naar mijn zuster. Dan ben ik er eens uit. Dan kan ik ook mijn oude buurvrouw opzoeken. Die kent me nog van heel klein. Dat vindt ze gezellig.'

Hij sprak trager dan anders. Het paste bij de traagheid van die ochtend.

Ze parkeerden de auto op het stationsplein. Verblind door de middagzon bleven ze een ogenblik met z'n drieën naast de auto staan. Een straatfotograaf wilde een foto van hen maken. Michiel schudde zijn hoofd.

Ze liepen naar de Jansplaats. Het kopergroene ruiterstandbeeld bewoog en fonkelde. Om hen heen waren de gezichten van de mensen zonder uitdrukking. Plotseling stond een vrouw stil. Ze streek met beide handen het haar naar achteren, tot een wrong, wikkelde er een elastiekje om dat ze met een koket gebaar van haar pols liet glijden, keek om zich heen, ontdekte Michiel en Hella, die haar gebaren volgden, bloosde en verdween.

De koepelkerk met zijn zilveren dak kwam als langzaam stromend water, waar de zon over scheen, uit het groen van de kastanjes tevoorschijn.

'We zien elkaar hier, bij de ijssalon?'
Michiel kuste Hella en Yvonne.

Op het brede trottoir van de Bakkerstraat stond voor het no-
tarishuis een lange rij mensen. Bij de ingang was er geen
doorkomen aan. Op de muren waren aankondigingen geplakt van de verkoping:
   Bij inzet en toeslag zullen geveild worden:
   1 De villa met tuin aan de straatweg, groot ongeveer 11.75
are, voorzien van cv. Vrij te aanvaarden.
   2 De hal met erf, gelegen achter kavel 1, bevat kantine met
bar. In gebruik als sporthal.
   De kavels 1 en 2 zullen bij de inzet afzonderlijk geveild
worden. Vervolgens in combinatie in veiling worden gebracht.

Er waren luidsprekers aangebracht zodat men de veiling buiten kon volgen. Michiel liep naar de overkant van de straat.
Vanaf een winkelpui zag hij dat ook de gang vol mensen
stond. Hij was van plan terug te gaan naar de ijssalon toen hij
een idee kreeg. Hij liep snel de Bakkerstraat uit, sloeg rechtsaf en kwam via een steeg en een binnenplaats bij de achterkant van het gebouw. Hij klom over meubels die een smalle
ongebruikte gang blokkeerden en bereikte de veilingzaal.
Michiel stond tegen een muur vlak bij het podium. Aan een
lange tafel met lessenaar zaten mannen die schreven. Hij
overzag de drukte, dwaalde met zijn blik langs de gaanderij-
en. Men zat als in een amfitheater. Rook kringelde tegen het
gestucte plafond.
   Hij zag Berkhof, omringd door zijn familie, en leden van
het actiecomité: Tuyt, Groeneweg. Roed was er niet. Men
zwaaide naar hem. Hij groette terug. Gegeneerd.

Hij was een van de partijen hier. Hij was dé partij. De veilingmeester las de annonce voor.

Niemand luisterde. Iemand kwam op Michiel toelopen. Hij droeg een donker gestreept kostuum en hij zei, terwijl hij hem op de schouder sloeg: 'Ha, Michiel.'

Michiel keek hem verbaasd aan. 'Derek. Derek Blanke.'

Wat was hij dik geworden. Zijn handen waren paffig. Sinds de lagere school had Michiel hem niet meer gezien. Zijn wangen waren rooddoorbloed. Opgezet. Handelen in onroerend goed maakte je, net als alcohol, vroeg oud. 'We zien elkaar zo nog wel,' zei Derek.

De veiling begon. Het werd steeds benauwder. Tegen het plafond hing een doorzichtige blauwe wolk. De gang van zaken ontging Michiel. Om de haverklap werden handen met gespreide vingers omhooggestoken. Een man met een lang grijs gezicht leek zelfs zonder naar het bod te luisteren in een automatisch gebaar zijn arm te heffen die hij dan met een klap op de leuning van zijn stoel liet vallen.

Michiel kreeg last van de rook en de hitte. Hij zou even willen gaan zitten. Hij sloot zijn ogen.

'Uw naam?' riep de veilingmeester. Michiel keek op.

'Vlee.'

'Hoe?'

'Onvlee!' De man, op de eerste rij, sprak nauwelijks hoorbaar. Hij veegde met zijn mouw langs zijn gezicht. Michiel had medelijden met hem. Hij zag er slecht uit, bleek, met blauwe kringen onder zijn ogen.

'Eenmaal, andermaal, verkocht!' De hamerslag joeg een wolk rook tegen het plafond. 'Eigenaar van hal en villa is geworden de heer Onvlee voor een bedrag van zeshonderdduizend gulden.'

Onvlee keek de veilingmeester verbijsterd aan.

'Het ging toch alleen om de villa, deze ronde?' stotterde hij.

'Nee,' schudde de veilingmeester met zijn hoofd. De mond van Onvlee zakte open, hij viel zijwaarts.

Er waren zeven artsen in de zaal. Er werd een ambulance gebeld. Onvlee moest in allerijl naar het ziekenhuis.

Michiel zag dat Derek met de veilingmeester stond te praten. Daarna overlegde de veilingmeester heel lang met de andere heren aan tafel. Toen verzocht hij om stilte. Derek bleef bij de tafel staan, draaide zich glimlachend naar de zaal.

'De heer Blanke is bereid hal en villa van de heer Onvlee over te nemen. Er zal worden nagegaan of dit juridische complicaties geeft.'

Men applaudisseerde. Groeneweg kwam ontzet op Michiel toe: 'Iemand die servituten trotseert. Blanke heeft nu alles in handen. Hij weet toch de rechtskracht van servituten. Hij is schatrijk. Hij bezit de halve omgeving. Misschien is zo'n servituut niets waard!'

Michiel dacht: Hij heeft nu de hal en de villa. Was dat doorgestoken kaart met Onvlee en met de veilingmeester? Waarom had Blanke zelf niet geboden? Het antwoord op die vragen zal ik waarschijnlijk nooit te weten komen.

De dingen speelden zich altijd buiten hem af. Maar de ontzetting van de actiegroep deelde hij niet. Het liet hem onverschillig dat Blanke de hal en villa bezat. Iedereen handelde, behalve hijzelf.

Hij vroeg: 'Ik mis Roed.'

'Roed is veilingschuw,' zei Tuyt.

'Hij kan niet tegen veel mensen in een beperkte ruimte,' zei Groeneweg.

4

Hella zat met Yvonne in de ijssalon, op de hoek van Jansstraat en Jansplaats. Ze keek naar de koepelkerk die uit het donkere groen van de kastanjes stak. Haar blik bleef rusten op een delicatessenzaak. Op de ruit waren met wit krijt reclameteksten geschreven die nauwelijks leesbaar waren. Er kwam een idiote gedachte bij haar op.

Wat was er precies gebeurd die nacht toen mamma naar het ziekenhuis moest? Pappa geloofde nooit dat ze werkelijk ziek was als ze klaagde.

Waarom kwam mamma altijd weer met die verhalen over doodbloeden op de proppen? Bij Claires bevalling, op een heet zandpad, en er waren nog meer gebeurtenissen geweest waarbij ze veel bloed had verloren, gebeurtenissen die Hella nu vergeten was.

Michiel zei daarover: 'Mamma overdrijft. Je vader heeft natuurlijk de dokter gebeld. Misschien heeft je moeder zich als kind eens met een mes gesneden. Die ene gebeurtenis heeft zich in de loop der jaren uitgedijd, zó vergroot dat ze daarna wel in een aantal gebeurtenissen móest uiteenvallen. Een betrekkelijke nietigheid kan een eigen leven gaan leiden...'

Had hij gelijk?

Een moeder kwam met een jengelend kind voorbij. Het sleurde een pop achter zich aan.

Hella zag mamma op zich toekomen.

'Kind, waar was je?' riep ze. 'Ik heb je met angst gezocht.' Mamma huilde.

Hella trok Yvonne die ijs zat te eten naar zich toe, legde haar arm om het kind. 'Pappa zal zo wel komen.'

Een oude man, in gepeins verzonken, mompelde langs het raam lopend voor zich heen. Hella verlangde hevig naar Michiel. Ze verschoof haar stoel zodat ze het Plein en de Jansstraat kon overzien. Er was een tijd geweest dat Michiel geen aantrekkingskracht meer voor haar had gehad. Hij sloot zich op in zijn kamer, werd cynisch als hij dronk en weigerde elk bezoek. In die tijd was ze op Id verliefd geworden. Zijn manier van leven trok haar aan, ook de manier waarop hij haar aankeek en met de rug van zijn hand haar kin aanraakte.

Na Martins' had ze hem nog enkele keren ontmoet. Maar ze had er nooit achter kunnen komen of hij werkelijk iets om haar gaf. Nog steeds liet Id haar niet onverschillig. Die avond in Martins' had ze heel sterk het gevoel gehad dat ze mooi werd gevonden, dat ze begeerd en bemind werd. Die bar van Martins', aan één kant wijdopen, uitlopend op een rond platform. Michiel die haar op heftige toon had geroepen. Toen had ze een moment gedacht dat het verlangen naar Michiel voorgoed voorbij zou zijn. Ze had hem aangekeken zoals een boze moeder haar kind aankijkt dat schuw en vergeefs zijn bestaan voor haar tracht te rechtvaardigen. Zijn houding had iets beschamends gehad. Het was de enige keer dat ze afkeer voor hem had gevoeld.

Hun verhouding berustte ook op Yvonne. Als Michiel niet met haar zou kunnen fietsen, als zij Yvonnes kamer niet onophoudelijk zou kunnen veranderen en opsieren... Daar, in dat kleine stukje wereld voelde ze zich helemaal thuis, dat stukje wereld aanvaardde haar ten volle, misschien omdat ze er ieder detail van kende. Ze kon er elke dag uren bezig zijn. Als ze één voorwerp verplaatste, veranderde alles.

Ze hield er ook van voor Yvonne kleren te kopen, hoe veelkleuriger, hoe mooier. Ze had vanmiddag een salopette gekocht en een helrood truitje. Iedereen in de winkel had naar Yvonne gekeken.

Ze zou nog wel een kind willen. Juist omdat Claire er geen wilde. Ook voor pappa die anders nooit meer dan één kleinkind zou hebben. Ze begon hardop te lachen en tegelijk werd ze boos op zichzelf. Zie je nou wel. Uit een gevoel van plicht jegens pappa zou ik een tweede kind willen. Om het tekort aan plicht van Claire te compenseren.

Ze stak een sigaret op. Alles was toch goed terechtgekomen. Ze was toch gelukkig. Ze wachtte op Michiel, hij kon zo uit de menigte opduiken en op haar toekomen. Waarom had ze tegen Claire nogal vaag over dat geluk gedaan? Ze concentreerde zich op de rook die uit haar mond kwam. Een klein, onaangenaam gevoel overviel haar. Spijt dat ze Claire iets had onthuld dat ze niet eens onder woorden kon brengen. Spijt omdat het tegenover Michiel niet fair was.

Nu niet meer, maar vroeger was Claire altijd vrolijk, had ook altijd leuke vriendinnen. Haar vrienden kwamen uit de betere milieus. Hoe vaak had mamma niet tegen Hella gezegd: 'Jij komt altijd aanzetten met een gewone jongen.'

Een jongen uit de kleine middenstand. Wat zei Hella's vader? 'Middenstanders, daar ga ik maar vanuit, willen de klant oplichten.' Voor het noodlijdende bedrijfje van Michiels vader kon hij geen belangstelling opbrengen. Dat Michiel na veel omwegen toch nog een universitaire graad had behaald, vonden pappa en mamma zo verrassend en wekte zoveel tegenstrijdige gevoelens in hen op dat ze er niet toe hadden kunnen komen hem die dag op te bellen en te feliciteren.

Claire was de jongste, niet de mooiste. Ze droeg tot haar achttiende een zware donkere bril die ze toen verving door contactlenzen. Ze werd slanker, knapper, liet het sluike donkerbruine haar lang groeien, toch kon ze niet tegen Hella op. Claire kon uren met pappa praten. Hella was zo gauw met pappa uitgepraat.

Er was een nacht geweest dat Hella naar de slaapkamer van haar ouders was gelopen. Mamma had alleen in bed gelegen, de dekens ver over zich heen getrokken. Hella riep haar, ze bewoog niet, antwoordde niet.

Hella trok de dekens van haar af en zag dat het mamma was, maar met een ander gezicht. Ze trok het masker er met een ruk af, er kwam weer een gezicht tevoorschijn dat ze niet kende. Ze weet niet meer hoeveel maskers ze moest afrukken voordat ze tenslotte mamma's ogen, mond en voorhoofd zag.

Dat was een eng gezicht. Het gezicht leek op de foto die pappa van haar voor Claire gemaakt had.

De herinneringen namen haar helemaal in beslag. Ze merkte niet dat Yvonne de ijssalon was uitgelopen. Ze was haar vergeten. Hella zag nu dat ze in de menigte op Michiel toeliep. Ze kwamen samen binnen.

Michiel zei: 'Je was haar vergeten.'

Ze dacht: Ik kan zeggen dat ik Yvonne naar hem toe zag lopen, dat ik haar in de gaten hield.

'Een moment, ja, het is zo warm hier.' Met haar ogen probeerde ze het effect van zijn woorden te verzachten. 'Wie heeft de hal?' vroeg ze belangstellend.

'Blanke. Hal en villa. Ik ben ervan overtuigd dat niet alles ging zoals het behoorde. Maar zoals die Derek daar stond, zelfverzekerd en glimlachend. Ik moet toegeven dat ik half zat te slapen op het moment dat de hamer viel. Het was om te stikken. Ik begreep niets van de procedure die gevolgd werd. Het was bijna obsceen. Een man die met een hartinfarct wordt weggedragen en Derek Blanke die zijn slag slaat, zonder haast, zonder zenuwachtig gedoe, met een kalmte.'

'Je denkt dat het allemaal van tevoren bekokstoofd is?'

'Die man werd echt ziek, maar die ziekte speelde op de een of andere manier Blanke in de kaart. Het was verontrustend, paradoxaal.'

'Overdrijf je niet?'

'Hoe de werkelijkheid ook in elkaar zit, de waarheid blijft dat de hal en de villa van Blanke zijn. Wat dit betekent zal Wouters ongetwijfeld weten.'

Yvonne keek naar een jongetje dat naast zijn vader zat. Hij schopte tegen een enorme blauwe opblaasbal. Hella zei: 'Zijn vader werkt natuurlijk bij Nivea!'

'Waarom'?'

'Lees dan wat er op die bal staat!'

Michiel las 'Nivea'.

'Yvonne zit er steeds met scheve ogen naar te kijken.' Een meisje bracht voor Michiel een pêche melba. Hella zei lachend: 'Je mist eigenlijk alle belangrijke momenten in je bestaan.' Hij keek haar aan, wist wat ze ging zeggen. 'Je was net te laat toen Yvonne geboren werd.' Michiel was die nacht door de zuster naar beneden gestuurd om nog een warme kruik te maken. 'Je mist hét moment van de verkoping en als er een belangrijke brief van Wouters komt ben je altijd aan het fietsen.'

Hij wist het en hij beheerste zijn opkomende woede. Ze had gelijk. Ik heb ook niet de illusie dat ik iets doe. Vanaf het

begin van de actie is een strakgespannen veer zich gaan af-
wikkelen zonder dat ik daar enige invloed op heb kunnen
uitoefenen. Maar wie dan wel? Wouters? Berkhof? Loos
door er met een hoop geld vandoor te gaan is nog wel het dui-
delijkste instrument van het lot.

Ze zag dat hij zijn woede beheerste. Ze kon het zien aan de
zenuwachtige manier waarop hij rondkeek en aan zijn kleine
glimlach die zich steeds verplaatste. Hij deed alsof hij de situatie beheerste. Als ik nu tegen hem zou zeggen: Zonder dat je
het in de gaten hebt drijf je mij in mijn kleine hoekje, in Yvonnes kamer – door jouw vreemde vitaliteit zonder werkelijke
hoop, een vitaliteit die elk moment kan inzakken als een stro-
vuur.

En ik?

Ik wacht. Waar wacht ik op? Op een aardige baan bij de
schoolbegeleidingsdienst? Ik zit nog niet eens op de opleiding.
En de ene gemeente na de andere besluit uit bezuiniging zo'n
dienst voorlopig niet op poten te zetten. Ik vlucht in het ogenblik. Elk moment is er een nieuw ogenblik. Maar het is wel
eentonig. Claire heeft in ieder geval een behaaglijk verleden.

'Michiel, ik heb er eens over nagedacht...' Nee, ze wilde
niet verder praten. Michiel zou zwijgen, in pathetiek vervallen of niet uit zijn woorden kunnen komen. Ze wilde op de
een of andere manier tegen hem op kunnen blijven zien.

'Waar heb je over nagedacht?' Nee, ze wilde die stem die al
weer pijnlijk begon te klinken niet horen.

'Er is niets.'

'Maar we hebben toch alles. Yvonne, het huis.' De ruiten
aan de overzijde weerspiegelden de aandrijvende wolken en
het ruiterstandbeeld. Het leek of de ruiter op de wolken zat.
Ze wilde zijn hand pakken.

'Wat is jouw volgende zet nou?' vroeg ze glimlachend.

Michiel rende door de Pauwstraat. Op het Plein ging hij op een leeg terras met zeshoekige tafeltjes zitten. Hij zag dat de schors van de bomen niet meer door de zon opdroogde. Dat was de herfst. Hij had Hella in het gezicht geslagen. Hij was verbaasd omdat hij had gemeend zichzelf in de hand te hebben. Moe en ongerust vroeg hij zich af hoe hij straks onder haar ogen zijn huis zou binnengaan. Het was geen onherstelbaar incident. Maar hoe zouden ze zonder gezichtsverlies het wankele evenwicht weer kunnen herstellen? Hij zag op tegen de lange, vermoeiende dagen, met steeds wisselende stemmingen, met het zwijgen. Hij vroeg zich af hoe het mogelijk was dat hij in zo'n wirwar was terechtgekomen, in zo'n ondoorzichtig bestaan, terwijl het leven toen hij nog studeerde bijna eenvoudig had geleken. Voor de buitenwereld moest hun bestaan idyllisch en ongecompliceerd lijken.

Een kat achternagezeten door een hond sprong blazend tegen de vochtige stam van de boom op, kreeg er onvoldoende greep op, gleed langzaam terug. Het had er alle schijn van dat het dier zich aan het onafwendbare vastklampte.

5

Ze keek hem na. Agressie is een luxe die je je niet altijd kunt toestaan. Michiel heeft de illusie dat hij tamelijk vrij over zijn bestaan kan beslissen. Het bestaan van jaloerse man, altijd opgejaagd, altijd bang opnieuw te worden bedrogen.

Hij flirt met de hal, maar de hal opent niet zoveel mogelijkheden als hij wel denkt, hij flirt met de vrijheid en met de gevoelens van Emmy, hij wil de gevolgen van dit spelen niet op zich nemen. Wat hij onderneemt gaat ogenschijnlijk goed.

In gedachten observeerde ze hem. Op zijn gezicht zocht ze het bewijs van haar invloed op hem. Ze beet op haar lippen, onderging een scherpe emotie, primitief en pervers. Om de mensen die langs haar heen liepen hing pure hitte. Hier in de holte van de stad leek het of ze in de bek van een beest stond. Ze trok Yvonne naar zich toe, drukte haar tegen zich aan, streek over het gladde zachte haar. Ze merkte dat nu pas de woede in haar opkwam.

Hella had de autosleutels. Ze was tegen halfzes thuis, het moment dat José naar huis ging.

Door het zonlicht kwam José haar in de tuin tegemoet. De rode baksteen van de muren zweemde naar roze, de beige tinten van de berberis gingen over in rood, het groen werd uitgewist, de vlinders vlogen angstaanjagend laag. Met aandacht en angst keek ze José aan die geluidloos huilde en toen zei: 'Waarom bleef u zo lang weg?' Ze zweeg. 'Uw vader is geweest, hij dacht dat u thuis zou zijn.' Haar stem klonk kortaf.

De lucht was warm, vochtig, vloeibaar. De kleuren vielen samen met het diffuse licht, als gekoesterd. Maar de ogen van José waren donker, bijna zwart. 'U wilt me niet meer in huis hebben omdat ik elke keer die informatiemap van de politie aanvraag.'

'Hoe kom je erbij?'

'Dat voel ik zo.' Haar gezicht was ondoorgrondelijk, helemaal zonder uitdrukking. Ze huilde, maar er waren geen tranen in haar ogen. Ze hield het hoofd schuin. Toen kwam er een moment, nauwelijks merkbaar, een wilde onrust in die ogen, resten van wilde onrust, en het huilen ging over in een hoog, giechelend lachen. 'Het zijn krengen. Krengen!'

'Wat heb je gedaan, José?'

'Ik heb de marmotten doodgemaakt.' Hella liep de keuken in. José kwam achter haar aan. De marmotten waren uit de kist verdwenen.

'Je hebt ze onder het wasgoed verborgen!' Hella meende dat onder het wasgoed beweging was.

'Ze zijn dood.' Ze stonden tegenover elkaar aan weerszijden van de schone lakens en handdoeken. Yvonne leunde tegen Hella's been.

'Yvonne, ga buiten spelen.' Yvonne klemde zich vast aan Hella's been.

Hella trok het wasgoed weg. De marmotten vielen traag opzij, hun pootjes geklemd om de uitpuilende darmen. Ze leken op kleine poezen, verstrikt in een knot wol. Hella keek naar José's platte zolen. Er zat bloed aan. Bloed zat ook bij de snuit van de beestjes.

'Het wasgoed wilde er niet in, ik kan er niets aan doen, toen werd ik opeens kwaad.' José frunnikte aan haar trui.

'Je houdt toch zo van dieren?'

'Alleen van vogels. Ik zal nieuwe marmotten voor Yvonne kopen.'

De zon stond laag boven de hal. Vanuit de bomen scheen een kluwen rode stralen over het land.

'We zullen samen de boel opruimen,' zei Hella, terwijl ze de bewegingen van José aandachtig volgde.

De volgende dag keek Michiel op zijn kamer een brief in die Wouters al drie dagen geleden gestuurd had. '...Bongers Exploitatie- en Beleggingsmaatschappij BV is de nieuwe eigenares sedert 25 september 1979 – datum van registratie. We hebben nu tegen deze BV de draad weer opgevat. Ik wacht op reactie. Als deze komt, zal ik aanstonds berichten. Nog een nieuwe ontwikkeling valt te melden. Blijkbaar biedt Blanke de hal te huur aan. Dezer dagen belde mij een advocaat op met de vraag of zijn cliënte – Hannoo Woninginrichting – de hal zou kunnen huren en gebruiken zonder dat daartegen actie zou worden genomen. Ik heb hem uiteengezet dat en waarom zijn cliënte daar niet op mocht rekenen.'

Michiel hoorde de auto van zijn schoonvader, hoorde ook Claires heldere stem. Gistermiddag was hij na de scène in de ijssalon naar Martins' gelopen. Hij had er geen bekenden aangetroffen en dacht er een moment over Emmy te bellen. Hij herinnerde zich de laatste keer in Tiffany en deed het niet. Hij was vroeg in de avond thuis geweest. De gebeurtenis met de marmotten hoorde hij eerst van Yvonne. Ze liet hem een tekening zien waarop met rode viltstift de dood van de diertjes suggestief was weergegeven.

168

Hella had geen commentaar gegeven. Een flauwe glimlach verplaatste zich tussen haar mondhoeken; ze trok in een hooghartig gebaar haar schouders naar achteren. Hella wachtte af. Hij zou naar haar toe moeten komen. Uit haar blik las hij af dat ze zich de bekende pose had aangemeten: pose van de onbereikbaarheid.

Het was een opluchting dat pappa en Claire er waren. De toenadering zou vanzelf tot stand komen. Bijna zonder inspanning verdween de herinnering aan de uren die hij alleen door de stad had gelopen. Over bleef een klein gevoel van afwezigheid, zoiets als het einde van een liefde in een stenen landschap onder een vaal en deprimerend licht. Een armzalig gevoel. Hij zag de schaduw van José in de deuropening.

'Wat is er, José?'

Ze kwam binnen.

'Bij de badmintonspelers is een meneer die ik ken.'

'Er wordt toch niet meer gespeeld.'

'Nu zijn ze er wel.' Michiel zag dat een groepje tegen de gevel van de hal stond.

'Wie ken je daarvan?'

'Meneer Vreise. Hij is de langste, hij heeft een scheiding in zijn haar.'

José had gelijk.

'Hoe ken je hem?'

'Hij helpt mijn tante met het uitrekenen van de belastingen.'

'Waarom vertel je me dat?'

'Omdat ik hem ken.'

Hij keek naar haar gesloten mond, de bleekroze lippen en de donkere ogen in het lijkwitte gezicht. Michiel werd overweldigd door een hevig gevoel van ontreddering. Hella had toch gedroomd van Vreise, op weg naar haar vader? Gedroomd dat ze door hem verkracht werd. Dat had ze in de ijssalon verteld. Hij corrigeerde onmiddellijk zijn gedachten, trok ze opnieuw door de nauwste sluizen van zijn hersenen. Hij lachte tegen José.

'Waarom heb je de marmotten doodgemaakt?' Haar ontwijkende blik. Ineenkrimpend voorhoofd, zwijgen, onrust in haar ogen. De lippen gingen van elkaar.

'Omdat ze zo vet waren, ze konden zich haast niet meer bewegen.' Ze deed een stap in zijn richting. 'En er werd de hele middag getelefoneerd. Als ik opnam, werd de hoorn na lange stilte aan de andere kant neergelegd.'

'Heb je een idee wie het is?'

'Nee.'

Michiel dacht: Dat is Emmy.

'Denk erom, José. Ik ben nooit thuis als er gebeld wordt.'

'Yvonne zag er gisteren zo leuk uit. Met die tuinbroek en het rode truitje.'

'Je wilde met Yvonne spelen.'

'Ja. Maar ik was bang dat uw schoonvader zou komen. Als hij er is, wil Yvonne dat ik wegga. Yvonne gaat op zijn schoot zitten en hij leest haar voor.'

'Maar mijn schoonvader was er gisteren toch niet.'

'Die keren dat hij er wel was, wilde Yvonne niet met mij spelen. Ik was bang dat hij zou komen.' Haar benen waren krommer dan ooit, maar de ontwijkende blik was verdwenen. Ze keek hem blij, vol verwachting aan. 'Hoe wist u dat ik zo van haring hield?'

'Je hebt het een keer gezegd. Vond je 'm lekker?'

'Mijn tante zegt altijd: Haring in het land, dokter aan de kant.'

'Zou dat waar zijn?'

170

'Ziet u niets aan mij?'

'Nee, je hebt...' Ze wachtte. 'Ik weet het niet.'

'Ik heb mijn haar kort laten knippen.'

'Ik zag wel iets aan je.' Hij had werkelijk gezien dat haar gezicht ronder was. Hij dacht: Ik ben te veel met mezelf bezig, ik zie de veranderingen bij mijn directe medemens nauwelijks. 'Draai je eens om!'

'Het is van achteren ook uitgedund. Ik heb erg dik haar.'

'Je hebt een pagekopje.'

'Ja.' Ze draaide zich weer met het gezicht naar Michiel, bijna elegant. Die benen met rode sportkousen.

'Houd je ervan om naar de kapper te gaan?'

'Ik weet niet of ik ervan hou, ik heb er niet bij stilgestaan of het leuk is, het moet gebeuren.'

'Dat van die jongen, heb je daar verdriet van?'

Het leek of ze even in elkaar kromp.

'"Trouwen is goed, niet trouwen is beter," zegt Paulus. Als je niet trouwt, heb je met niemand iets te maken.'

'Michiel! Kom je beneden? Pappa en Claire zijn er.' Hella's stem waarin nu de toon van haar moeder doorklonk. Zo riep Hella's moeder onderaan de trap als pappa thee moest komen drinken.

Hij gaf geen antwoord.

'U gaat me dus niet wegsturen.'

'Nee, waarom?'

'Om de marmotten.'

'Maar je hebt al nieuwe gekocht.' Haar grijns. Haar welwillende grijns terwijl ze op de drempel bleef staan.

Ze was verdwenen. Voor de hal die de hemel versperde werd een shuttle weggeslagen. Het wegslaan tastte de roerloosheid aan.

Schittering, zon, wispelturig spel van lichte en donkere

vlakken. Als filigraan. Onbeweeglijke zon. Oplaaiende hitte. Stilte op de vlakte. Hij werd heet achter zijn voorhoofd. Hij waste zijn handen, wiste zijn hoofd af en ging naar beneden.

6

Michiel maakte een fles wijn open. 'Omdat de familie bij elkaar is, op Oscar na. En op onze nieuwe banen, op Oscars komst.' (Er was een kort telegram gekomen: Bel gauw.) Pa veronderstelde dat Michiel en Hella wel gauw iets zouden vinden. Pa verweet hem in stilte dat hij te weinig solliciteerde en te weinig enthousiast over het onderwijs sprak. Het verwijt verpakte hij in verbazing over de hoeveelheid tijd die Michiel in onnutte zaken als de hal stak. Een enkele keer liet Michiel zich verleiden hierover met hem te debatteren. Al probeerde hij zo rustig als zijn schoonvader te blijven, zijn toon werd snel opgewonden; hij verzandde in argumenten en redeneringen die niets met de zaak te maken hadden, verloor zich in details waarvan hij niet meer wist hoe hij ze had willen inpassen in de hoofdlijn, zag zijn schoonvader slaperig worden en ten slotte in slaap vallen.

Met pa vermeed hij alle onderwerpen waaruit een discussie zou kunnen ontstaan.

Claire deelde mee dat ze op drie sollicitaties bericht had ontvangen en was uitgenodigd voor nadere kennismaking. Oscar, dat was nu al zeker, werd niet geplaatst op gynaecologie. Daarop kon dus niet gedronken worden.

'Waarom wil hij geen chirurg worden?' vroeg Michiel. 'Hersenchirurgie bijvoorbeeld.'

'Om bij hersenchirurgie te komen moet je kunnen zeezeilen,' wist Claire. 'Een kleine coterie verdeelt de baantjes. Zonder zeewaardige boot kom je er niet tussen.'

Pa vroeg zich af of dat zo was. Hij had er nooit wat over gelezen. Er werd daarna over andere misstanden gesproken die ook nooit aan de kaak werden gesteld. Pa stond plotseling op, liep de kamer uit en kwam terug met een grote bruine tas, mamma's boodschappentas.

'Hella en Claire moeten maar eens aan de grote tafel in de achterkamer gaan zitten.' De dochters stonden aarzelend op. Hella hoopte niet dat pappa een flauwe grap ging uithalen, juist nu niet, omdat het haar op de een of andere manier in de ogen van allen kwetsbaarder zou maken. Zoals hij vroeger op sinterklaasavond deed: iets uit hun kamer weghalen, al maanden tevoren, dat in een mooi papier wikkelen en met een lang gedicht vol geforceerde enjambementen als cadeau aanbieden. Na maanden kwam dan een pen tevoorschijn, of een boek dat ze overal gezocht hadden. Ze trapten er altijd weer in en ook mamma lachte altijd om deze grappen van pappa.

'Ga zitten,' zei hij. Uit zijn tas haalde hij mamma's bijouteriekistje, zette dat op tafel. Hella schrok, keek hem ontdaan aan. 'Jullie moeten zelf maar uitmaken wat je ermee wilt doen.' Hij knipoogde naar Michiel. 'Ik hou me afzijdig.'

Michiel kwam ook bij de tafel staan.

Hella vroeg waarom pappa daar nu mee aankwam. 'Je kunt mamma's sieraden toch voorlopig thuis houden?' Claire had het doosje opengemaakt.

'Ik wil ze verkopen,' zei Claire, 'ik ken iemand in Amsterdam.' Die arrogante toon. Hella ergerde zich, kon er niet tegenop. Een machteloos gevoel overviel haar. Misschien heeft Claire wel gelijk. We kunnen ze beter verkopen.

'Wie draagt ze nog?' zei Hella.

'Ik vind het zonde; zo'n handelaar geeft er een paar centen voor, hij smelt het goud en het zilver en speelt er mooi weer mee. Je moet er in ieder geval uitzoeken wat echt mooi is. Ook al uit piëteit.'

Michiel heeft gelijk, dacht Hella.

'Jullie zoeken het maar uit,' lachte pappa een beetje verlegen. Michiel nam een collier van gitten en fijne gouden staafjes in zijn hand.

'Die heeft mamma nog van mij gekregen,' zei pa.

'Vind je het dan leuk, pap, dat ze zomaar verkocht worden?'

'Hella, kindje, ik hecht niet aan die oude dingen, echt niet. Ze zijn van jullie.'

Michiel gaf het gittensnoer aan Claire. 'Zal je mooi staan.' Hij hield het tegen haar hals.

'Ik vind ze best mooi, maar ik sta niet erg op die oude dingen, net als pappa. Ik draag eigenlijk nooit een ketting. Hella moet maar uitzoeken wat ze hebben wil.'

Michiel zocht voor Hella een medaillon uit. Claire hield het gittencollier. De rest zou verkocht worden. Van de opbrengst zou Hella ook nog een deel krijgen.

Yvonne zat bij opa op schoot, hij kietelde haar in de zij en Yvonne krijste. Michiel gaf een verslag van de veiling.

'Oh pappa, doe toch rustig met Yvonne, je maakt haar helemaal overstuur.'

'Stil, Yvonne, niet zo schreeuwen.' Yvonne schreeuwde niet meer. Opa kietelde haar weer. Yvonne schaterde het uit, gilde, krijste.

'Je vond haar toch zo vreselijk mager.' Hella's opmerking veroorzaakte een lange stilte. Pa wendde zich tot Michiel:

'José zal hier ook wel de langste tijd geweest zijn. Wat Hella mij tenminste vertelde.'

'Waarom?'

'Michiel verdedigt haar altijd,' zei Hella tegen Claire. 'José vertrouwt Michiel van alles toe. Ze zit aan mijn spullen in de linnenkast. Ik ben er zeker van dat ze voor hem duistere erotische gevoelens koestert. Ik heb het nooit zo op José begrepen gehad.'

Michiel dacht: Hella is niet lief als pappa en Claire er zijn. Hij zei koel: 'Je overdrijft. Bovendien, als je een baan krijgt bij de schoolbegeleidingsdienst in de stad zul je toch hulp moeten hebben.'

'Het is de vraag of ik ooit bij die opleiding kom.'

Hella liet een schaal met sandwiches rondgaan. Claire bedankte. Het gesprek kwam onverwacht op het nieuwe studiejaar. Claire zei: 'Wat een kolossale vestiging is dat nieuwe universiteitscentrum. Midden in de weilanden, mastodonten tot twintig verdiepingen hoog.'

Michiel hielp Yvonne een kist met blokken omkieperen.

Pappa dacht dat het er veel op leek dat studenten niet meer welkom waren in de steden. In de middeleeuwen had je echte symbiosen van stad en universiteit. Cambridge, Padua, Marburg.

Claire kneep haar ogen toe, dacht glimlachend na en zei na deze berekenende aarzeling: 'Die uitbanning van de universiteit naar de periferie heeft misschien te maken met de angst die de overheid heeft voor de universitaire autonomie.'

'Ik denk dat de overheid zich niet zo op haar gemak voelt met die autonomie. Regeringen houden er ook niet van als studenten een afwijkend gedrag vertonen. Denk maar eens aan de Vietnam-agitatie, Parijs in 1968 en de Maagdenhuisbezetting een jaar later.'

Michiel speelde met Yvonne. Ze bouwden een grote toren. Hij deed of hij niets hoorde. Pappa vervolgde: 'Het lijkt allemaal al lang geleden, maar de overheid heeft een goed geheugen voor ordeverstoringen.'

Michiel dacht: Nu zal pappa of Claire de naam Hausmann noemen. Claire richtte haar grote bruine ogen op Hella die wanhopig trachtte zich bij de discussie betrokken te voelen. Hella glimlachte, als wilde ze zeggen: Ik ben het helemaal met jullie eens.

Er ging een plateau Franse kaas rond.

'En wat is er in Parijs gebeurd na het commune-oproer? Hausmann, prefect van de Seine, heeft uitgestrekte wijken laten afbreken om de grote boulevards te kunnen aanleggen. En waarom? Om de binnenstad beter voor troepen en politie bereikbaar te kunnen maken.'

Pappa vertelde daarna anekdotes en maakte woordgrappen. Yvonne reed paard op opa's knie, Michiel stond om de paar minuten op, liep door de tuindeuren naar buiten en kwam weer binnen. Hij had soms een zwakke aanvechting iets te zeggen, maar dan leek het of ijskoud water uit een kraan over zijn hoofd spoelde en zijn gedachten vernietigde. Zijn woorden waren al uitgewist voor hij ze uitgesproken had. Alsof de spanning waarin hij ze gevormd had, wegvloeide.

Deze mensen met al hun woorden, in zijn huis. Men sprong snel van het ene onderwerp naar het andere. Pappa gooide een glas omhoog en ving het op zijn platte hand weer op waar het roerloos bleef staan. Yvonne vond het prachtig.

Er kwam een moment dat Michiel naar buiten ging en via de keukendeur het huis weer inliep. Hella was net naar de keuken gegaan. Hij was met Hella alleen. Ontroerd had hij op het punt gestaan haar te zoenen. Maar hij meende dat hij buiten voetstappen hoorde. Hij had zich vergist. Een witte auto reed langzaam door de straat.

Door de tuindeuren kwam Michiel weer binnen, tegelijk met Hella. Claire zei juist: 'Jij denkt dus, pa, dat er achter het situeren van het universitaire leven aan de uiterste rand van buitenwijken, onderdrukte angst van de overheid ligt?'

'Jazeker, en het is aardig om op te merken dat die uitbanning van studenten hen zo niet als potentieel gevaarlijk dan toch als marginale groep kenmerkt.'

Claire meende dat het plan van de sterk verkorte studieduur hier ook iets mee te maken had.

'Hoe dan?' vroeg pa.

'Studenten zullen harder moeten werken, zullen zich eerder zorgen maken over de toekomst.'

Michiel dacht aan de avond toen hij Hella op het nog bijna lege terras van Regina voor het eerst had aangesproken. Hij herinnerde zich andere avonden dat hij op hetzelfde trottoir, langs hetzelfde terras met haar gewandeld had.

'Ze zullen geen tijd hebben om te protesteren en om te contesteren.' Er werd even gelachen om dit eindrijm.

Ik mocht niet studeren, dacht Hella. Ze praten over programma's, over de hoogst gekwalificeerden die de beste kansen hebben, over het studentenleven; waarom mocht ik niet studeren?

Pa was een beetje weggesoesd maar bleef in de houding zitten die hij tijdens de discussie had aangenomen. Hella vroeg of iemand nog iets wilde eten.

'Ik niet,' zei Claire.

'Als je nooit eet, is het niet moeilijk om slank te blijven. Het is wel erg ongezellig.'

'Ik heb helemaal geen honger, Hella, het is niet dat ik me moet beheersen.'

Pa werd wakker. Hij pakte zijn glas wijn en meende dat niemand had gezien hoe hij in slaap was gesukkeld. Claire speelde met het collier.

Hella vroeg hem wanneer hij die gittenkralen aan mamma had gegeven. Hij dacht diep na en zei dat hij het zich niet kon herinneren.

'Had je ze niet liever zelf nog even willen bewaren?'

'Die sieraden zeggen me niets, kindje.'

'Je hebt ze mamma zelf gegeven!'

'Doe niet zo moeilijk, Hella,' zei Claire en stond op. Ze gingen allen de tuin in en bekeken de borders. Men rook aan bloemen en verwarde dahlia's met gladiolen en scabiosa.

'Opa, opa, kijk!' riep Yvonne. Ze wees naar de muur van de keuken waar de hele middag al de zon op scheen. 'Een draakje!' Ze zagen een hagedis die zich snel naar boven verwijderde langs een dode tak van de wingerd.

'God, hoor je dat, ze zei draakje.' Pa keek vertederd. 'Een draakje,' herhaalde hij. Ze keken allemaal lachend naar Yvonne.

Claire zei tegen Michiel dat ze colleges logica ging volgen. 'Ik weet niet of het zin heeft maar het lijkt me fascinerend.'

'Als toehoorster?'

'Ik ben niet van plan examens af te leggen. Maar ik heb zo'n onduidelijke manier van denken en ik vind het echt fascinerend om te zien hoe gedachten in formules te vangen zijn. Zeg Michiel, jij wilde toch ook zoiets gaan doen ?'

'Het zou best plezierig zijn om er zoiets naast te hebben,' hield hij af.

Pappa vond het toch vreemd dat Oscar zo weinig van zich liet horen.

'Maar je kent het land niet, pa,' zei Claire geïrriteerd. 'Ik heb gebeld naar de ambassade.'

'Ik heb niet anders gedacht of Oscar zou met een vliegtuig later komen. Er is al weer heel wat tijd verlopen.'

'Je doet of het mijn schuld is.'

'Natuurlijk niet, kindje.' Hella en Michiel stonden naast elkaar. Pappa en Claire zaten nog. 'Waar kwam het telegram vandaan?'

'Uit Mombasa,' zei Claire dof.

'Dat klopt dus, want vandaar zouden de koffers verscheept worden,' zei pa.

'Dacht je dat ik het leuk vond. Ik had me van de aankomst ook wel een andere voorstelling gemaakt.'

'Natuurlijk, kindje, we zitten er allemaal mee.'

7

Hella keek Michiel verward aan.

'Ik kan er niet tegen als pappa en Claire zo met elkaar praten. Met pappa is Claire anders.'

'Met Claire is je vader ook anders. Ze proberen naar elkaar te reiken.'

'Ze weten het allemaal zo precies. Ik voel me er helemaal buiten staan. Pappa die maar blijft doorzeuren over een bepaald onderwerp, traag en obsessioneel.' Hella sloeg haar oogleden zenuwachtig neer. De fijne lijnen in haar gezicht waren nadrukkelijker. Het was nog vroeg. Ze stonden buiten. Een vogel verdween in de laatste stralen van de zon die laag tussen de rode beuken stond. Yvonne reed in de Kettcar die ze op haar verjaardag van opa had gekregen. 'Ik voel me helemaal overbodig. Ik zeg niets, ik weet niets, ik kan alleen iets over de kleren en de kamer van Yvonne zeggen.'

'Jij bent intelligenter dan Claire, je kleedt je met meer smaak. Die witte bloes op zo'n strakke rok staat je erg goed.'

'Vind je dat het echt goed staat?'

'Ja, veel beter dan zo'n flodderjurk die Claire droeg. En een verschrikkelijke tint. Gedoopt in watergruwel.'

'Toch is dat erg in.'

'Maar het is toch niet mooi!'

'Ik kan er ook niet tegen als ze zo koel over mamma praten. Waarom moest hij nou vandaag met die sieraden komen?'

Ze hoorden de klep van de brievenbus en zagen Roed de Bergweg aflopen. Michiel ging het huis in en kwam met een brief terug.

'Zal ik hem voorlezen?'

'Nee, nu niet.'

Michiel liet de brief dicht. De nacht brak onstuitbaar aan. De wind speelde boven het dak van de schuur, over het land. Verweg schelle stemmen uit het dorp. Helverlichte ramen van de huizen aan de Singel. Mamma's rusteloze zorg voor Claire en mij. Hoe zag mamma's echte gezicht eruit? Het gezicht op de doods foto's was nog het minst ware. Het echte, met de grote dromerige ogen alsof ze over een immense vlakte staarde die door ontelbare zonnen werd beschenen, was definitief verdwenen. Mamma met heerlijke geheimen in haar ogen. Zo konkelde en vleide Hella met haar moeder. Ze kon haar nog steeds geen weerstand bieden, zwichtte altijd. Mamma zou haar oudste dochter nooit loslaten. In een wanhopig verlangen de dingen die met haar gebeurden toch te begrijpen, strekte ze haar hals, deed haar ogen wijd open, alsof die gebaren voldoende waren het onbegrijpelijke te doorgronden.

'Ik kan niet tegen Claires manier van doen. Een beetje overheersend, een beetje arrogant. Al echt de vrouw van de specialist.'

'Dat ging dus van Claire uit, het verkopen van de sieraden.'

Ze gingen met Yvonne het huis in.

'Ik begrijp dat echt niet van Claire. Of het een opzettelijk gebrek aan gevoel is. Een dag nadat Claire was aangekomen, ben ik naar pappa gegaan. Ik wist dat zij er ook was. Ik had er behoefte aan ze nog even te zien. Ook al omdat Oscar niet was meegekomen. Dat bezoek is mij zo tegengevallen. Ze zaten te lezen. Claire deed heel zelfverzekerd. Ze waren geloof ik helemaal niet blij dat ik kwam. Ze voelen zich zo op elkaar betrokken. Ik had allang spijt dat ik gegaan was. Toen ging de telefoon. Claire nam aan. Het was Conny, ze wilde weten hoe de reis was verlopen. Pappa verliet de kamer zodra hij merkte dat het Conny was. Hij liep snel de trap op. Ik hoorde dat hij boven de hoorn van de telefoon nam om mee te luisteren. Toen Claire ophing, kwam hij onmiddellijk weer beneden en vroeg wie gebeld had. Ik vond dat laf. Op dat moment had ik echt minachting voor hem.'

Ze gingen aan weerszijden van Yvonne zitten die naar de tv keek.

'Ze gaat veel te laat naar bed. Maar ik had niet echt minachting voor hem. Ik kijk er nu ook al weer heel anders tegenaan.'

'Ik heb echt bewondering voor je vader. Hij ziet er altijd perfect gekleed uit, is altijd zo rustig. Als ik eraan denk dat hij zo vaak alleen is en wacht. Hij lijdt, in stilte. Er zijn momenten dat ik van hem houd, ondanks zijn uiterlijke koelheid. Hij lijdt. Je kunt misschien alleen van mensen houden van wie je weet dat ze lijden.'

'Ga je met Claire colleges logica volgen?'

'Je zou het niet leuk vinden?'

'Nee, dat weet je best. Weet je wat Claire in de tuin tegen me zei? Ik ben blij mij tijdig uit de klauwen van mamma te hebben losgemaakt. Ze was achteraf wel blij dat ze in Kenia zat. Ze had het daar verwerkt, zonder alle poespas. Claire redeneert, past alles in en dan is het weg. Ik kom nooit helemaal los van thuis. Ik voel altijd nog de plicht... Michiel, ik moet er niet aan denken dat jij er niet meer zou zijn. Ze zouden over me heen vallen.'

'Dat pappa wat ambivalent tegenover de broches staat die hij in zijn verlovingstijd aan mamma heeft gegeven, kan ik me wel voorstellen.'

'Claire zei ook dat Oscar steeds opnieuw in haar had aangewezen: Nou doe je als je moeder, nu weer, nu weer, tot het er helemaal uit was.'

'Flink hoor van Oscar, de dokter, de medicijnman.'

'Ze heeft ook zo'n airtje over zich sinds ze hier is, om bij pappa eens even orde op zaken te stellen. Ze regelt allerlei zaken voor pappa, belt uren met hem en thuis mag ik nergens aankomen. Ik heb juist alles gelaten zoals het was toen mamma nog leefde. Ze gooit dingen weg die ik best had willen bewaren, juist omdat mamma eraan gehecht was. Michiel, ik kan het ook niet hebben dat pappa mamma vergeten lijkt.'

Michiel dacht: Ze zal mamma's dood nooit verwerken. Blijft een dochter niet altijd nadenkend bij het graf van haar moeder staan. Al is ze dood, de ervaring gaat door, sterft nooit af. Ze mag dood zijn, de verhouding tussen moeder en dochter gaat door.

Hij zei: 'Mamma is voor jou een boze droom. Een boosaardige goudgelakte godheid die dagelijks haar offer vraagt.'

Stilte. Yvonne was op de bank in slaap gevallen.

Ze keken naar buiten.

Hella zei: 'Wat staat de maan laag.'

'Zo laag boven deze sinistere wereld,' grinnikte hij.

Ze kroop dicht tegen hem aan.

'Heb je Emmy al gebeld?'

'Ik bel Emmy niet.'

'José zegt dat er steeds gebeld wordt. Zou dat Emmy zijn? Ze gaat door tot jij opneemt.'

Michiel dacht: Ook nu kan ik haar niet zeggen dat ik iets met Emmy heb gehad.

'Vind je Claire een mooie vrouw?'

'Wel mooi, maar ze biedt minder weerstand aan de ouderdom dan jij. Ze heeft al dat desolate in haar gezicht van iemand tegen de veertig. Iets neerslachtigs.'

'Claire heeft iets leuks meegebracht voor Yvonne, olifantje van Steiff. Ze meent het wel goed. Ze heeft ook oog voor mooi speelgoed. Maar dan wordt ze boos op Yvonne als die er niet onmiddellijk mee gaat spelen.'

Hij dacht: Hella is moe. Haar ogen lijken steeds dieper te liggen, maar ze is nog steeds erg mooi.

Buiten weerklonk een kreet. De kreet kwam uit de ruimte tussen de rode hemel en de hal.

'Ik ben bang, Michiel.'

'Die schreeuw?'

'Alsof die schreeuw iets zichtbaar maakt.'

'Och kom.'

'Ga eens kijken.'

Hij liep het pad af. De deur van de hal stond open. Hij keek naar binnen, zag niemand. Hij liep de Singel af. Alleen de villa waar Henk woonde, was verlicht. Een ziekenauto reed weg, draaide de Straatweg op in de richting van de stad.

Henk stond op de stoep, half in het licht van de lantaren, onder een boom die zonderling groeide sinds hij door de bliksem op twee plaatsen was gespleten. Hij zwaaide met zijn korte, brede schouders, alsof hij binnen in zich iets moest temmen. Hij droeg een grijs-zwart geblokt overhemd. Hij lachte zacht, met korte stoten, zoals José soms. Maar het lachen sloeg nergens op. Toen werden zijn bewegingen trager, preciezer, omzichtiger, en Michiel zag dat dit niet Henk van Dijk was. Hij was plomper, ouder, en hij miste de vluchtige glimlach die onverwacht over Henks gezicht kon strijken alsof hij van binnen door een plotselinge gedachte werd verlicht.

'Wat is er gebeurd?'

'Henk van Dijk schreeuwde. De hele avond al. Hij is nerveus de laatste tijd.'

'Sliep jij bij Henk op de kamer?'

'Henk sliep alleen.' Hij gaf onmiddellijk, kortaf, mechanisch antwoord.

'Ben jij al lang hier?'

'Een week. Telkens als het beter gaat, mag ik hier naartoe.' Hij lachte weer. Hij werd binnengeroepen. De lichten in de villa leken even allemaal aan te gaan, toen werd het donker. In dat korte moment zag Michiel dat over de hele lengte van het hek dode vogels gepunt waren. Hun bungelende snavels bewogen. De Singel was leeg en hellend. Iedereen legde op zijn wijze, op zijn obscure eigen wijze zijn wil aan de Singel op.

Langzaam liep Michiel terug. De ramen van de huizen waren ogen die op hem loerden.

Thuis las Hella de brief van Roed:

Geachte heer Wijlhuyzen, Van alles wat Blanke ons heeft voorgespiegeld – rustige, onmerkbare meubelberging komt geen spat terecht. Vanaf de invasie van Hannoo is er iedere dag een waanzinnig af- en aanrijden.

Geweldige joekels trachten op het terrein zo te manoeuvreren dat ze met hun achterdeuren voor de toegang van de hal staan. Dat produceert de hele dag geraas en geronk. Daar komt nog bij het getimmer en gebonk binnen in de hal. De hal wordt niet alleen als bergplaats maar ook als werkplaats gebruikt.

Dit alles in schrille tegenstelling met de door Blanke gedane beloften.

Wilt U Mr. Wouters hiervan op de hoogte stellen?

Johan Roed

De klok tikte als het klikken van een grammofoon in een stille kamer. Gelukkig. Ze hoorde Michiel.

8

In de hal hingen geen netten meer. Ze lagen op een hoop naast de trap. Het was leeg en stil. Uit de bar was zelfs het meubilair gehaald. Op de speelvelden lag cement en er was met kalk geknoeid.

Een deur ging open. Derek Blanke naderde over een pad van planken. Naarmate hij dichterbij kwam, veranderde het licht. Eerst dacht Michiel dat het van sterkte wisselde, toen zag hij dat het licht op de gaanderijen uit was. Slechts in de lengterichting van het plafond brandde een rij lampen. Beschenen door dat schamplicht kwam Derek Blanke dichterbij.

Toen Michiel ongeschikt bleek voor onderwijs, had Hella tegen pappa gezegd: 'Michiel wilde eigenlijk aan de universiteit werken. Daarom kan hij beter eerst promoveren.' Hella was heel tactisch geweest. In zijn gedachten had hij toen een briljant college gegeven over Agamemnon en Clytaemnestra: Wat je buiten jezelf doet, doe je ook in jezelf. Dood je iemand, dan dood je ook iets in jezelf. Agamemnon verwoest Troje en daarmee zet de verwoesting van hemzelf en van zijn eigen stad Mycene in. Clytaemnestra doodt Agamemnon en legt daarmee de hand aan het zwaard dat haarzelf zal doodsteken.

'De hal is van mij.' De stem van Derek was zonder echo.

Michiel opende zijn mond om te antwoorden. Hij maakte een gebaar van onmacht om zich heen. Hij kon niet spreken in zo'n ruimte. Het was de ruimte die hem de kracht ontnam om iets te zeggen. Blanke kwam de tweede trap op.

Michiel zei zacht: 'Er zal een dag komen dat het dak van de hal zal worden afgerukt, als in een visioen van Jeremia. Dan... Of zal het geheim mij toch ontsnappen, omdat ik in de verblinding van het moment mijzelf uit het oog zal verliezen.'

'Ik doe een voorstel.'

'Ik weet wat je wilt voorstellen.' Met voldoening besefte Michiel het heldere timbre van zijn stem, de rust en kalmte waarmee hij sprak. 'Je vraagt mijn steun. Je wilt dat ik de actie van de buurtbewoners ga tegenwerken, ga saboteren. Subversieve activiteiten. Vijfde colonne. Niets komt meer tegemoet aan mijn lust tot avontuur, beantwoordt tegelijk ook meer aan mijn tamelijk grote lafhartigheid. Met tegenzin en verwarring kijk ik naar de beelden die uit het verleden opdoemen... Mijn vader kon al jaren het hoofd niet meer boven water houden. Hij ging ten slotte failliet. Hij liet over zich heen lopen. Als jongen van twaalf jaar – hoe goed herinner ik me nog dat ik twaalf werd – voelde ik voor het eerst een sterk besef van onmacht, van minderwaardigheid. De bewoners van de kapitale villa's aan de Singel staken via ons privé-pad het bedrijf over om sneller in het centrum van de plaats te komen. Toen het bedrijf minder goed ging lopen – wat een scherp instinct voor het verval hadden ze! de aasgieren! – ontzagen ze zich niet om alles wat los en vast zat, op de terugweg mee naar huis te nemen. Later, toen de zaak failliet was verklaard, slopen ze 's avonds na het invallen van de duisternis en daarna, al gauw, bij het volle licht, over het bedrijf: gereedschap, lood, ijzer, buizen, bakstenen, zeven, fijn- en grofmazig, eenruiters, latten, teer, pek, bossen pluktouw, rietmatten, dakpannen. Ze konden alles gebruiken. Die ontmanteling, geleidelijk maar fataal, zag mijn vader met lede ogen aan. Maar mijn vader, reeds aangetast door een slopende ziekte die zich snel daarna openbaarde, had zelf al leegte om zich heen geschapen. Hij hield zich verre van de mensen, hij werd steeds kleiner, hij was vaak onvindbaar. Ik kon hem in die tijd al niet meer bereiken. Achter een stapel hout, in de hoek die de haagbeuken met de muur maakte, zat hij onder een oude limoen-appelboom – die in mijn herinnering nooit vrucht gedragen heeft – op een zelfgetimmerd bankje, met de rug naar het huis, met de rug naar het bedrijf.

De wrok tegen de bewoners aan de Singel, al zijn er anderen in de huizen getrokken, is nooit verdwenen, is alleen maar sterker geworden.'

Michiel aarzelde. Hij luisterde naar de kreet die nu opnieuw, van heel dichtbij, opzij van hem klonk; toen de sirene van de ziekenauto, die zich verwijderde in de richting van de stad. Je zou zeggen dat hij wankelde, dat hij viel. Het licht in de hal nam toe in sterkte.

Hij had nog veel te zeggen. De gedachten knaagden aan de binnenkant van zijn hersenen. Hij kneep zijn lippen samen, hij was heel bleek. Op grote afstand werd een deur dichtgetrokken.

Voor zich heen mompelend vervolgde hij zijn monoloog: 'Ik zou veel beter actie kunnen voeren om het bestaan van de hal te verdedigen... haar nog hoger te maken... hoger dan de villa's.'

De nacht eindigde in een kalme schittering. De hemel zonder wolken was leeg en immens, een doorzichtig weefsel. De zon kwam op in een halo van nevel, de schaduwen trokken zich terug, lichten begonnen uit te gaan als aan de bewoonde oe-

ver van een rivier. Hij liep in alle richtingen het land over –
het verloren paradijs van zijn jeugd – maar de hal bleef door
de wisseling van tinten heen zich luguber tegen de hemel af-
steken.

De aderen in zijn hals klopten en zijn hoofd bonsde zo dat
hij tegen een muur moest leunen.

Hij was er een moment – een moment van scherpe lucidi-
teit – zeker van dat Hella's liefde voor hem was teruggebracht tot de gemeenschappelijke ervaring in Martins'. Even
keek hij met aandacht en vol angst naar die liefde. Daarna
dacht hij aan niets meer. De wereld om hem heen was een immens schild geworden waarin alles zich in alles weerspiegelde, en schitterde in diffuus puur licht. Als het bonzen in zijn
hoofd nu maar eens ophield.

Rond hem lag de braakliggende chaotische vlakte. Hij zou
die nooit verkopen, aan niemand. Al deed hij er niets mee.
Dat was een halsstarrige gedachte en nauwelijks te beredene-
ren. Dat was iets waar hij aan vasthield. Een mooi houvast in
een wankele wereld.

De straat vulde zich al met de geluiden van zware vracht-
wagens uit de richting van de stad.

Voor hem het lege, zijwaarts aflopende pad en aan het uiterste einde daarvan de villa waaruit de kreet had geklonken
en waarvan de ruiten nu verlicht werden door de opkomende
zon.

Hij vocht tegen de duizeling.

De hal bleef verlicht zonder enige menselijke aanwezigheid. De villa was vierkant met torens, rood-witte luiken en
hoge ramen. De villa stond van de weg af, alsof de weg daar
afstand nam zoals een rivier zich afbuigt. Zijn slapen klopten. Wind stak op en voerde vogels over de vlakte aan. Het

hoge gras, de toortsen, nog donker, bewogen. De hal. Onwrikbare massiviteit. De toppen van de bomen die elkaar raakten in een doorzichtige kleurloze hemel. Hij moest nu onbeweeglijk blijven zitten en wachten. Met de frisheid van de ochtend zou hij kalmer worden. Het zou alleen langer duren dan anders. Met de binnenkant van zijn arm veegde hij het zweet van zijn voorhoofd. Om hem heen namen de geluiden toe. De liefde rekte zich wulps geeuwend naast hem uit.

De hal. Als de Titanic. Onzinkbaar geacht. De ondergang van een schip. De ondergang van een droom.

'Neem dan iets in om te slapen,' zegt Mary.

'Nee.'

'Warm hè, ik kan ook niet in slaap komen.'

'Waar ben je geweest?'

Ze antwoordt ontwijkend: 'Er werd gevochten, ik heb even staan kijken.'

'Ben je in Tiffany geweest?'

'Niet in Tiffany, maar in de kleine bar ernaast. Ik weet nooit hoe het heet daar.'

'De Ark?'

'Ja.'

'Daar?'

'Ze vroegen naar je, Id. Ik wilde er niet naar binnen gaan, ze riepen me.'

Om haar te kunnen aankijken moet hij zich helemaal omdraaien. Hij blijft liggen. Zijn nek steekt.

Ze zegt: 'Zullen we in de kamer iets gaan drinken. Je kunt daar de ramen tegen elkaar openzetten.'

Boven de daken zijn rode strepen aan de hemel zichtbaar. 'We zouden er best even uit kunnen lopen. Er is niemand op het Plein nu. Misschien is Martins' nog open?'

Hij geeft geen antwoord. Ze gaat bij hem op de grond zitten. Hij legt zijn hand in haar knieholte, ze buigt haar been, ze zegt: 'Waarom ga je nooit naar je broer toe?' Ze klemt zijn hand in haar knieholte, zo hard mogelijk. Ze begint te lachen, schudt haar krullen.

'Doet het pijn?'

Ze klemt, haar knieën worden wit.

Er gaat tijd voorbij.

'Er zat een vrouw aan de bar, alleen, een beetje dronken, ze was erg mooi. Jij zou haar erg mooi gevonden hebben.'

Het eerste daglicht dat de stad een moment doodsbleek maakt. Ze kussen elkaar.

'Zullen we proberen of we nu in slaap kunnen komen?' Ze rilt.

Een groep honden scharrelt achter elkaar over het trottoir aan de overkant, verdwijnt langzaam in de Pauwstraat. Er is een uur verlopen sinds ze uit bed gekomen zijn.

'Michiel is op mij gesteld,' zegt hij, 'maar hij zal het niet kunnen opbrengen hier langs te komen. Eens zat ik op het terras van Tiffy. Ik was er zeker van dat hij van plan was er naar binnen te gaan. Hij moet mij gezien hebben, hij liep snel door.'

Ze kruipt dichter tegen hem aan.

'Kom, laten we naar bed gaan.' Weer gaat tijd voorbij. Ze zegt: 'Ik heb Hella nooit gezien.'

Het zwaard van de ruiter vangt het licht op. Fragmenten van geluiden die overgaan in zwaar ronken. De geluiden verzamelen zich, worden herkenbaar. Motoren lijken overal aanwezig voor een massale aanval. Het lawaai stoort de stad die nog geen weet heeft van de nieuwe, schitterende dag. Verlichte daken. Donkere muurvlakken. De stilte in de lege straat onder hen tracht zich te handhaven. Alles in de slapende stad getuigt van afwezigheid van angst en tegelijk is plotseling alles reden tot angst. De stilte zwicht. Zij wijst. Hij kijkt in de aangegeven richting. Een motor met zijspan rijdt zigzaggend de lege straat in. De motorrijder kijkt strak voor zich uit, zijn armen gestrekt, het lichaam is recht als een plank. Op de benzinetank het blauwe stadswapen. De andere agent leunt ver uit zijn zijspan om het evenwicht van de motorfiets te bewaren. Hij praat in een mobilofoon. Ze dragen oranje helmen en lange witte jassen. Op de helmen is ook het stadswapen afgedrukt. Geweld. Waartegen is dit geweld gericht?

Dan houdt de motor in, terugdeinzend voor de lege stille straat. Of misschien bang een grens te overschrijden? Ze krijgen natuurlijk een bericht door. Hun monden bewegen. Hun hoofden bewegen zich naar elkaar toe.

Zoals ook de nieuwe dag zich lijkt in te houden. De agent in de zijspan kijkt omhoog. Zijn blik is hulpeloos, wanhopig. Hij maakt een vluchtig gebaar.

Ziet hij de twee mensen voor het raam?

De motoragent geeft extra gas. Op de benzinetank het stadswapen.

Ze zegt: 'Altijd dat vertoon.'

De motor neemt de scherpe bocht bij de ijssalon. Het geluid neemt af, blijft nog even in de straat hangen, verwatert, lost op. Stilte heeft het lawaai voorlopig getemd. De angst nestelt zich tussen hen in. De angst geeuwt behaaglijk.

Ze zijn eraan gewend de angst toe te laten. Ze zegt: 'Gewone surveillance.'

'Misschien komen er nog meer motoren met zijspan: Als jongen hield hij van militaire parades omdat er de behoefte aan een nieuw maar identiek verschijnsel werd bevredigd.

'Ik moet altijd aan oorlog denken,' zegt ze.

'We gaan zo slapen.' Hun blikken richten zich naar beneden. 'Cohns herenmode.' 'Oma's-tijd-antiek.' 'Luneta.' 'Fietsen worden onmiddellijk verwijderd.'

Stad getroffen door de stilte. Geweld is overbodig geweest.
Licht en stilte houden nu een dreiging in. Ze zijn zich voor
het raam bewust van die tegengestelde beweging.

DEEL VIER

I

Begin van de middag. Yvonne speelde met een vriendin. Hella keek de Bergweg af. De postbode was nog niet te zien. Of had ze hem gemist? Ze keek in de brievenbus. Met de post was alleen een dringende, mosselbruine brief van de Süddeutsche loterij en een nog dringender folder voor tien delen Kunstgeschiedenis gekomen. Geen bericht voor haar. Geen bericht voor Michiel. Als Michiel terugkwam zou ze thee maken. Nazomerse geluiden van wespen en bijen op de braamstruik die voor de tweede keer dit jaar in bloei stond. Rijpe bramen naast licht violette bloemen en knoppen. Ze sloot de ogen. Het zonlicht viel op haar oogleden.

De bar in Martins' is rond. Er zijn alleen ramen die uitkijken op de rivier. De ramen met zicht op het Plein zijn altijd geblindeerd. De bar is op de eerste verdieping. De wanden binnen zijn witgelakt met vergulde panelen. Het terras dat je via een glazen deur bereikt en waarop blauwe parasols staan boven witte tafels en stoelen, ziet uit over het nieuwe circuit.

De dansvloer is klein en overvol. Als in de stad om twee uur de bars sluiten – Regina, Bordelaise, De Ark kun je nog bij Martins' terecht op de eerste verdieping. Ze danst.

Ze herinnert zich dat ze 's middags een nieuwe jurk in de stad heeft gekocht omdat ze met Michiel uitging.

En nu danst ze met Id. Haar lichaam is warm. De muziek

brandt zachte wonden in haar gebruinde huid, verteert haar langzaam. Een neger zingt. Er zijn witte pilaren die slechts tot halverwege het plafond reiken, zoals die halve, staande, antieke grafzuilen. Daartussen staan fauteuils, matblauw in het schemerlicht.

Het is onmogelijk te dansen, zo vol. Ze danst maar komt niet van haar plaats. Verdoofd, versuft, beweegt ze. Ze was verdoofd, hoe zou ze Michiel anders kunnen zijn vergeten. Verdoofd! Dat was het juiste woord. Ze is vanaf het begin van de dans de bar uit het oog verloren, heeft hem met haar blik ook niet meer gezocht. Ze duwt haar hoofd tegen zijn hals. Ze heeft veel wijn gedronken. Eerst al in Regina en toen in Chez Armand en daarna? Waar waren ze toen heen gegaan? De drank stijgt haar altijd zo vlug naar het hoofd. Ze is alles vergeten. Ze is gelukkig. Id is heel lief voor haar en hij kijkt haar met buitengewone belangstelling aan. Hij glimlacht tegen haar en boven haar hoofd glimlacht hij in de richting van de bar. Hij ziet Michiel ook niet.

Ze doet haar schoenen uit en zet ze op een van de matblauwe fauteuils die in een strakke rij tussen de pilaren staan. Ze knellen. Ze danst nu blootsvoets. Id maakt Hella's haar los. De muziek houdt niet meer op. Ze draagt een koele strakke jurk. Zwart. Michiels lievelingskleur. Dan gaan ze door de openstaande glazen deur naar het terras. Om na uren dansen verkoeling te zoeken. Ze fluistert terwijl ze tegen hem leunt: 'Ik voel me zo vreemd nieuw. Ik ben alles vergeten, een beetje onthecht, zonder verlangen.'

'Zonder verlangen?'

'Nee, natuurlijk niet.' Het is vijf uur geweest. De bar gaat dicht. Ze kijken naar de rivier. Witte schitteringen dwars over het water, alsof meeuwen over het water vliegen die een voor een lijken om te slaan. Vogels die kantelen, iele aluminium platen in een lege ruimte. Aan de oever liggen boten waarop lichten branden. Het water beweegt nerveus in de nieuwe stad op de andere oever. Ze voelt Michiels blik. Er is geen muziek meer. Ze grijpt Ids hand, drukt haar lippen tegen zijn hals, draait zich dan om.

Michiel staat in de deuropening. Zijn stem klinkt geforceerd vlak: 'Het is bijna halfzes.' Wat moet hij anders zeggen? Hij maakt het gebaar of hij op zijn horloge kijkt. Vermoeide ogen, sombere lijnen, verwrongen trekken, gave witte tanden zichtbaar in zijn halfgeopende mond. Ze kijkt aandachtig naar die details als wil ze het gezicht dat ze niet meer herkent daaruit samenstellen.

Bij haar geen spoor van vermoeidheid, spijt of pijn. Ze heeft gedanst, opgesloten in die ronde bar met uitzicht op de rivier. Zijn aanwezigheid wekt woede in haar op. Heeft hij gemerkt dat ze hem vergeten was, hem veel langer wilde vergeten?

Ze draait zich weer naar de rivier. Er hangt nevel boven de vaargeul maar de boten zijn duidelijk zichtbaar. Het water heeft de kleur van de maagdenpalm, als de schmink van haar ogen.

Ze wil een sigaret. Id geeft haar de laatste uit zijn pakje. Hoe laat was het? Halfzes. Maar die tijd zegt niets, is absoluut zonder betekenis. De woede wijkt, lost op. Michiel is verdwenen.

'Id,' fluistert ze en ze trekt zijn gezicht naar haar toe, 'ik ben verliefd op je, zo verliefd, ik zou met je willen slapen.'

Michiel zit al in de auto, ze stapt in en hij rijdt onmiddellijk weg. Ze verlaten het centrum van de stad.

De overgang is te groot. Ze zegt niets, kijkt hem van opzij aan. Michiels verstrakte gezicht.

Id had nooit meer een toespeling op de gebeurtenissen van

die avond gemaakt. Ze had hem de volgende dag opgebeld. Maar ze had de woorden buiten de sfeer van Martins' niet durven herhalen.

Langzamerhand was ze hem anders gaan beschouwen. Zonder dat hij zijn prestige voor haar verloor was de verliefdheid een herinnering geworden waarvan ze tegen zichzelf vaak zei: 'Ik zou het niet hebben willen missen. Iets om over te dromen. Meer niet.'

Vage noties van gezoem drongen haar hersenen binnen, ze trachtte de beelden nog even vast te houden. Ze hoorde Michiel zijn fiets op de standaard zetten, hield nog even haar ogen gesloten. Nu kwam hij haar richting uit.

'Je houdt toch van mij, Michiel?'

'Heb je weer een boze droom gehad?'

'Hou je van me?'

Een lage witte auto reed langzaam de Bergweg af. Hij stopte voor hun huis. Er zaten drie heren in. 'Wie zijn dat, Michiel? Ken jij ze?'

2

Derek met aktetas, stelde de twee heren voor. 'Mr. Ekeris en mr. Lucas.'

Ze zaten in de tuin, keken over de vlakte en Derek zei: 'Wat een mooi stuk grond, een uniek binnenterrein. En het panoramische uitzicht over de hele plaats, bijna tot aan de rivier toe en op de kerk. We verliezen elkaar blijkbaar toch niet uit het oog.' Hij lachte naar Michiel. Hij deed joviaal en droeg een gestreept donker pak, een china-roze, popeline overhemd waarvan het merkteken – een klein, zwart anker – even zichtbaar werd toen hij ging zitten.

'In de hal komt geen sport meer, of sporadisch, een enkele middag, voor een clubje. Geen feesten meer. Geen bingo. Geen muziek. Ik wil niet dat het Koetshuis op enigerlei wijze last veroorzaakt. De badmintonclub was rijk, betaalde forse huur, meer dan ik van Hannoo ooit zal krijgen. Ik wil ze er niet meer in hebben.

Ik heb een idee. Dan zijn we van alle moeilijkheden af. Ten behoeve van de eigenaars van onroerend goed in de directe omgeving kan ik een nieuw servituut vestigen ten laste van 't Koetshuis.

Dat betekent: berusten in de aanwezigheid, in het bestaan van de hal. Afzien van welke actie dan ook die erop gericht is 't Koetshuis te elimineren.'

Ekeris zei: 'De te vestigen erfdienstbaarheid zou als volgt kunnen worden geformuleerd. In het Koetshuis mag geen bedrijf worden gevestigd dat stank of geraas veroorzaakt, evenmin mogen er massa-activiteiten in plaatsvinden die met parkeeroverlast en lawaai gepaard gaan.'

'U kunt er rustig over nadenken,' zei Lucas.

'Ik kan dit niet zo gauw overzien,' zei Michiel. 'U overvalt me.'

Hella schonk thee in. Ze keken om zich heen.

'Waarom,' zei Ekeris, 'werkt u niet met ons samen? Als wij werkelijk vrije doorgang naar de Singel garanderen en wanneer de sport eruit zou zijn, dan kunt u toch onmogelijk bezwaren tegen het gebouw hebben?'

Ze lachten.

'Niet dat we in een goed huwelijk willen stoken.'

'Hoe zou ik...?' vroeg Michiel nog lachend.

'U kunt langzamerhand, in het verborgene, de actie een beetje saboteren.'

'Een soort vijfde colonne-activiteit? Infiltratie?'

Ekeris ging verder: 'U kunt het rondsturen van de brieven vertragen. U kunt mr. Wouters vragen de zaak niet op de spits te drijven, een vergadering opschorten. Uw invloed aanwenden om op ons aanbod in te gaan.'

'Wat staat daar tegenover?'

'Michiel!' zei Hella.

'Wat daar tegenover staat?' Derek wees met zijn hand en zei: 'Cohn is oud, wil een gedeelte van zijn land afstoten. Het land naast de hal, links van hieraf gezien, achter de muur, waar de tuin van Cohn ligt, zou je voor een zeer schappelijke prijs van mij kunnen kopen.'

Michiel dacht: Het land met de oude leimuren, met de oranjerie, als ik dat bij mijn grond zou kunnen trekken. Hij moest plotseling denken aan het oude verhaal van Naboth. Geen verhaal in het oude testament had hem meer geobsedeerd dan dat.

'En,' zei Lucas, 'u moet zich eens indenken als die hal weg is. Die enorme kuil. Zo'n open stuk betekent voor een makelaar in deze tijd: verzorgingsflat of torenhoog kantoor.'

'Er rust een servituut op.'

'De tijden veranderen snel. Andere tijden, andere rechters, andere inzichten. De hele jurisprudentie omtrent erfdienstbaarheden staat op de helling. Over enkele jaren kan dit servituut van geen enkele waarde meer zijn.'

Michiel beloofde over het voorstel te zullen nadenken. Hij liep er even uit.

Toen hij terugkwam, zag hij, verbaasd, Hella met drie andere heren in de tuin zitten. Roed met twee leden van het comité. Tuyt en Groeneweg.

Roed zei: 'We hebben gehoord dat Blanke ook bezig is de villa's aan deze kant van de Straatweg op te kopen. Er zou zelfs sprake van zijn dat hij toezegging heeft van de erven van Cohn dat wanneer de oude Cohn sterft, hij het recht heeft van eerste koop.'

'Dan zou Blanke vanaf de Singel tot het centrum alles in eigendom hebben,' zei Tuyt, een pyknisch type met dun golvend haar en ovaalvormig gezicht, wat hem iets verdachts gaf.

Michiel zei: 'Er is toch een servituut.'

'Blanke is een rappe jongen,' zei Tuyt.

Daarna vroegen ze of Michiel tegen vijf uur even met hen mee wilde lopen naar het huis op de hoek van Singel en Straatweg. De bewoner, een zekere Oterdoom, die zich eerst afzijdig had gehouden van de actie omdat het hem niet aanging, wilde meedoen en was ook bereid geld in het fonds te storten.

Ze namen afscheid.

Hella maakte vlechten in het blonde haar van Yvonne. Michiel keek naar de donker opgemaakte ogen, naar de trage gebaren die Hella op een zeer bepaalde wijze onbereikbaar en ontoegankelijk voor kwetsuren maakten. Hella zou uit elke gebeurtenis ongedeerd tevoorschijn komen. Yvonne hield haar hoofd onbeweeglijk. Perfecte afspiegeling van Hella.

'Het lijkt inderdaad of ik een soort dubbelrol ga spelen.'

'Ja, zoiets. Je verzeilt wel in de totale chaos. Maar het is curieus dat op het moment dat jij van plan bent een vorm van verraad te plegen er zich juist een nieuw lid aandient.'

'Wat voor lid? Hij woont in dat huis met het grote zwartemaille bord in de tuin: G. Oterdoom. Rom. drs. leraar Frans. Opl. particulier, alle handelscorrespondenties.'

'Wat betekent Rom.?'

'Romantisch.'

Michiel vond het onaangenaam om met Roed, Tuyt en Groeneweg over straat te lopen. Onderaan, bij de brievenbus, stond Henk van Dijk. Michiel groette hem.

'Die geestelijk gehandicapten op numero negen hebben de buurt ook geen goed gedaan,' zei Groeneweg, half als een grapje.

Michiel liep naar Henk toe.

'Gaat het goed met je?'

'Met mij wel,' riep hij luid en liet zijn mond te lang openstaan. Zijn gezicht zat onder de pleisters. 'Maar uw dochtertje, waar is ze?'

'Bij mijn vrouw.'

Michiel wist nu zeker dat hij de buurt zoveel mogelijk zou gaan tegenwerken.

Oterdoom zat op de veranda. Hij woonde naast de villa die van Berkhof was geweest en nu in bezit van Blanke was. De tuin aflopend naar de Straatweg, was geasfalteerd. Er stond een bord in:

J.A. Meurs en H.B. Toonen. Dierenartsen. / Spreekuren voor huisdieren, 11.00-13.00.

Oterdoom zei: 'Blanke heeft het pand verhuurd aan twee dierenartsen. Begane grond is praktijkruimte, de eerste verdieping is woongedeelte voor twee assistentes.' Hij glimlachte. Insinuerend.

Hij ging hen voor naar binnen. 'We kunnen daar gemakkelijker wat drinken.'

'Ruikt u niets?' Oterdoom bleef staan.

'Nee,' zei Tuyt, 'maar dat zegt niets, ik heb hooikoorts, mijn reuk...'

Niemand rook wat. Oterdoom wees op een klein zijraam van de grote villa. 'Daar bevinden zich in die kleine kamer achter het raam zes hokken die dienst doen als overnachtingsverblijf voor in behandeling genomen dieren.'

De vrouw van Oterdoom zei: 'Vooral bij wind uit het noordoosten' – ze wees naar het zuiden – 'is de stank niet om te harden.'

Vanuit de achterkamer keken ze op de enorme hal die alle zon hier uit de tuin weghield. Het was donker als in een grot.

'Het is nu stil maar er gaat geen dag voorbij of we horen lawaai in de loods. De meubels die hier zijn opgeslagen en door het vervoer zijn beschadigd, worden gerepareerd.'

Zijn vrouw voegde eraan toe: 'Ze worden over houten vlonders heen en weer geschoven.'

'We willen uw actie graag steunen,' zei Oterdoom.

Michiel zei : 'Als u direct met ons had meegedaan, hadden we sterker gestaan.'

'We hadden het niet zo in de gaten. Ons leven is helemaal gericht op de straatkant van het huis.'

Groeneweg zei: 'U moet uw bijdrage storten op de rekening van mr. Wouters.'

Oterdoom voegde eraan toe: 'Blanke heeft de villa van Berkhof (of Wegman en Loos) – weet u dat Loos nog steeds voortvluchtig is; hij zit waarschijnlijk in Spanje – Blanke heeft de villa niet als object gekocht om het op lange termijn te verhuren aan twee dierenartsen en aan een meubelzaak. Het is kennelijk zijn bedoeling na het overlijden van de hoogbejaarde Cohn...'

De vrouw van Oterdoom zei: 'De dokter komt dagelijks twee keer kijken. Cohn heeft de hele oorlog in deze villa gewoond. Ze lieten hem ongemoeid. Hij was schatrijk.'

'Dat heeft hier toch niets mee te maken,' zei haar man die zich geneerde.

'Maar dan bezit hij de hele hoek.' Oterdoom wendde zich tot Michiel.

'Behalve uw huis,' zei Michiel.

'Dit huis is van Bongers.'

'Bongers? Zegt me niets.'

'Blanke opereert onder de naam: Bongers' Bouw-, Exploitatie- en Beleggingsmaatschappij BV. Deze hele hoek wil hij gebruiken als flat- of kantoorruimte en daarmee voorgoed het aanzien van de straat bederven, wat ook tot ernstige waardevermindering van de huizen aan de overkant leidt.'

'Oh kijk,' zei zijn vrouw.

Een enorme vrachtwagencombinatie kwam uit de richting van de stad, stopte aan de overkant van de weg. Een bijrijder sprong uit de cabine, gaf het verkeer teken om te stoppen; de vrachtwagen trachtte achterwaarts de oprit naar de villa in te rijden. Na vergeefse pogingen stak hij nu eerst een pad schuin ertegenover in, reed opnieuw terug. Uit beide richtingen werd het verkeer geblokkeerd.

'Zo gaat het dagelijks,' zei de vrouw van Oterdoom. Ze was pezig en veroorzaakte bij Michiel geen 'délire d'étoiles'.

'Chaos. En de politie komt altijd als de problemen zich hebben opgelost.' Oterdoom zweeg even. 'Ook de bewoners van de villa's aan de overkant zullen zich binnenkort bij u aansluiten. Er zijn met mij hierover al contacten geweest.' Hij zweeg weer. 'Ondanks parkeerverbod ter plaatse komt het ook regelmatig voor dat grote combinaties aan de rand van het trottoir worden geparkeerd, daar urenlang staan om gelost te worden en dan weer geladen.' Hij ging staan. 'Sinds de voortuin geasfalteerd is, ziet die er keurig uit. Dat is wel anders geweest. Metershoog onkruid, tot schade van het gazon van onze tuin. We konden de hele dag wel onkruid plukken vooral als het weer groeizaam was.' Toen hij vroeg of hij nog wat zou inschenken, bleek Groenewegs vrouw ziek te zijn en moest Roed nog een les voorbereiden en een proefwerk corrigeren.

Michiel zei: 'Blanke wordt gedagvaard. De eis blijft onveranderd: ...weg te nemen of te doen wegnemen de hal, kadastraal bekend, sectie F, nr. 1495 en 2058.'

's Avonds meldden zich negen villabewoners die aan de overkant van de Straatweg woonden. Ze hadden allen kapitale huizen – frontbreedte gemiddeld vijftig meter – en waren allen werkzaam op instituten.

De dag erop voegden zich nog twee anderen bij de actievoerenden, hoewel hun huizen kilometers van de plaats des onheils aflagen, nog voorbij de eerste grote bocht in de richting van de stad. Een tandarts en een sociolinguïst. De onrust waarde rond.

3

Michiel had tegen Roed gezegd dat zijn dissertatie wel erg veel tijd opslokte, dat hij bezig was aan belangrijke conclusies, de formulering van de stellingen, dat hij graag afstand deed van het voorzitterschap, maar Roed had hem met klem gevraagd te blijven. Daarna hadden ze nog enige tijd over detailkwesties van de actie gesproken. Roed zou zijn gedachten hierover schriftelijk vastleggen en Michiel zo gauw mogelijk bericht sturen.

Roed had geen geschreeuw gehoord, ook geen ziekenauto.

Sinds de nachtelijke tennisdrukte voorbij was, sliep men zo vast, zo lang, alsof er slaap moest worden ingehaald.

De post bracht een brief. Michiel hoopte dat er eindelijk bericht voor Hella zou zijn.

Een brief van Wouters. Hij schreef: 'Het bijgaande wordt u zonder begeleidende brief aangeboden.

Mr. Jan Lucas / Mr. Piet R. Raven / Mr. W. F. H. Ekeris / Advocaten en procureurs

Aan de weledelgestrenge heer Mr. C. G. B. H. Wouters.

73/:1158-D. Inzake: Blanke bv/Wijlhuyzen
Sans préjudice

Amice, Onder verwijzing naar ons vrij recentelijk gevoerd telefoongesprek deel ik u mee dat ik inmiddels contact heb gehad met mijn cliënte Hannoo woninginrichting, die van mening is dat het huidige gebruik van het Koetshuis onmogelijk last aan uw cliënten kan veroorzaken. De angst welke bij uw cliënten leeft ten aanzien van mogelijke plannen om op de plaats van het Koetshuis te zijner tijd hoogbouw te plaatsen, bijvoorbeeld wanneer een naburig pand ook in eigendom zou worden verkregen, is ongefundeerd.'

Hij verscheurde de brief. De telefoon ging.

'José!'

Hij was alleen thuis. Hij nam op. 'Met Emmy.'

'Ha. Ik voel me schuldig. Maar ik heb je gebeld. Ik heb het echt druk. Het is soms een gekkenhuis.'

'Ik woon nu op mijn flat. Op de deur staat nog het naambordje van de vorige bewoonster. J. van Joolen. Zo ben ik lekker onvindbaar. Thuis leefde ik gedwongen op een eiland, nu wil ik voorlopig vrijwillig op een eiland zitten.'

Hella en haar vader kwamen langs het huis. Yvonne reed in de Kettcar voor hen uit.

'Ik bel je zo terug.'

Hella zei in de keuken: 'Pappa kwam vanmorgen al vroeg koffiedrinken. We hebben samen gegeten en zijn toen een eindje gaan wandelen.'

Pa zei: 'Yvonne kan al een flink eind wandelen. Het is een schat. Ze zegt zulke wijze dingen. Komiek hoor.'

Michiel ging met hem buiten zitten.

'Ik vind dat u er goed uitziet.'

'Ik voel me ook goed. Ik zit er eigenlijk nog steeds over te denken eens naar Finland te gaan.'

Het was die heldere middag zo stil buiten dat het verkeer op de Straatweg te horen was.

'Naar Finland?'

'Ja. Dat heeft me altijd aangetrokken. Ik denk door de woestheid.'

Hella kwam bij hen zitten.

'Pappa denkt erover om naar Finland te gaan.'

'Je moet er niet over denken, je moet gaan, pap.'

'Ik kom er niet toe, kindje.'

Michiel zei: 'Dromen over een reis is zeker zo aangenaam als de reis zelf.'

'Of je zou met iemand anders moeten gaan. Voel je er niets voor een advertentie te plaatsen: Charmante heer, jonger dan... hoe zeg je dat? Ik weet het al: Charmante heer, die je zijn leeftijd niet aanziet, zoekt reisgenote...'

'Waarom doe je het niet?' Michiel keek pa aan.

'Je moet door een vrouw geraakt worden. Je kunt toch niet zomaar...'

'Maar,' zei Hella, 'het is toch al fijn dat je met haar indrukken kunt uitwisselen. Er zijn ook veel jonge mensen die op deze wijze contact zoeken, omdat ze nooit andere mensen ontmoeten.'

Ze sloten hun ogen in de zon. Toen vroeg Hella of iedereen thee wilde, stond op en ging het huis binnen.

Pa zei: 'Die jongen waar Hella vroeger... dat was toch een niksnut... die Jan Cameron.'

Michiel dacht: Die jongen heette René Cambron. Maar hoe komt hij nu zo plotseling op die naam?

'Ik heb hem niet gekend, pa. Alleen over hem gehoord. Hij heette, dacht ik, René Cambron.'

'Meisjes vliegen op een bepaalde leeftijd op stoere, populaire jongens af en voor de lieve, aardige jongens hebben ze geen oog.'

Michiel wist niet wat hij moest zeggen. Hij stond op en liep naar de border. Hij hoopte dat Hella zou komen.

Toen Hella met thee de tuin inliep, vroeg pa onmiddellijk alsof hij bang was dat die naam hem zou ontschieten: 'Zeg Hella, die Jan Cameron, dat was toch een jongen van niks.'

'Hij heette René, pap, René Cambron.'

'René? Ik zeg net tegen Michiel dat het iets in de vrouwelijke aard is om op stoere jongens af te vliegen en naar lieve, aardige jongens kijken ze niet om.'

Hella zette het theeblad neer. Haar blik ging van Michiel naar haar vader. Ze had geen zin meegaand te zijn.

'Maar pap, dat geldt toch andersom ook. De meisjes die populair zijn, die er aardig uitzien, daar vallen de jongens op.'

'Wat was die René voor type?' vroeg Michiel.

'Hij had zoveel meisjes. Hij kon iedereen krijgen. Maar het is gewoon een bepaalde periode dat je je tot dit soort jongens aangetrokken voelt. Op een moment van verlatenheid laat je je een beetje vangen, je hebt behoefte aan iemand.'

'Dat zijn dan niet de aardigste jongens, ze maken gebruik van jouw zwakheid,' zei pa.

Hella lachte. 'Oh, René was heel geraffineerd, hij wist dat ik me alleen voelde. Hier pap, voor jou. Thee met veel suiker.'

Pa vertrok na de thee. Ze liepen met hem mee naar de auto en zwaaiden tot hij om de hoek verdwenen was.

'Je moet geraakt zijn door een vrouw om ermee uit te kunnen gaan. Dat vond ik erg roerend en hij heeft gelijk. Zeg Hella, die lieve, aardige jongen, daar bedoelde hij zichzelf mee.'

'Als hij zo wegrijdt, kan ik mijn tranen nauwelijks inhouden. Het lijkt ook of hij geen afstand wil doen van zijn pijn.'

'Pappa zei toch dat hij naar Finland wilde.'

'Hoe komt hij nou aan Finland? Ook niet het eerste land waar je aan denkt om met vakantie naar toe te gaan.'

'Vlak na Richards dood is Conny met een groepsreis naar Finland geweest. Hij wilde graag mee, maar Conny had er behoefte aan om eerst met zichzelf in het reine te komen over haar gevoelens.'

'Is het daarom? Dat jij dat nog onthouden hebt! Hij heeft zijn gevoelens zo diep begraven. Zelfs als hij het over Conny heeft, is zijn toon heel afstandelijk. Het zou allemaal gemakkelijker zijn als hij iets openhartiger was.'

'Pappa is altijd zo geweest. Dat verdroeg je moeder juist niet. Hoe komt hij plotseling op René Cambron?'

'Dat weet ik toch niet.'

'Soms doet hij zo kinderachtig. Dan denk ik wel eens: Zoek het zelf maar uit. Onder het wandelen moest hij een plas doen. Ik vind dat je dat niet doet als je met je dochter wandelt. Yvonne loopt naar hem toe. Hij komt met haar terug en zegt: Dat was een mooie paddestoel, hè Yvonne? Een champignone urinalis.'

'Had hij op een paddestoel gepist?'

'Ik denk het. Even later zegt hij – we staan voor de spoorwegovergang –: Er is een stafbijeenkomst van de divisie. Een generaal zegt: Het staat nog te bezien.

Een brutale jonge luitenant reageert: Op uw leeftijd kunt u beter zeggen: Het hangt ervan af.'

'Nog niet eens de onaardigste.'

Hij keek naar haar zorgelijke lijnen. Ze had de sombere rol van hem overgenomen.

4

Het huis in de Oremusstraat. Die avond, als de zon aan de uiterste rand van de hemel een rode bol is die de ramen doet trillen, de muren kleurt en de schaduwen lang door de kamer laat vallen, beeft hij voor de dood.

Op de ronde glazen tafel voor hem ligt een stapel kunsttijdschriften. Hij buigt zich om ze voor de zoveelste keer recht te leggen. Hij komt er niet toe ze te lezen.

In huis is het helemaal stil. Hij heeft naar César Franck geluisterd. Sonate voor viool en piano. Muziek die hem ineen deed krimpen. Hij pakt het tv-blad, streept een programma aan.

Dan is de zon ondergegaan. In de tuin onderscheidt hij nauwelijks de roerloze, groenglanzende bladeren van de vlinderboom. De poes krabt aan de tuindeur. Hij staat op, laat haar binnen, geeft haar vis. Als hij weer zit, springt ze even later op schoot. Terwijl hij haar streelt, peinst hij: Haar kan ik liefde aanbieden zonder dat ik bang behoef te zijn medelijden op te wekken. De gedachte is in zijn geest minder scherp geformuleerd. De pijn is even scherp.

Vaag herinnert hij zich dat mamma de poes niet mocht. Ze liep altijd voor haar voeten als ze de trap afkwam. Dan riep ze: 'Ik breek mijn nek nog eens over dat beest.'

Hij drukt de poes tegen zich aan, wil met haar spelen,

maar ze is lui. Ze springt van zijn schoot, rekt zich uit op de grond voor hem. Hij staart naar het elegant gestrekte lichaam.

De kamer staart naar hem.

Zijn blik hecht zich aan de telefoon alsof hij er zeker van is dat iemand op dit moment zijn nummer draait.

Als Conny hem eens zou bellen!

Hij beseft de stilte om zich heen. Hij maakt zich zorgen over Hella en Claire.

Conny houdt van hem. Hij is er zeker van. Maar hij begrijpt dat de herinnering aan Richard haar verhindert die liefde toe te geven. Hij respecteert haar er des te meer om. Hij denkt soms aan het moment dat hij zich heeft laten gaan, vlak na Richards dood. Hij schaamt zich omdat hij er zelfs met Hella over gesproken heeft.

Waartoe is het goed om met Hella of Claire over haar te praten? Wat begrijpen zij van zijn liefde. Als hij afstand van die liefde deed (afstand van die pijn) zou hij niets meer overhouden.

De duisternis buigt zich dicht en beschermend om het huis aan de Oremusstraat. Hij moet ook een beetje lachen om het kleine egoïsme van Hella en Claire.

Als hij met Conny of met een andere vrouw zou gaan samenwonen (want wat interesseert Conny hen) zouden ze zich minder zorgen hoeven te maken om pa. Stilte over de tuin en in de donkere kamer die van buiten ontruimd lijkt. De geschiedenis met Conny, wanneer is die begonnen? Langzaam wordt het moment zichtbaar dat hij haar voor het eerst zag. De hele geschiedenis wordt zichtbaar. Hij knijpt zijn ogen dicht. Als ze nu zou opbellen! Hij verlangt zo hevig naar haar. Vandaag heeft hij erg vaak de kant van de telefoon opgekeken. Of heeft ze vandaag gebeld? Toen hij even naar het

Oremusplein was? Dan zou hij haar terug kunnen bellen. Hij zou kunnen zeggen: 'Ik kwam net thuis. Ik hoorde buiten de telefoon. Heb jij soms gebeld? Want Hella en Claire zijn het niet geweest!' Hij lacht om deze kinderachtigheid. Hij zal haar niet bellen. Hij zit onbeweeglijk. De poes slaapt. Hij doet zijn ogen open in de kamer waar alleen licht van de straatlantaren binnenvalt. Hij staat langzaam op om de lamp aan te doen. De telefoon gaat. Gedesoriënteerd blijft hij midden in de kamer staan.

5

'Afrika hadden wij beiden nodig. Als evenement.'

Claire en Michiel liepen gearmd langs het Marriott-hotel. Op de trottoirs flaneerde een dichte menigte die omhoog-keek, turend naar de torens van het Rijksmuseum. Michiel kon zich Oscar niet helemaal duidelijk voor de geest halen. Vlak na Hella's vertrek, vertelde Claire, had hij zijn baard laten staan. Een volle rossige baard. Claire kon geen foto's la ten zien. Die had Oscar bij zich.

'Waar zou hij nu zijn?'

'Ik weet het niet.' Ze lachte verstrooid. De zon scheen over alles, fonkelde op het water waarboven gele bladeren zweef-den. 'Het spijt me zo voor pa, ik schaam me bijna dat ik hier nu alleen ben. Net of ik schuldig ben.'

'Wat doe je nou de hele dag?'

'Ik heb gesolliciteerd op vijf scholen. Ik heb lange gesprek-ken met rectoren gehad, maar hoor dan niets meer. Ik zoek oude vrienden van Oscar op om te zien of zij iets voor hem kunnen doen. Maar iedereen is erg druk. Ik weet ook niet precies wat Oscar wil, nu hij niet bij gynaecologie kan ko-men.'

Hij had zich eens wijsgemaakt dat hij van Claire had kun-nen houden. Jaren geleden had hij tentamens in Amsterdam moeten afleggen. Zij bewoonde een ruim appartement in de

Hacquartstraat en had hem een kamer aangeboden. Ze hadden 's avonds in de stad gegeten. Omdat de stoppen waren doorgeslagen, brandden lange kaarsen op de schoorsteenmantel van haar kamer. Twee keer was hij in de duistere deuropening tegen haar opgebotst. Om Hella of uit angst uiteindelijk toch te worden afgewezen, had hij hoofdpijn voorgewend. Van die stommiteit had hij nog lang spijt gehad. Gemiste kans.

'Ik vind het fijn om hier met jullie te lopen.' Ze keek achterom naar Hella en pa. Ze lachte. 'We gaan toch naar Buñuel?' Haar gezicht was even onzichtbaar in de zon. Haar in henna gewassen haar glansde donkerrood.

'*Cet obscur objet du désir*!'

'Ja, het moet een erg goeie film zijn.'

Boven het Kleine Gartmanplantsoen hing een stofwolk. Ze zei onverwacht: 'Ik moet nog wel eens aan Id denken. Kom je nooit meer bij hem thuis? Waarom niet?'

'Ik kan het niet zeggen, Claire. Er is een moment geweest waarop we elkaar niet onder ogen durfden komen en daarna is er geen gelegenheid meer geweest om opnieuw met...'

'Zit zijn nek echt gedraaid? Daar moet toch iets aan te doen zijn?'

'Hij is bij een psychiater geweest. Die man zei: U leidt nu een tamelijk kalm bestaan, u houdt van een meisje, u wilt misschien gaan trouwen, maar die verantwoordelijkheid jaagt u angst aan, u kijkt terug naar het leven dat u vaarwel wilt zeggen. Daarom zit die nek scheef.'

'Wel erg gemakkelijk om iets zo te verklaren.'

'Heel naïef. Hij is lang bij hem onder behandeling geweest. Op een dag zegt de psychiater: Speel je nek. Doe alsof je je nek bent en wees hem. Wees hem! Toen is mijn broer zonder iets te zeggen weggegaan.'

Het wegdek schuin tegenover Américain was opgebroken. De tramrails waren blijven liggen. Roestig stramien van buizen. De trams reden traag en schokkerig. Voor de schouwburg stond een rij mensen in avondkleding. Ray Charles à grand orchestre. Grandioos najaarsconcert. Weer het sinistere kraken van wielen in rails. Mensen met wijdopengesperde neusgaten keken strak voor zich uit, zonder oog voor iets, met de onverschilligheid van de toerist op weg naar het zoveelste kasteel.

'Zit je erg over Oscar in?' Ze hoorde hem misschien niet omdat het lawaai dichterbij kwam. 'Hoe laat is het?'

'Bijna acht uur.' Ze staken schuin over. In de bomen op het Leidseplein bewogen gekleurde lampen. 'Je hebt een erg mooi jack aan. Een Rodier jack.'

'Je bent goed op de hoogte.' Ze lachte, verbaasd.

'Het staat goed bij je laarzen en het gittensnoer.'

'Ja.' Ze haalde haar schouders op. De toon was koel. Hij streek met de mouw van zijn beige kostuum langs zijn gezicht. Net had hij hevig naar Claire verlangd. Het verlangen was voorbij.

'Panisch weer, hè, met die kleine oranje wolkjes, zo hoog in de hemel.'

De bomen zaten dik onder het stof. Hier, op het Leidseplein dat ook opgebroken was, waren de geluiden van de stad onduidelijker, maar verlokkend, barbaars.

Hella en pa voegden zich bij hen. Hella raakte Michiel even aan. Ze dacht: Dit lichte kostuum staat hem erg goed. Ze ploeterden door mul zand, balanceerden over smalle planken. Michiel verlangde plotseling naar huis.

Een kwartier voor het einde van de film stond hij op. Schuin voor hem brandde het rode licht van de uitgang. Buiten het zwakke maar gestadige ruisen van de warme stad. Hij was ontsnapt uit de donkere zaal. Hij begon het menu van La belle Epoque te lezen. Hella zat nog steeds in die lugubere zaal en keek naar ongerijmde ontploffingen.

'Michiel!' Hella riep hem. Haar stem klonk ongerust. Hij deed of hij niets hoorde, liep in de richting van de Leidsestraat. 'Michiel!' Haar smekende stem. Ze is bang dat ik hoofdpijn heb gekregen, dat ik naar huis wil en de avond zal bederven. Hij draaide zich om.

'O gelukkig, ik was bang dat ik je kwijt zou raken. Wat is het druk hier! We gaan eten in de Hazenstraat. Claire kent er een bistro. Heb je hoofdpijn?'

'Ik was bang dat ik het zou krijgen.'

'Het was erg warm.'

Pappa nam afscheid van hen op de Elandsgracht. Hij ging naar een postzegelruilbeurs. Ze zouden elkaar morgen bellen.

Korte bossen strobloemen hingen omgekeerd aan een balk. Ze zaten in een intiem donker hoekje. Michiel zat tegenover Hella en Claire. Een hoog schot isoleerde hen van andere tafels.

Achter Michiels rug zei een onbekende dat hij Fernando Rey imponerend vond.

Een andere man antwoordde: 'Het zal Buñuels laatste film wel zijn, Hugh.'

'Zijn laatste film? Hoe oud schat jij hem dan, Taco?'

'Ongeveer achtenzeventig.'

'Hij is nu al een legende.'

'Ik vond het een knappe film, een echt knappe film.'

'Ik heb hem altijd een visionair filmer gevonden en tegelijk heel realistisch.'

Hella bestelde uiensoep. Claire en Michiel toast met gerookte zalm. Als hoofdmaaltijd: een terrine met gevulde eend.

'Een filmer met ideeën,' vond Hugh.

'Ik wou dat ik ideeën had en erover kon nadenken hoe ik ze moest uitwerken. Het is bij mij allemaal zo vaag.'

'Je hebt gelijk,' zei Hugh, 'ideeën werpen een dam op... Met een idee heb je al gauw de indruk vat op de dingen om je heen te hebben die anders als een ongeordende massa op je af komen.'

'Je wilt zeggen dat een idee de massa stilzet?'

'Ja, en er komt nog een andere gedachte bij me op: Een idee maakt ongeduldig.'

'Ik heb geen ideeën, Hugh, en ik ben toch ongeduldig en onrustig.'

Ze aten soep en roemden de smaak.

Michiel zei: 'Misschien is Oscar nu wel aan het squashen.'

'Michiel!'

'Squash is 's werelds snelste racketsport. De bal mag maar één keer stuiten. Het is uitgevonden door Engelse jongelui van standing die het wachten op hun tennisbeurt doodden met het slaan van een balletje tegen een muur.'

'Hoe weet je dat?'

'Eens gelezen, bij de kapper.'

'Typisch Michiel, als hij iets gelezen heeft, hoelang ook geleden, vergeet hij het nooit meer.'

'Daarmee heb ik het ook zo ver geschopt.' Ze luisterden naar het flauwe, onophoudelijke zoemen van een ventilator. Claire zei: 'Oscar meent dat bij hem ideeën onder de sport opkomen.'

'Als een spontane creatie?' vroeg Michiel.

'Zeg Hugh, Buñuel is niet bepaald op vrouwen gesteld. Hij noemt ze een sac d'excréments,' klonk het vanachter het schot.

'Je weet bij hem nooit waar de ernst ophoudt. Dat is juist het fascinerende.'

Claire vond de zalm te sterk gerookt. Ze liet hem staan.

'Het lijkt wel of jij verstijft bij het zien van eten,' zei Hella.

'Ik moet oppassen. Anders zie ik er over een paar jaar als mamma uit.'

De uiensoep was erg heet. Hoe Hella ook blies, ze brandde toch haar lippen. Ze zei: 'Ik vond het geen goeie film maar ik heb geen zin om erover na te praten.'

'Waarom niet!'

'Omdat ik me herinner, Claire, hoe pappa en mamma elkaar alle scènes navertelden, aan het interpreteren sloegen, wat tot hevige ruzie leidde.' Michiel keek naar Claire. Hij dacht: Ze ziet er mooi uit, maar ik wil niet met haar slapen. Ze lacht nu naar me, ze heeft net, geloof ik, mijn blik gezocht. Het verlangen is voorgoed voorbij.

'Als jij niet aan de lijn deed, zou je werkelijk snel mamma's figuur krijgen. Maar ik moet ook oppassen. Mijn heupen.' Hella sloeg er met de vlakke hand op.

'Ik kan er toch ook niets aan doen dat ik niet gezellig kan mee-eten. Het maakt me vaak wanhopig.'

'Mamma's gittenkralen staan je erg goed, Claire.' Hella was trots op haar. 'Het glanzende zwart op je lichtbruine hals.'

'Weet je wat mijn favoriete actrice is, Hugh?'

Lang zwijgen achter het houten schot. De eend werd opgediend. Blauw-oranje.

'Nou?'

'Raquel Welch.'

'Wat treft je in Raquel Welch?' vroeg Hugh die nog nooit van haar gehoord had.

Claire verslikte zich.

'Haar borsten. Zo groot.'

'Zeker omdat ze met siliconen zijn ingespoten.'

De ober maakte een rode Clos Vougeot open. Claire nam een half glas. Michiel dronk mineraalwater.

'Je ziet er echt mooi uit, Claire.' Hella keek haar lachend aan.

Claire zei: 'Oscar is bezeten van Raquel Welch.'

'Ik vind het nogal een vulgaire actrice,' zei Hella.

'Oscar is bezeten van haar. Als we vrijen, denkt hij aan haar.'

'Zegt hij dat?' vroeg Hella.

'Iedereen bedenkt er toch iets bij,' zei Michiel lachend. 'Hella denkt bijvoorbeeld aan ld.'

'Bij Oscar is het een echte obsessie. Hij vindt dat ik niets heb.' Nu schudde Claire haar kleine ronde hoofd met het donkerrode haar. Ze was net een wasbeertje.

Hugh zei luid en het houten schot achter Michiels rug trilde: 'Ideeën brengen een complexe, polymorfe activiteit met zich mee, in wezen eenzaam, maar met sociale prolongaties.'

'Ik zou willen dat ik zo logisch kon denken als jij, Hugh.'

'Over logica gesproken! In de bevoorrechte structuur van een huis zit altijd een zolder en een kelder. In flats ontbreekt een belangrijke dimensie, de verticale, die het mogelijk maakt in een huis af te dalen en naar boven te gaan. De trap bemiddelt. Trappen zijn antithetisch en vullen elkaar aan. Je hebt een trap die naar de zolder opklimt en een die naar de kelder afdaalt. Let nou goed op, Taco. Je gaat *omhoog* naar de zolder, *omlaag* naar de kelder. Hoewel de meest elementaire logica ook de omgekeerde handeling vereist!'

'Zal ik nog wat voor je inschenken, Hugh?'

'Graag.'

'Die beide trappen hebben een zeker mysterie gemeenschappelijk en een zeker ongerief. De ene is van steen, is kil, vochtig, beschimmeld en ruikt naar ingedroogde appels. De ander is van hout, is licht, droog, krakend. Ze lopen vooruit op de werelden waarheen ze leiden. Kelder, plaats van duisternis, van conservering. Zolder, stoffige kinderhemel, waar de wieg nog staat, de pop zonder hoofd, de slee, een stapel oude schoolschriften en de vlieger met gebroken zijlat.'

'Hugh!'

Tijd ging voorbij waarin iedereen in de bistro zweeg. Claire zei in die stilte: 'Ik ben op dit moment nog niet in staat colleges logica te volgen. Ik wil eerst dat Oscar hier is.'

'Hij kan toch ieder moment voor je deur staan.' Claire keek afwezig langs Michiel heen, vroeg toen of hij nog wat wijn wilde inschenken.

Hella zei: 'Zullen we samen nog naar Conny gaan, Claire? Wie weet kunnen we pappa toch helpen. Ik zal haar opbellen.'

Claire knikte. Michiel dacht: Waar heb ik dat toch gelezen? Liefde is een sneeuwveld in Alaska waar de wolven komen drinken.

Claire nam de tram naar Osdorp. Ze zou onmiddellijk bellen als er bericht van Oscar was.

'Die ketting van mamma stond haar goed, hè. Beter dan het jade snoer dat ze eens heeft gekregen van die Indiër.'

'Was dat dezelfde die dood op de weg moest blijven liggen? De Indiër die Oscar probeerde weg te halen?'

'Ja. Maar ze wil dat niet voor Oscar weten.'

'Ze kan toch zeggen dat ze die gekocht heeft.'

'Ze zegt dat ze voor niets zo bang is als voor een leugen.'

Michiel dacht: Ik weet het al, ik heb het gelezen in François Botts mooie boekje over de desillusie. 'Liefde is een

226

sneeuwveld in Alaska waar de wolven komen drinken. Vind je dat een goeie uitspraak?'

'Nogal vreemd en gezocht.'

Ze reden terug naar huis.

Hella zei: 'Ik vond het toch fijn om samen met Claire uit te gaan. Ze is echt veel liever, een beetje zachter. Ze ziet er zo desolaat uit, nog helemaal ontwend.'

'Heeft ze iets met die Indiër gehad? Dat was toch een collega van Oscar?'

'Hij was ook fotograaf. In zijn studio's had hij foto's van Claire gemaakt.'

'Naakt?'

'In een sexy jurk. Ze heeft het Oscar wel verteld. Hij had nors gezegd: Je doet maar. Het is nog steeds een pijnlijk punt.'

'Is ze met die Indiër naar bed geweest?'

'Misschien. Ik vind het zo'n gek idee, Michiel, dat voor je huis op straat een dode man ligt die ook je minnaar is geweest.' Hella legde haar hoofd in zijn schoot en sliep onmiddellijk in. Ze kon als een blok in slaap vallen. Hella kon bevrijdend slapen.

Hella droomde. Ze liep tastend langs muren, door een lange donkere gang naar de kelder waar licht brandde. Onderaan de trap stond een man die op haar wees. Ze wilde terughollen, maar boosaardige maskerachtige gezichten hielden haar tegen. Ten prooi aan een gevoel van 'niet-weg-willen' en 'niet-weg-kunnen' werd ze wakker.

Het was de droom die ze Michiel vaak verteld had. 'Ik kan geen kant op, ik ben ingesloten. Dan is er toch iets van een oplossing. Ik vlucht niet, ik zie van een afstand hoe het toegaat en op het kritieke moment dwing ik mijzelf wakker te worden.'

Wat zei Michiel dan? 'Je wilt zeggen dat je de dingen steeds meer van een afstand bekijkt?'

'Het klinkt wel erg onwaarschijnlijk,' antwoordde ze dan lachend. 'Maar die droom komt zo vaak terug!'

Hella droomde opnieuw. Michiel zei tegen haar: 'Jij bent in wezen onbetrouwbaar. Bij jou is de mogelijkheid tot ontrouw altijd aanwezig.' Hij keek haar boos en met verstrakte kaken aan. Ze stonden tegenover elkaar in een vreemde kamer die hel verlicht was en waarvan de wanden als op zolderkamers schuin verliepen.

'Maar Michiel, ik wil alleen bij jou blijven, ik kan echt niet zonder je. De keren dat mijn menstruatie niet wil doorzetten ben ik erg onzeker en heb ik het idee dat ik geen gevoelens heb.'

De droom was voorbij. Ze voelde zijn hand op haar voorhoofd. Het was of die hand van heel ver kwam, door een dikke laag hersenen heen. Die aanraking had iets van het angstaanjagende, uitdijende, absolute en tegelijk verrassend dichtbije, gewone van de droom.

Hun huis was helemaal verlicht. José paste op Yvonne en zou blijven slapen. Ze deed uit angst alle lampen aan. Het effect op de weg, van veraf al, was bizar, maar imposant.

Nachtelijke lauwe wind bewoog de toppen van de kruliepen die een strakke gesloten lijn onder de maan vormden. Om het huis hing de zoete sterke geur die scabiosa en petunia in een uitzonderlijk warm najaar – het warmste van deze eeuw, hadden ze op de autoradio gehoord – gewoon zijn te verspreiden.

Ze liepen om het huis heen. De vlakte, de beuken, de daken van de huizen waren bedekt met een dunne laag zilver. Van de hal brandden alleen de buitenlampen.

Ze sloeg hem een tijdje gade, keek hem teder aan, maar een schroom die ze niet kon verklaren, weerhield haar hem aan te raken. Het was of ze bang was deze ongereptheid aan te tasten. Ze deed haar mond open om iets te zeggen, maar stond hulpeloos tegenover de gedachten die diep in haar over elkaar heen schoven. In hun aanwezigheid scheen een decorwisseling plaats te vinden. Niets was plotseling triester dan de vervallen vlakte waarover een vaal, deprimerend licht scheen, dan de leegstaande, onmetelijke loods waarvan de nok als een agressieve kam de lucht instak. De draaiende luchtroosters op het dak waren net luguber dobberende kurken in een zwembad, de vlakte was nu bevolkt met boze schimmen.

Ze draaiden zich tegelijk om, als ontwaakt uit een angstdroom, op een helverlichte overloop, onherkenbaar voor elkaar, nog niet door het leven van alledag aangeraakt, zonder menselijke ogen, zonder menselijke stem.

José was op de bank in slaap gevallen. Ze keek hen met gesloten ogen aan. Michiel en Hella deinsden een moment terug, zoals je dat overkomt wanneer je plotseling, tijdens een wandeling, oog in oog staat met een dood dier dat, overreden, aan de kant van de weg is geschoven en je aanstaart vanuit het hoge gras in de berm.

'Morgenavond,' zei Michiel, 'heb ik een afspraak met Emmy.'

'Oh.' Ze trok haar schouders iets naar achteren.

'Je hebt zelf gezegd dat ik het doen moest.'

'Waarom zeg je dat nu?'

'Misschien om met deze bekentenis de loop van de gebeurtenissen een andere wending te geven. Iets verhinderen waarvan ik nog niet het flauwste vermoeden heb. Ik heb een afspraak met Emmy Hansman, maar op de deur staat J. van Joolen.'

'J. van Joolen?'

DEEL VIJF

I

Claire belde de volgende dag.

'We hebben elkaar, Hella. Het was erg gezellig gister-avond. Die film viel me achteraf zo vreselijk tegen. Je hebt er geen houvast aan. Niets om over na te denken. Nee Hella, ik heb ook geen echte vriendinnen.'

Hella hing huilend op. Ik val uit om dingen die van geen belang zijn, ik krijg om kleinigheden tranen in mijn ogen.

Een kwartier na Claires telefoon rende Michiel de trap op: 'Ik ga niet naar Emmy vanavond, ik wil haar vanavond niet zien, ik heb zin om met jullie te fietsen of in de tuin te gaan werken.'

Ze zag zijn snelle, wantrouwende blik. Hij sprak zenuw-achtig.

'Je hoeft toch niet te gaan.'

'Jij hebt erop aangedrongen.'

'Nee, ik vind wel dat je verwachtingen gewekt hebt. Daar moet je aan tegemoet komen of de relatie volledig af-breken.'

'Het prikkelt je als ik erheen ga.'

'Omdat jij zo vaak hebt gezegd dat het mij zou prikkelen.'

'Jij bent in staat elke rol te spelen die van je gevraagd wordt. Als iemand tegen je zegt: Wees ontroerd, zou je ont-roerd kunnen zijn.'

'Hangt ervan af wie dat zegt. Jij dringt mij een bepaalde stemming op.'

'In een bepaalde stemming ben jij tot alles in staat.'

'Denk je?' Haar schitterend opgemaakte ogen. Haar verleidelijke blik. Donkere stem. 'Mamma zei zo vaak: Hella, je bent een kameleon.'

'Hoe keek de neger toen hij klaarkwam?'

'Je kunt er niet tegen, Michiel!'

'Hoe keek hij in de roomkleurige bar in Mombasa?'

'Je zag alleen het wit, een witte streep tussen de zwarte oogleden. Schilfers glanzend wit.' Ze dacht: Hij kan het nog steeds niet hebben. Ik word moe van zijn idee-fixe. 'En hij rook heel zoet. Negers zijn warm, emotioneel, direct. Ze ruiken heel zoet.'

'Zo rook jij toen ik je afhaalde op Schiphol.'

Ze moesten beiden lachen.

'Bel Emmy dan of schrijf.'

De gewone postbestelling bracht folders. Een brief voor drs. M. Wijlhuyzen of huidige bewoner. 'Bei der Süddeutschen Klassenlotterie sind unübertroffen viele Gewinne garantiert.' Een brief van Wouters. Hella maakte de brieven open: 'Ik heb het antwoord van de wederpartij ingesloten... gedaagde betwist met klem dat de erfdienstbaarheid van het landgoed nog van kracht zou zijn. Een beroep hierop doet potsierlijk aan. Gedaagde kan zich niet aan de indruk onttrekken dat eisers in een vorm van blinde verstarring het door hen ingenomen standpunt coûte que coûte willen handhaven.'

'Ik heb haar gebeld.'

'Heb je gezegd dat je een nieuwe afspraak zult maken?'

'Ik heb gezegd dat ik in ieder geval vanavond niet kon.

Maar ze laat me koud, Hella. Ik heb tegelijk medelijden met haar. Alleen op zo'n flat. Heb je de brieven gelezen? Wat vind je ervan?'

'De hal is voor mij onwezenlijk geworden als een dode herinnering. Ik heb een tijdje gedacht dat dit alles me werkelijk zou kunnen interesseren.'

'Ik heb met haar een afspraak voor over drie weken gemaakt. Ik wil ervan af. Ik zei: Emmy, dan kan ik zeker. Alsof een tijdsduur van drie weken niet de allergrootste onzekerheid in zich bergt!'

Er volgden inspecties. Ambtenaren van het kadaster, in ribfluwelen combinatiekostuums, wantrouwend op elke el, maten afstanden, liepen om de villa's en de hal heen, snoven, de neus hoog in de wind, keken langs de muren omhoog naar de hemel die onveranderlijk blauw bleef, zij het met het lichte waas van de herfst overtrokken. Hun gebaren waren precies, hun blik nooit verbaasd, hun notities maakten ze zonder gerucht.

In de loop van de week kwam nog een kort bericht van Wouters. Hij meende dat het echec van de hal zich aankondigde. 'We zullen hun dromen nog een beetje voeden, ze het gevoel geven dat ze sterk staan.

...na de gerechtelijke plaatsopneming zijn er nog vele schrifturen gewisseld, is een mondeling debat gehouden (zgn. pleidooi). De rechtbank zal binnenkort vonnis wijzen. U krijgt van alles kopie.'

2

Replieken en duplieken volgden elkaar op. Geïntrigeerd keek Michiel toe. De holle formules die afwisselden met banale, zakelijke mededelingen vermaakten hem. Wouters deed iedere brief vergezeld gaan van een telefonade waarvan Michiel de raadselachtige wendingen, de toespelingen op een geheime te volgen tactiek aanhoorde zonder er iets van te begrijpen. Kwam soms de betekenis van een bepaalde uitspraak wel over, de verwarde sporen die Wouters trok, de schoonschijnende bespiegelingen die hij daarop dan hield, brachten hem in de war.

Wouters was vol goede hoop. Altijd optimistisch, beleefd, met een voorkeur, aan de telefoon, voor minutieuze herhalingen en omzichtigheid. Michiel vroeg zich af: En mijn taak? Wat is precies mijn taak?

Natuurlijk is het duidelijk, zei hij tegen zichzelf, dat ik niet in staat ben tot een dubbelrol. Ik ben niet eens in staat om zelfs maar een goede suggestie aan welke partij dan ook te geven. Ik kan alleen maar toekijken. Als jongen richtte ik clubs op, maar niemand wilde lid worden, hoe gunstig de vooruitzichten ook waren, hoe aanlokkelijk het beloofde.

Het was of de hal met de dag bezielder werd. Of niet Michiel maar de hal een dubbelzinnige rol speelde! In de formidabele leegte van de schemeravond, waarin de vogels niet meer floten en zich hadden teruggetrokken in de beschermende hoge bomen, de bewoners van de villa's zich vermaakten in hun tuinen, nam de hal in omvang toe.

Derek Blanke was enige malen op de Singel gesignaleerd. Hij sprak met de mensen. Misschien speelde hij onder een hoedje met de villabewoners. Het was niet eens ondenkbaar dat Blanke met mr. Wouters contacten onderhield. Had Tuyt niet gehoord van een collega op kantoor dat Wouters zelf een hartstochtelijk niet te kloppen badmintonspeler was en lid van BCA? Het konden valse geruchten zijn. Vreise was ook praktiserend lid. Vreise met zijn brede scheiding in het geoliede haar. In deze chaos zou Michiel een dubbelrol moeten spelen!

Hij zat alleen in de tuin en stelde zich de langzame afbraak van de hal voor. Het donkere gat dat ontstond. De omgeving die zichtbaar werd. De opstand van de buurt als er torenflats zouden komen. Men zou hem weer als actieleider vragen. Hij zou niet thuisgeven. Ze zouden kunnen gissen naar zijn rol. Hij pakte de krant en zag dat het de veertiende oktober was. Hij herinnerde zich dat hij de negende oktober naar Wouters had moeten gaan. Michiel, warm achter het voorhoofd, liet hem weten dat hij de negende totaal vergeten was en excuseerde zich waarbij hij tot drie keer in herhaling verviel.

In die weken kwam Michiel op een middag thuis toen hij een man in witte overall gehurkt op de stoep bij de achterdeur zag, omringd door potten verf waarin hij met een plat houtje roerde. Hella gaf aanwijzingen.

'Ik zal het je zo wel uitleggen,' zei ze toen ze zag dat hij een geprikkeld gebaar met moeite beheerste.

'Is het voor Yvonnes kamer?'

'Je zei dat je haar kamer zo druk vond. Ik vind zelf de kleur groen van de muren zo hard. Ik wil haar kamer helemaal opnieuw verven. Welke tint zou jij nemen? Iedere gewenste kleur kan gemaakt worden.' De man keek trots omhoog.

Ze besloten een zachte, heel lichtbruine tint neigend naar rood te nemen. Tint die doet denken aan in de zon verweerd leer.

's Avonds haalde Hella terwijl Yvonne in hun bed mocht slapen, de kinderkamer leeg. Een tijdje bleef ze midden in de kale kamer met het kale bed staan en liep toen snel door hun slaapkamer naar het balkon.

'Waar kijk je naar?'

Betrapt keek hij op.

'Naar niets. Ik keek schuin omhoog.'

'Wat een zacht weer, hè. Zal ik vragen of pappa vanavond komt?'

'Goed, zal ík bellen?'

'Je keek net heel dromerig, Michiel.' Hij was al naar binnen, om te bellen.

'Hella, hij is niet thuis,' riep Michiel even later naar boven.

'Misschien is hij er even uitgelopen, of naar de schouwburg.' Ze dacht: Ik heb gebeld, ik had het fijn gevonden als hij was gekomen. Maar ik wil ook graag Yvonnes kamer afmaken.

'Bel je straks nog even?'

Hij was al naar buiten gelopen en dacht: De voorwerpen in huis onophoudelijk verplaatsen, ze van tijd tot tijd een andere tint geven binnen de ruimte van dit huis, binnen de nog kleinere ruimte van Yvonnes kamer – zo verovert Hella zich een zekerheid, een vaste plek op de chaos.

Hella dacht: Ik zal ook uitkijken naar een leuke speelgoedkast. Nadenkend bleef ze staan. De hele inrichting van Yvonnes kamer, nieuw, anders, stond haar helder voor ogen. Ze luisterde naar de voetstappen van Michiel. Ze keek op haar horloge. Het was negen uur.

Ze moest Conny nog bellen om een afspraak te maken. Ze kwam er niet toe. Ze zei tegen zichzelf: 'Ik heb het Claire beloofd. Maar waarom moet ík bellen?' Toen bekende ze zichzelf dat ze niet durfde. Tegen Claire had ze al twee keer gelogen dat ze gebeld had maar dat niemand had opgenomen. Zij stond op het punt naar beneden te gaan, hij wilde net naar zijn kamer gaan. Hij vroeg haar: 'En wanneer ga je naar Conny?'

In een impuls liep ze naar de telefoon, draaide het nummer en luisterde. Ze was niet bang voor Conny: Conny was niet meer dan een naam. Ze liet de telefoon lang overgaan. Conny was niet thuis of nam niet op.

Ze belde onmiddellijk Claire. 'Ik heb net weer gebeld. Conny was niet thuis.'

Opgelucht haalde ze diep adem. Ze had haar best gedaan. Pappa nam zelf geen initiatieven, wilde er niet eens met haar over praten en Conny was onbereikbaar. Het was misschien ook zo, dacht ze plotseling, dat een gesprek met Conny helemaal verkeerd zou uitpakken. Stel dat Conny met pappa wilde gaan praten. Pappa wilde zich helemaal niet van een illusie bevrijden.

En zou Conny iets loslaten over haar verhouding met pappa, zouden ze iets van haar te weten komen?

Hella ging, omdat het in huis doodstil was, naar boven en begon Yvonnes kamer helemaal leeg te halen. Uit de kast haalde ze stapels kleertjes, deed ze in plastic tassen. Ze keek nadenkend uit het raam.

...Pappa die met Conny samen naar een wetenschappelijk congres in Brussel is. Ze logeren in hetzelfde hotel. 's Morgens, na een nacht van verlangen en ingehouden hartstocht, loopt hij zo op haar af dat het lijkt of hij haar wil kussen. Hij pakt haar bij de arm. Hij draagt een licht zomers kostuum. Zijn manchetten, zichtbaar, smetteloos wit. Hij heeft glanzend grijs haar, hij is goed geschoren en de aftershave die hij gebruikt is van een verfijnde, geserreerde geur. In het restaurant kijkt men hem na. Hij houdt haar arm vast. Ze kijkt hem vol verwachting aan. Haar hart klopt luid, haar hart brandt. De hotelgasten aan de ontbijttafels kijken op van hun bord.

Hij maakt een grapje, in het besef van zijn onmacht om iets anders te zeggen: 'Zeg Conny, weet jij welke vogel het altijd koud heeft?'

Zij heeft ook de hele nacht op haar kamer liggen luisteren. Ondanks de lange wetenschappelijke zittingen van de vorige dag kon ze niet in slaap komen.

Ze kijkt hem aan, roerloos. Haar blik hecht zich aan hem. Hij weet dat ze een aanzoek heeft gehad. Ze is veertig. Ze kan niet meer wachten. Maar ze zal niet zeggen: Je moet nu kiezen. Je vrouw en kinderen óf mij. Ze heeft alleen gezegd: 'Een tijdje geleden heeft Richard mij gevraagd...'

Ze denkt: Een vogel die het altijd koud heeft? Haar hart brandt, er is zoveel te zeggen. Hij zegt, met een vergenoegd lachje: 'Een kip, want die heeft kippenvel.' En terwijl hij dat zegt, kan hij wel schreeuwen, kunnen ze beiden wel schreeuwen. Ook van vreugde, omdat ze hier nog een week zullen zijn, omdat ze nog een kans hebben.

Ze gaan zitten, buiten op het terras. De gasten eten door. Conny en pa kijken elkaar aan, glimlachen. Misschien denkt hij dat de manier waarop hij zijn onmacht verdoezeld heeft, heel geraffineerd was. Hij is een beetje trots. Ze ontbijten buiten, ze kijken uit op een bebost dal met onwaarschijnlijke tinten groen en blauw. Vanmorgen is er geen zitting. Hij heeft een reisgids. Ze glimlacht en zegt: 'Of zullen we gewoon wat wandelen, in de buurt van het hotel, het dal ingaan, de coniferen zijn in de ochtendzon net verlichte, gedrapeerde pilaren.'

Hij blijft zoeken in de gids. Verstoord? Hij kan niet toegeven. Ze kunnen toch ook van de gelegenheid gebruik maken om iets van de omgeving te zien. Er is een kasteel in de buurt, een imposante ruïne, daterend uit de dertiende eeuw en steeds in het bezit geweest van dezelfde familie waarvan de leden in de kapel in het park begraven zijn. Hij denkt: Daar zijn we ook samen. En zij: Als we maar samen zijn.

Hij kijkt opnieuw, buigt zich naar haar toe, vraagt wat ze hiervan vindt... dit toch maar te bezoeken... visites guidées...

Ze bezoeken de ruïne. Ze genieten van de rododendrons, dalen een stenen stap af naar de grafkelder en genieten van fraaie vergezichten. Dit is toch een ander België dan je vanaf de snelweg ziet! Ze moedigen elkaar met hun glimlach aan. Er gebeurt wat. Hoeveel dagen zijn ze hier? De dagen gaan zo snel. Ze komen 's avonds niet in slaap. Ze proberen zich voor te stellen dat ze in elkaars armen liggen. Vergeefs. Tegen de ochtend slapen ze even in, worden voor de vogels alweer wakker.

Hij zegt: 'Gek, ik was zo vroeg wakker.'

Ze eten weer buiten. Het mooie weer houdt aan. Het is of het mooie weer voor hen aanhoudt.

Ze stellen uit. Ze weet dat hij Richard als collega waardeert.

Het uitstel is een spel geworden. Een ernstig spel dat ze met groot raffinement spelen. Het ongeduld, zo groot de eerste dagen, neemt af. Hij zal er toch eens op terugkomen, denkt ze.

Ze wachten elkaar op, de laatste dagen, waar de gangen

met hun kamers elkaar kruisen. Daar is een zitje met een in de muur ingebouwd aquarium. Daar, met alleen het geluid van het borrelende water en de zwijgende, doorzichtige vissen, wachten ze op elkaar. Zij verschijnt als eerste. Als ze hem niet ziet, loopt ze de gang waaraan haar kamer ligt, weer in. Hij kleedt zich zorgvuldig en gaat dan in de richting van het aquarium. Als hij niemand ziet, loopt hij snel terug naar zijn kamer om nog iets op te halen. Maar wat? Hij kan extra geld bij zich steken. Intussen staat zij naar de vissen te staren.

De hotelgasten zien hoe ze zich voor elkaar interesseren.

Hij komt eraan en groet haar. Omdat hij haar ontmoet zo dicht bij zijn kamer, durft hij als in het begin haar arm niet meer vast te pakken.

Stilte.

Dan moet hij naar huis bellen. Vlakbij, in de hal, is een telefooncabine. Ze ziet dat hij een nummer draait. Ze ziet zijn hoofd door de groen-transparante plastic koepel. Zijn hoofd ziet er vreemd groen uit. Zijn lippen bewegen. Ze loopt in zijn richting, wil hem iets zeggen. Ze heeft het gevoel tussen twee aquaria in te staan. Hij belt zijn vrouw en vraagt of thuis alles goed is, vraagt naar Claire en Hella. Hij trekt zijn hoofd uit de plastic koepel.

'En?' vraagt ze met haar blik. 'Ook warm weer daar?' Haar stem klinkt onecht. Hij glimlacht.

'Heel West-Europa is gevangen in een hittegolf.'

'Is alles goed thuis?'

'Ja, natuurlijk.' Hij is verbaasd, meent dat er spot in haar stem ligt, heeft haar afwerende stemming in de gaten. Dan overrompelt haar een immense vermoeidheid. Deze manier van samenzijn, die iedere echte verrukking op een afstand houdt, dit samenzijn dat bestaat uit ingehouden bekentenissen, uit ingetogen glimlachen die nooit echt iets zichtbaar maken.

Ze ziet dat hij de laatste dag folders verzamelt om thuis te laten zien.

Conny denkt: Hij is bang, bang wat de anderen zullen denken als ze weten dat hij hier een week met mij samen is geweest. Die gedachte hindert hem, is in strijd met zijn opvattingen. De anderen. Als zij er niet waren. Je zou een grotere kans hebben trouw aan jezelf te blijven. De anderen, dat is eerder verlies dan winst.

Hella stond in de kamer met de uitgepakte kasten en lege muren. Buiten bewogen de sterren. Dit soort overwegingen... Ze hield haar adem in. Ze huilde en het was of de maan laag boven de bomen de nacht werd ingetrokken.

'Michiel? Michiel!' Ze liep naar beneden.

Hij zat in de kamer.

'Het is zo stil in huis, Michiel.' Hij keek op. 'Yvonne alleen in dat grote bed, is dat niet eng?'

3

De volgende dag. Tegen zes uur. Hella was nog niet terug uit de stad. Michiel zat met Yvonne in de kamer. De schaduw van José tekende zich in volle lengte op de openstaande deur af.

'Ik dacht dat je al naar huis was, José?' De schaduw trok zich terug, verdween van de deur.

'José, kom eens hier.'

Ze stond in de opening.

'Ik heb de tafel gedekt.'

'Ik heb geen honger, misschien kun je voor Yvonne een boterham klaarmaken.'

Ze bleef staan. 'U zei laatst dat u niet van meisjes met donkerblond haar hield. Dus dan houdt u ook niet van uw dochter!' Ze keek hem stralend, triomfantelijk en afwachtend aan. Hoe lang had ze hierover nagedacht?

'Oh, maar ik hou heel veel van mijn dochter.'

'Ik ben blij dat u niet van meisjes met donkerblond haar houdt, anders zou u mij lelijk vinden,'

'José!'

José rekte zich uit, bleef zich uitrekken en trok toen in één lange beweging haar trui naar beneden.

'Meneer, er is weer een kind vermoord. Op de Stationsweg. Het zat te spelen en er kwam een vent aan. Maar ze heb-

244

ben het signalement. Schoft,' mompelde ze, 'vuile schoft.'

'We leven in een boze wereld, José.'

'Dat zegt mijn tante ook. Mijn tante heeft u gezien, gisteren. U fietste met Yvonne en toen zag ze u.'

Ze zweeg.

'Ben je daarom op de politie gesteld, omdat ze misdadigers opsporen?'

Ze bracht haar wenkbrauwen naar elkaar, ze raakten elkaar boven de neuswortel. Het was een poging om na te denken. Lippen schoven omhoog over de tanden. Het gezicht sloot zich weer. 'Ik haat de politie,' zei ze. Provocerende flits in de starre ogen. Bruusk gebaar met de voet. Ze draaide haar lichaam van hem af, bleef hem met halfgesloten ogen aankijken.

'Heb je al gevraagd of de politie iets weet?'

'Ja, maar ze willen niets zeggen.'

Hij dacht: José brengt oude portemonnees naar het bureau, gaat, als er een agent aankomt, expres op het trottoir fietsen of wijst naar haar voorhoofd. Agenten fascineren haar.

'Met mijn vriend is het uit.' Hij wist niet dat José een nieuwe vriend had.

'Ben je er verdrietig over?'

'Zoiets is nooit leuk. Ik had niet genoeg gestudeerd voor hem. Hij werkt op een laboratorium.'

'Waar spraken jullie samen over?'

'We gingen altijd wandelen, langs de spoordijk, tot de fabriek, en dan hadden we het over de natuur.'

'Over vogels!'

'Soms. Niet over planten, die afrikanen in uw tuin, dat vind ik stinkbloemen.'

Haar toon was onverwacht agressief. Ze keek naar Yvonne die bezig was een mozaïek van gekleurde figuren te leggen. 'Ik heb een vriend nodig die mij begrijpt en mij kan leiden.'

'Wat bedoel je daar precies mee?'

'Ik kan het niet uitleggen. Als hij in moeilijkheden zit, kan ik hem niet helpen. Ik moet zelf geleid worden.'

'Heeft je tante dat gezegd?'

'Ja.'

José kwam een pas dichter bij hem staan. Ze trok haar schouders op en zei: 'Ik heb iets... ik wilde u iets laten zien.' Ze ging de kamer uit, kwam terug, handen op haar rug. Ze kwam vlak voor hem staan. 'Kijkt u maar.' Ze gaf Michiel een foto: hij zag zichzelf, slapend in een tuinstoel, hoofd opzij, armen slap langs de leuning.

'Heb jij die genomen?'

'Bent u boos?'

'Nee.'

'U raadt nooit wanneer.' Hij gaf te kennen dat hij geen idee had.

'Die middag toen het land vol auto's stond.'

'Toen was ik te onrustig om te kunnen slapen.'

'U had toen gedronken. Kijk, je kunt de fles op de foto zien. U liet hem over het gras rollen toen hij leeg was. Ik had van mijn tante gehoord dat alcohol de organen vroeg oud maakt. Dat heb ik toen tegen u gezegd.'

Hij zei: 'Het is een document humain.'

'Ik begrijp u niet.'

'Het is een erg mooie foto, José.'

'Ik heb er meer gemaakt. U lag er zo zorgeloos bij.'

'Ga nou eerst voor Yvonne een boterham maken.' Ze gaf hem andere foto's: Michiel, van heel dichtbij, van veraf, vanaf de straat, vanaf het balcon genomen.

'José, laat ze maar niet aan Hella zien.'

'Natuurlijk niet.' Haar medeplichtige houding. Hij gaf ze terug. 'U moet ze goed bekijken.' Haar koppigheid. Hij bekeek ze en dacht: Ik moet haar prijzen, lief voor haar zijn. Hij prees haar, zei iets liefs. José's glanzende ogen. Ze ging een boterham voor Yvonne halen, reikte het bord met een in stukjes gesneden boterham aan Yvonne die weigerde het aan te pakken.

'Ik wil van jou,' zei Yvonne, haar ogen gericht op Michiel.

'José heeft het voor je gemaakt.'

'Ik wil niet van José.' Ze schreeuwde. José stond met het bord voor Yvonne. Een eigenaardig gehaast lachen zonder vrolijkheid.

'Geef het haar, José! Ze moet het aanpakken.' In een snel gebaar pakte Yvonne het bord uit José's handen, hield het schuin. De boterham gleed eraf, bedekte de vloer met hagelslag. Michiel stond op. Hij bleef voor Yvonne staan, raakte haar niet aan. Misschien omdat José erbij stond, haar hoofd schuin, haar lippen naar achteren getrokken zodat de kauwgumkleurige tanden bloot kwamen – tanden in donkerrode was gedrukt – haar benen krom in rode sportkousen die juist onder de knieën waren omgeslagen.

'Raap het op!'

Yvonne zweeg, staarde naar de grond. Hij keek naar het gebogen hoofd. Het haar van Yvonne begon de laatste tijd bij de oren te krullen. Yvonne tegenover José. La belle et la bête.

'Je kunt het toch gewoon oprapen. Je hebt het zelf laten vallen, Yvonne.' Hij vleide. Hij wist dat hij zou verliezen. Machteloze woede. Onmacht.

'Ik wil dat mamma thuiskomt.'

'Yvonne!' Hij smeekte.

'Ik kan het niet allemaal oprapen.' Haar hoofd bleef koppig naar beneden gericht.

Hij durfde José niet aan te kijken. Ze moest genieten, haar ondoorgrondelijke blik, haar grote ogen zouden de vorm van haar genot weergeven. Hij zag dat haar knieholten krijtwit waren. Yvonne bleef zwijgen, draaide met haar kleine heupen. Die halsstarrigheid. Voor hij haar een zet gaf, had hij al spijt. Ze viel op haar zij, haar hand sloeg tegen de piano, tegen de gesloten piano waarop Hella al zo lang niet meer gespeeld had. Hij trok Yvonne omhoog.

'José, ga nou naar huis. Je had allang weg moeten zijn.' Hij liet Yvonne los, duwde haar van zich af, maar hield haar vast. Nu pas begon Yvonne te huilen, hard en dramatisch. De blik van José was peinzend. Ze stond er onbewogen bij alsof het haar niet aanging. Zonder oog voor Yvonne. Michiel liet Yvonne los, die zich op de grond liet vallen. Op benen van papier-maché liep Michiel naar een stoel.

'Meneer.' Hij keek haar aan. 'U hebt het licht van uw fiets nog steeds niet laten maken. Als de politie het ziet. Dit vond ik op het pad.' Ze opende langzaam haar hand. Er lag het geribbelde ruitje in van een achterlicht.

Doodmoe, met een hoofd waarin zijn bloedvaten onverwacht uitzetten en inkrompen, zei hij: 'Leg het maar in de keuken, ga nou eerst naar huis.' José bleef staan.

'Uw boeken zouden een klopbeurt moeten hebben. Maar daar kunt u niet tegen want dan begint u te niezen. U heeft hooikoorts.'

'Wie heeft je dat gezegd?'

'Mijn tante.'

'Hoe lang ben je al bij je tante in huis?'

'Altijd al.'

'José, ga nou eerst naar huis, alsjeblieft.'

'Zal ik eerst de vloer schoonmaken?'

'Nee, José, ga nou.'

Hij dacht: Ik gooi Yvonne tegen de pianokruk en zij laat mij een rood geribbeld ruitje zien van een achterlicht, ik heb barstende hoofdpijn en morgen verwacht Emmy mij.

José fietste het pad uit.

'Ik ben niet boos, Yvonne.' Ze was dicht tegen hem aan gaan zitten. Hoe gemener je tegen kinderen deed, hoe dichter kropen ze tegen je aan. Hij streelde over haar hoofd.

Hella kwam thuis. Hij vroeg of ze geslaagd was. Ze had een mooi bed uitgezocht en een speelgoedkast. Morgen zou alles bezorgd worden.

'Heeft Yvonne haar bord laten vallen?'

'Ik gaf het haar onhandig aan. Hella, je moet eens kijken wat Yvonne een mooi mozaïekje heeft gemaakt.'

Yvonne liet het Hella zien.

'Ik heb nog een verrassing.'

Ze keek hem aan. 'José heeft foto's van mij genomen terwijl ik in de tuin lag te slapen.'

'Narcissus bespied door een boomnimf.' Haar smalende toon.

'Hella, verdomme, ik kan er toch niets aan doen dat ze mij fotografeert?'

'Misschien lok je het wel uit?' Hella's kleine glimlach. 'Waar zijn de foto's?'

'Ze wilde ze houden.'

'Ze zal ze mij nooit laten zien.' De glimlach van Martins'.

'Ik heb voor morgen een afspraak met Emmy gemaakt.'

'Nou en?'

'Ik wíl niet, ik kán niet met haar uitgaan. Ik wil met jou morgenavond ergens gaan eten. We vragen of José oppast.'

'Je hebt toch die afspraak.'

'Ik bedenk wel wat.'

'Dat is de tweede keer dat je die afspraak niet nakomt.'

'We rijden samen naar Emmy toe. Ik zeg dat jij mij hebt afgezet en na een uur komt ophalen. Ik kan zeggen dat mijn broer mij nodig heeft.'

'Heb je het wel eens met haar over Id gehad?'

'Nee.'

'Zeg je dat ik je heb afgezet?'

'Ik zeg tegen Emmy: Hella denkt dat ik een oud-collega bezoek.'

'Al dat gedraai. Waarom ga je niet alleen? Je kunt haar toch snel duidelijk maken dat je geen verhouding met haar wilt.'

'Ik wil dat je meegaat. Anders zal ik toch min of meer gedwongen worden de hele avond te blijven, moet ik weer confidenties aanhoren en zal ze me uit haar dagboek voorlezen.'

'Je kunt haar in één zin duidelijk maken dat je niets met haar wilt.'

'Wel in één zin, maar ik heb er veel tijd voor nodig.'

Yvonne sliep die nacht voor de laatste keer in het kinderledikant. Hella ging kijken of ze goed lag. Ze trok het laken weer over Yvonne heen dat ze in haar slaap had weggeduwd. In de bijna lege kamer hing de weezoete geur van kinderen die in diepe slaap zijn.

Toen zag Hella dat Yvonnes pols blauw en gezwollen was.

'Michiel, kom eens kijkenl'

Hij kwam de trap op.

'Wat is er?'

'Kijk eens naar Yvonne? Wat is er met haar gebeurd?' Hella sprak zacht, keek hem ernstig en verschrikt aan. 'Zou José...?'

'Nee,' zei Michiel heel beslist, 'niet José, ik weet het al weer. Vanmiddag kwam ze huilend van buiten. Ze zei dat ze gevallen was.'

'Weet je het heel zeker? Het ziet er niet naar uit of ze gevallen is.'

'Ik heb toch gezien dat ze huilend binnenkwam!'

'Ik ga toch aan José vragen wat zij ervan weet.'

'Dat betekent dat je haar verdenkt,' zei hij haastig.

'Anders vraag ik het aan Yvonne zelf.'

'Je reageert nogal bizar.'

'Ik begrijp niet wat jij bij die Emmy moet doen.'

4

'De hal, Hella, moest de illusie van het avontuur geven. De ontmoeting van het "evenement", zoals Claire zegt.'

'Dus die hal zegt je nu al niets meer? Wat je opwekt aan omstandigheden of situaties komt toch nooit overeen met bepaalde verwachtingen. Jij dacht dat die hal mogelijkheden opende, je misschien macht of aanzien gaf. Jij bent ook geen avonturier. Ik evenmin.'

'Wat bedoel je met: Ik evenmin?'

'Oh, als ik had gewild... het avontuur lag voor het oprapen. Mombasa... en na Martins' had ik Id kunnen ontmoeten. Er zijn nog steeds mannen die mij aardig vinden. Als ik op straat loop zie ik heus wel dat er naar mij gekeken wordt.'

Haar toon was ernstig.

'Waarom heb je geen contact met Id gezocht?'

'Ik heb Id opgezocht, een paar dagen na Martins', om te zeggen dat hij die avond moest vergeten. Dat was nou alles. Een modern avontuur.'

'Je durfde het niet aan.' Zijn stem was rustig. 'Misschien een soort innerlijke rem. Het is goed om te weten dat je niet alles kunt hebben, dat je mateloosheid duur moet betalen.'

Ze reden door een lange boomloze laan met beplante middenberm. Aan weerszijden stonden flats van drie verdiepingen. Kortere straten sneden elkaar als diagonalen.

'Woont ze hier?'

'In blok Eglantier, nummer 5. Op de deur moet J. van Joolen staan.'

Hij reed een parkeerhaven in. Toen hij was uitgestapt zei hij tegen Hella: 'Je rijdt pas weg wanneer ik op haar kamer ben en zwaai. Dan weet ze dat jij mij hebt weggebracht.'

Twee korte betontrappen, een kaal halletje met opgewaaide bladeren. Er kwamen drie deuren op uit. J. van Joolen. Hier woonde Emmy. Voordat hij aanbelde deed ze open. Hij liep direct door naar de kamer, zwaaide. Hella reed weg.

'Naar wie zwaai je?'

'Eerst een kus. Het is lang geleden dat wij elkaar gezien hebben.' Hij dacht: Zal ik nu onmiddellijk zeggen dat Hella mij over een uurtje komt ophalen of moet ik een minder bruuske handelwijze volgen? 'Hella bracht mij weg.'

'Hella?'

'Je kijkt heel wantrouwend, Emmy.'

'Je blijft toch wel vanavond?'

Ze had een rode kunstbloem in het haar gestoken als een rozet van de stokroos. Hij zag een rek met flessen drank, een mandje met stokbrood naast een schaal Franse kaas.

'Over een uur komt Hella mij ophalen.' Hij begon snel te praten. 'Mijn broer is ziek. Id. Ik heb zijn naam wel eens genoemd. Hij is erg ziek. We moeten er vanavond heen.'

Het was erg lang stil. Emmy stond in de kamer en omklemde met beide handen een plaat die ze had willen opzetten. Ze zei heel zacht: 'Dat is erg gemeen van je, ik had me er zoveel van voorgesteld.'

'Als je wist, Emmy, hoe moeilijk ik zit. Het is voor mij toch ook een teleurstelling.'

'Hella weet dus dat jij bij me bent?'

'Ik heb gezegd dat je een oud-collega bent. Collega J. van Joolen.' Hij kwam lachend op haar toe. 'Je ziet er zo mooi uit. Jij gelooft me tóch niet als ik je zeg dat ik je zal bellen voor een nieuwe afspraak. Jij belt, morgen tegen halfzes. Ik neem op. Je herinnert je nog onze afspraak? Onze bijzondere afspraak? Ik kom hem na. We zouden vierentwintig uur bij elkaar zijn, een dag en een nacht. Ik zal het wel regelen thuis. Leg die plaat eens neer.'

Ze gingen zitten. Michiel was heel teder voor haar. 'We hebben al zoveel mooie kansen gemist. Ik ben eigenlijk heel lui, ik hou ervan om vertroeteld te worden, ik ben heel passief.' Hij legde zijn hoofd in haar schoot. 'Je zult het niet gedroomd hebben. Je zult je die dag en die nacht herinneren als een droom. Jij bent juist heel actief, heb je eens verteld. Emmy, we zetten dan alle registers open.'

Hella claxoneerde. Het geluid klonk boosaardig, botste sprongsgewijs tegen de stilte in de lege straat. Een vrouwelijke maan werd zichtbaar boven de huizen.

5

Zondagmorgen. Tegen twaalf uur. Michiel hoorde iemand
om het huis lopen. Was Hella er dan niet? Michiel keek door
het raam van zijn studeerkamer maar hij kon door het afdak
boven de voordeur net niet zien wie er op de stoep stond.
Misschien Jehova-getuigen, maar die kwamen tegenwoordig
op zaterdag. Waarom deed Hella niet open? Yvonne hoorde
hij ook niet. Het kon zijn dat ze in de tuin zaten. Ik heb even
geslapen, dacht hij. Dat overkomt mij nooit overdag. Dat betekent dat ik vannacht weer geen oog dicht doe.

De persoon op de stoep moest er nog steeds staan. Als hij
nog een keer belt, ga ik naar beneden. In de badkamer dronk
hij water en hield zijn hoofd onder de kraan. Is het nou zo
warm in huis of ligt het aan mij? Hij zuchtte, ademde diep
uit. Er werd weer gebeld, hij liep snel de trap af en deed de
deur open.

Wouters stond voor hem, een brief in zijn hand.

'Ik kom niet binnen, ik ben op weg naar het stadion. Ik
dacht: Dit mooie bericht breng ik even langs. Gisteren had ik
zelfs geen tijd u even te bellen, het was een gekkenhuis.' Hij
overhandigde Michiel de brief met een strijdlustig en triomfantelijk gebaar. Hij nam onmiddellijk afscheid want hij wilde niet te laat komen. De stedelijke voetbalclub maakte kans
periode-kampioen te worden.

'Hierbij bied ik u aan het zgn. dictum van het vonnis in opgemelde zaak gewezen. Gedaagde wordt daarbij veroordeeld om de omstreden loods af te breken. Intussen is mij al aangezegd dat de wederpartij in hoger beroep zal gaan. Bij gelegenheid zal ik het vonnis in zijn totaliteit graag met u doornemen. Wellicht kunnen we tot een gezamenlijke afspraak in de eerste helft van november a.s. komen.'

Michiel luisterde naar een auto die voorbijkwam. Wouters was actief. Hij had een oude huid met grote poriën, hij had aloude fletse ogen, maar hij was opgewekt en levendig en hij voelde zich verbonden met zijn voetbalclub.

Het dak van de hal leek zich in de ruimte te verliezen, tegen de immense afmetingen staken de villa's af als fietsschuurtjes. De hal was een groots gebouw; de grootsheid van de hal was misschien niet zonder betekenis. Er verscheen een glimlach op zijn gezicht. Toen begon Michiel de kopie van het vonnis te lezen.

Als Michiel een wat langere fietstocht met Yvonne wilde maken, kwam hij altijd bij de spoordijk uit, op de scheiding van bossen en weiland. Hij dacht: Een tussenvonnis, ik heb nooit iets geweten van een tussenvonnis, maar ik kan niemand bellen om te vragen waar en wanneer dat dan uitgesproken is. Ik zou mij belachelijk maken. Hij stapte van zijn fiets en haalde de brief tevoorschijn: 'Rolnummer/ 1565 Ter uitvoering van het tussenvonnis vond op 10 oktober een gerechtelijke plaatsopneming en een comparitie van partijen...'
'Pappa!' Yvonne plukte bloemen in de berm.
'Lieveling.'
'Kom eens kijken.'

Zou ik Derek Blanke nog moeten bellen, vroeg hij zich af. Mij excuseren dat ik de procedure niet heb kunnen tegenhouden, dat de zaak al niet meer te stoppen viel. Er moest een uitspraak komen... Dwaas, zei hij tegen zichzelf.

'Kijk dan, pappa.' Yvonnes dwingende stem.

Hij dacht eerst dat hij een dode hond zag.

'Een vos.'

'Ik wil hem aaien.'

'Nee, hij is dood.'

'Ik wil hem aanraken.'

'Niet doen. Hij is dood. Er zitten vliegen op zijn gezicht, hij ruikt al een beetje. Ik denk dat hij door een auto is aangereden toen hij de weg overstak en de mensen hebben hem aan de kant geschoven. Denk erom dat jij nooit zomaar de weg oversteekt.'

'Ik wil hem tóch aanraken.'

'Yvonne.'

'Eten de vliegen hem dan op?'

'Ja lieveling, dat is de opruiming in de natuur.' Hij streelde haar hoofd. Yvonnes huid voelde klam aan. Hij had de brieven dus niet eens goed gelezen. Er was zonder dat hij het wist een belangrijk tussenvonnis geveld.

'Zielig, hè?'

'Je moet er niet aankomen.'

'Mag ik hem met een stok omkeren?'

Ze raapte een tak op.

'Ook niet omkeren. We gaan zo naar huis, naar mamma.'

'Ik wil nog niet naar huis.'

'Ik zal hard fietsen, dan lijkt het net of we vliegen. Stil, Yvonne.'

'Jullie zijn lang weggebleven,' zei Hella.

'Yvonne ontdekte een dode vos.'

'Net een lief hondje,' zei Yvonne. 'Wanneer komt opa?'

'Opa heeft net gebeld. Hij komt heel gauw of wij gaan heel gauw naar hem toe.'

'Had pa nog ander nieuws?'

'Hij heeft Claire opnieuw aangeboden samen naar Kenia terug te gaan. Claire belde vlak daarna. Ze is erg kalm maar ze zei dat ze de laatste dagen bij het opstaan al een uitgeput gevoel heeft. Het is al weer een week geleden dat Oscar iets van zich heeft laten horen.'

'Oscar is haar ontrouw. Volgens mij is hij allang niet meer in Kenia. Hij zit in Somaliland of op Zanzibar of in Abessinië. Hij heeft eens geschreven dat hij daar Abessijnse kunstvoorwerpen en geknoopte kleden wilde kopen en mee naar Nederland nemen. Misschien zitten zijn koffers wel vol kunst en mag hij daarom niet weg.'

Hella betrapte zich erop dat ze sinds Claires komst niet meer op Oscar wachtte. Zou Oscar zich werkelijk aan Claire willen onttrekken? De gedachte wond haar op. Ze glimlachte. Haar meeleven met Claire was onecht geweest. Ze vroeg zich af of ze wel tot echt meeleven met wie dan ook in staat was. Maar ze was nu in een toestand dat ze dingen dacht waar ze pas veel later spijt van zou krijgen.

'Is er nog post?' vroeg hij.

'Lange brief van Wouters.' Hij zag haar norse gezicht. 'Niets voor jou?'

'Bij die opleiding kom ik nooit. Ik heb de moed al opgegeven. Ik heb wel de brief van Wouters gelezen.' Ze gaf hem de brief. Een brief onderverdeeld in punten. Hella had er grote vraagtekens bij gezet. Michiel las: '...Ook is door gedaagde het verweer gevoerd dat eisers geen, althans onvoldoende belang bij de vordering hebben, hetgeen kennelijk moet worden verstaan, dat volgens gedaagde het belang van eisers bij de door hen gevorderde voorzieningen behoort te wijken voor het belang van gedaagde bij de status quo.'

Hij herlas de zin, dacht: Ik begrijp niet wat ik lees. Ik heb zelf geen ideeën en de ideeën van anderen zodra daar op intelligente wijze vorm aan wordt gegeven, kan ik niet volgen.

'In deze heldere, juridische bespiegelingen, Hella, tast ik als een blinde rond, alsof het een chaos is, schallend koper, een rinkelend cimbaal.' Hij dacht: Ze heeft gelijk, de daden ontsnappen mij, overkomen mij als in een kwade droom.

'Je zou je toch eens moeten afvragen waar je mee bezig bent,' zei ze kalm. Hij zag het hooghartige trekje om haar mond.

'Je neemt het mij kwalijk dat ik zulke brieven krijg.' Ze merkte voor het eerst de zenuwtrek bij zijn mond op.

'De hal wordt misschien afgebroken. En wat dan! Je wilt niet promoveren, je probeert geen werk te vinden. Ik heb er ook genoeg van de hele dag naar de post uit te kijken en dan brieven van Wouters in ontvangst te nemen. Dwaze, dodelijk vermoeiende brieven. Nooit een bericht waar we iets aan hebben, iets waar we mee verder komen, iets... positiefs.'

Hij dacht: Ze heeft gelijk, maar het hoeft toch niet gezegd te worden.

'Het valt me op dat zodra je iets doet dat met de hal te maken heeft, je manier van doen onzeker is, alsof je je betrapt voelt. Omdat je iets doet dat niet waard is om er je tijd aan te verdoen. Waarom ga je niet eens uitvissen waar je broer woont? Hij heeft altijd tegen je opgezien. Jullie konden altijd zo goed met elkaar overweg. Ga eens bij hem langs. Die hal is ongezond, die hal maakt me misselijk, ik wil die brieven niet meer zien, als ik ze in handen krijg verscheur ik ze.'

'Je hebt de toon van je moeder.'

'Gemakkelijk om zo te reageren. Je durft de werkelijkheid

niet onder ogen te zien, je vermijdt iedere confrontatie. Jij hebt een hang naar een soort vrijblijvende omverwerping van de dingen, maar je houdt jezelf buiten schot. Alles ontsnapt je, alles groeit je boven het hoofd.'

Hij dacht: Die hal was een manier om het hoofd te bieden aan... aan het vacuüm, aan de leegte ontstaan na de studie. Maar de hal is al voorbij. Dat weet Hella toch! Je...

'Zeg niet dat ik net als mamma ben! Ik begrijp het best. Die hal is revanche, Emmy is revanche, natuurlijk, bij iedereen komt alles uit revanche voort, maar bij jou is het allemaal zo duidelijk, zo onmiddellijk.' Hella's onmerkbare triomfantelijke lachje. 'Hal als revanche voor je gemiste baan en wraak op de bewoners aan de Singel. Je instinctieve haat tegen de higher middle class, zoals mamma terecht zou zeggen.'

Over de tuin lag een staalkleurige glans. Ze bleven zwijgend tegenover elkaar zitten, hoorden elkaars ademhaling. Ze had nu geen enkel gevoel voor hem, ze zou nu niet in staat zijn hem te laten voelen dat ze op hem meer dan op wie ook ter wereld gesteld was. Hij zag er nu erg eenzaam uit. Ze strekte haar vingers en observeerde haar spitse, blauw gelakte nagels. De stilte hield aan.

'Maar Hella... waarom?' Zijn toon was niet overtuigend. Hij zweeg, kon zijn zin uit een soort schaamte niet afmaken. Ze zag zijn schaamte. Ze dacht: Ik houd hem in een vernederende positie. Haar blik was hard, verleidelijk. De pupil van het linkeroog hing erg lui. Zo keek ze als iemand zich naar haar omdraaide op straat. Waar was Oscar nu? En Id? Gaf hij een huiswerkcursus in de stad? Zij kon hem toch opzoeken? Michiel neemt me mijn blik kwalijk. Maar haar woede was al verdwenen. Het was een lege, wanhopige woede geweest, omdat ze die, bij gebrek aan een beter object, op Michiel gericht had.

De hal was op een stapel vlonders en een bos netten na leeggehaald. Geen meubels meer van Hannoo. Een vloer gekerfd door het transport. De hal, een afgrond, een lege ruimte waarvan de buitensporige afmetingen Michiel nog nooit zo sterk waren opgevallen. Waar leegte is kunnen allerlei gebeurtenissen plaatsvinden. De hal werd waarschijnlijk afgebroken. Hij was er niet blij om.

De wiekslag van een grote vogel.

De hal. Monument van waanzin, droom van een man die hij verafschuwde. Als de hal zou worden afgebroken zou hij niet gaan kijken. Zoals men een overwinning veracht waarvoor geen strijd is geleverd.

Hij liep naar buiten, keek omhoog langs de muren. Wat was dit gebouw meer dan een ruimte met een verdwaalde bos netten, met een slordige stapel planken, wat was het meer dan een enorme slagschaduw op het land?

Henk geeuwde achteloos. Zijn mond was van binnen helemaal wit en de tanden waren zwart bij de wortels. Hij hield zijn handen voor zich uit, ter hoogte van zijn maag, en vouwde ze langzaam open, als lag er een geheim in. Hij keek van Hella naar Yvonne.

Hella zei: 'Een lelijke snee. Heeft het erg gebloed?'

Hij sperde zijn mond zo ver mogelijk open en zei bijna onhoorbaar: 'Het wilde niet ophouden met bloeden.' Het tempo van zijn woorden had de traagheid van een sleep tegen de stroom op. Yvonne keek hem ernstig en nadenkend aan, haar voeten strak naast elkaar. 'Ze doen er niets op,' stelde hij niet verongelijkt vast.

'Dat is beter. Pleisters sluiten de wond te veel af.'

'Bij Henk hebben ze wel pleisters op de wond gedaan.'

'Had Henk ook een verwonding?'

Hij gaf geen antwoord, keek naar de pleister op Yvonnes knie.

'Zo een wil ik er ook hebben, een grote roze met gaatjes.' Hij staarde over de straat, ging op zijn andere been staan en begon met beide handen in verschillend ritme op de brievenbus te tikken. Wat zag hij nu onder zijn lage wenkbrauwen die tot op de neusboog doorliepen?

'Mag ik met Yvonne fietsen?'

'Nee Henk, we gaan zo naar huis. Noteer je geen autonummers meer?'

Hij schudde het hoofd.

'Ben je al bij je zuster geweest en bij je buurvrouw?'

Hij keek verrast op.

'Ik heb behoefte aan een uitje. Een mens heeft er behoefte aan eens uit te gaan, ze zullen het fijn vinden als ze me weer zien.' Hij had een vastberaden blik in zijn ogen.

Aan de horizon in de richting van de stad verliep de lucht van blauwgrijs naar geel.

'Zou er onweer komen?'

Hij lachte een beetje. Zelfverzekerd.

'Volgt er onweer op droog hout, dan blijft de hele winter koud.'

6

De twee betontrappen. Twee deuren met kokosmatten. Een rek met lege melkflessen. J. van Joolen.

Misschien was Emmy niet thuis.

Het was mogelijk dat ze niet aan zou bellen. Hier staan, in dit kille trapportaal met dorre bladeren en verkruimeld kraakplastic, gaf een zonderlinge sensatie.

Het was zeker dat ze Emmy niet aan zou treffen. Ze werkte overdag in het ziekenhuis.

Hella dacht: Ik blijf hier nog twee minuten staan.

Ze belde opnieuw. De deur achter haar ging open. Een oude vrouw in peignoir keek haar wantrouwend aan.

'Ik kom voor Emmy Hansman. Ik ben een vriendin. Ik zou vanmiddag bij haar komen. Hebt u een sleutel? Dan kan ik binnen op haar wachten.'

De buurvrouw zei: 'Neemt u mij niet kwalijk dat ik niet aangekleed ben. Ik ben ziek, ik ben al weken niet buiten geweest. Ik zal de sleutel halen. Op de hele galerij heeft ze alleen met mij contact.'

Ze stond in Emmy's woonkamer, keek om zich heen, nagelde de voorwerpen met haar blik vast. Wat ze deed was overmoedig. Een bewoonde kamer binnendringen! Ze beefde van angst.

Hella liep naar het raam. Hier stond Michiel toen hij naar haar zwaaide, daarna was hij van het raam weggelopen. Had hij hier met haar gezeten? Op deze bank waar ze nu met haar knieën tegen leunde? Had Michiel werkelijk alle contact verbroken zoals hij tegen haar gezegd had? Was hij hier vaker geweest?

De kamer was nog nauwelijks gemeubileerd. In de vensterbank stond een gloxinia met een verrot hart. In een vaas verwelkte rozen met verdroogd gipskruid. Ze streek over de witte bolletjes die onder haar hand uiteenvielen. Buiten reed die zondagmiddag een auto in de lege straat. Ze liep snel naar het halletje. Er kwamen drie deuren op uit: een keuken, een smalle kamer waar koffers stonden, één deur was dicht. Ze deed hem open. Emmy's slaapkamer. Alleen een bed, rieten tegels op de vloer, een papieren ballonlamp laag boven een tafeltje. Op de grond stond een wekker. De muren waren kaal op een poster met de grot van Padirac na. Nog van J. van Joolen.

Ze keek in de spiegel van de wastafel. Ze zei hardop: 'Ik ben mooier dan Emmy. Veel jonger. Wat doe ik in dit steriele huis? Het is kil hier. Wat heb ik aan Claire?' Ze wendde zich van de spiegel af. Id? Hij heeft in mij hartstocht en droom van liefde gewekt. Id was ziek geworden.

Ze was hier gekomen om haar nieuwsgierigheid te bevredigen of toch ook om haar kleine woede te koelen? Een vulgaire rancune? Ze keek weer in de spiegel. Pappa. Is hij vergeten hoe het leven met mamma is geweest? Pa die mamma vergeten is, die van Conny houdt, van een schim misschien, van de schaduw van een schaduwbeeld... en die liefde binnen in zich consumeert. Ze draaide zich opnieuw naar de spiegel. In de diepte onderin zag ze de strenge ordening van de flats aan de overkant. Monotoon in eerste oogopslag, maar wisselend van tint, van zwart naar krijtachtig wit, onder het zonlicht, en gevarieerd van vorm, verward, onder Hella's blik, als fragmenten van een opgegraven stad.

'Nee, nee,' zei ze tegen zichzelf, als een innerlijke weigering.

'Nee,' zei ze tegen de strakheid van de lijnen, tegen de honderden ramen voor haar. Door de zon verlichte compartimenten. Het is niet bij toeval dat het paradijs een plaats is beplant met bomen. Soms bewoog iemand zich voor het raam. De lampen stonden alle in dezelfde hoek. Curieus die gelijkheid. Als je hier woont (probeerde zij te denken, haar denken is tegelijk diep en vluchtend), dan zal je ook buiten, in de straten, in de stad, de vier muren om je heen voelen.

Hella hoorde in de aangrenzende appartementen kleine geluiden die wegstierven op het moment dat ze ontstonden. Niet de geluiden als het doortrekken van een wc, het indrukken van een lichtknop, die noodzakelijkerwijs een eind hebben, maar kortstondige geruchten, zonder tijdsduur, altijd aanwezig. Ondefinieerbaar.

Ze klemde haar handen om de koele wastafel. Er begonnen over de spiegel dwarse strepen te lopen. Het gezicht waar ze naar keek was een foltering. Emmy's bed zag ze door de strepen heen.

Naar mamma had ze nooit meer verlangd. Mamma aan wie ze altijd vroeg hetzelfde sprookje opnieuw voor te lezen. Ze ging op bed zitten. Het bloed was uit haar gezicht weggetrokken. Haar wangen lagen steenkoud in haar handpalmen.

...Er was eens een koopman die slechts één dochtertje had. Zij heette Wassilissa, zij was lief van karakter en zij was mooi om te zien. De moeder stierf toen het meisje acht jaar oud was. Op haar sterfbed riep de vrouw haar dochtertje bij zich, haalde vanonder de dekens een pop tevoorschijn en zei: 'Wassilissa, luister naar mijn laatste woorden. Ik ga nu sterven, ik laat je mijn moederlijke zegen na die ik je direct zal geven, en deze pop. Houd die pop altijd bij je, laat haar aan niemand zien, als je in moeilijkheden bent, geef haar dan te eten en vraag haar om raad.'

Wassilissa knielde schreiend met de pop in haar handen voor het sterfbed van haar moeder neer. De moeder legde haar handen op het hoofd van het kind, zegende haar met een kruisteken, richtte zich op, kuste haar kind op het voorhoofd, zonk in de kussens terug en stierf.

Lang bleef Wassilissa bij haar dode moeder neergeknield.

Diep in het bos op een open plaats was een wei waarop een hut stond. In die hut woonde een oude heks. Dat was Baba Jaga. En het was geraden uit de buurt van die hut te blijven, want Baba Jaga slachtte, braadde en at mensen alsof het kippen waren.

Jaren gingen voorbij. De koopman was knap en hij hertrouwde met een weduwe die al twee dochters had. Hij had zich vergist. Ze was lui en geen goede moeder. De koopman stierf. De afkeer van de moeder voor Wassilissa nam toe. Ze liet haar al het grove werk doen in de hoop dat ze er onooglijk zou gaan uitzien. Maar zij werd geholpen door haar pop. Zij werd integendeel mooier en mooier.

Jaren gingen voorbij. Wassilissa groeide op tot een wonderschoon meisje, blauw waren haar ogen, blond als de zon haar haar en fris als heerlijke rozen haar wangen en alle jongens uit het dorp waren verliefd op haar. De stiefmoeder werd groen en geel van nijd.

Zij doofde het vuur in de haard.

'Jij moet vuur halen bij Baba Jaga,' zeiden de andere dochters. Ze duwden haar in het donker de kamer uit. Wassilissa nam de pop onder haar mantel mee.

In het bos bleek ze niet bang te zijn. Een konijn kwam op haar af, keerde zich om en in het donker zag ze zijn sprong; de lange poten die het achterlijf opgooien om het voorste gedeelte bij te blijven. Ze zag de sterren schijnen. Daar was moeder. Ze ontdekte dat ze blij was. Uren liep ze.

Een ruiter joeg voorbij. Wit was zijn kleed, wit zijn paard, wit waren zijn teugels.

Een andere ruiter kwam voorbij. Rood was zijn kleed, rood was zijn paard, rood waren zijn teugels...

Hella's voorhoofd deed plotseling zeer: een metaalachtige, gemene pijn. Door de ruit was het blauw van de hemel bleek. Over de zonnige, ingeslapen straat lag een ingehouden hevige paniek. Ze stond op en keek naar haar spiegelbeeld dat onherkenbaar was. Ze had de indruk dat haar ingewanden blootlagen. Waarom dat moeizame in mij, waarom ken ik zoveel momenten dat alle gevoel dood is, waarom kan ik niet ondubbelzinnig van Michiel en Yvonne houden? De leegte van het vertrek sloop in haar. Vannacht had ze naar Yvonnes rustige ademhaling geluisterd alsof Yvonne eeuwig zou ademen. Ze liep van de spiegel weg, trok in een mechanisch gebaar een kast open; het klonk als knagen.

Ze wachtte. Ze wist niet dat in een flat zoveel lawaai kon zijn. Mamma! Mamma, zo bleek onder het geverfde haar! Van zoveel liefde die niet overkwam (door verkeerde dosering?), van zoveel haat (omdat pa haar niet aanvoelde?) bleef slechts een afschuwelijk portret en een gittensnoer over!

Niet de tijd doodt ons, wij doden haar in onze gedachten en dromen.

De kamer had alle vorm verloren, was abstract geworden als een lege schoolklas.

Opvallend waren de blauwe half dichtgetrokken gordijnen van de slaapkamer en de granaatkleurige, die ze van hieruit in de woonkamer zag. Emmy had de orde, ingesteld door J. van Joolen, omvergegooid zonder zekere grenzen te overschrijden. Emmy als ieder ander in de flat probeerde ook op niemand te lijken.

Het kleine raam is een onbeweeglijk lichte rechthoek. Haar blik glijdt langs de rij boeken. Ze trekt er een uit. Ze slaat een bladzij om, laat het boek uit haar handen vallen. Ze hoort haar adem. Met één hand houdt ze zich vast aan de rand van de stoel waarop kleren liggen, met de andere strijkt ze door het haar dat op haar voorhoofd hangt. De gedachten die ze had toen ze hier binnenkwam? Ze zijn weg, geabsorbeerd door de anonimiteit van deze kamer. Ze kijkt naar beneden als om haar leven met haar blik op te nemen. Ze weet dat ze hier niet meer alleen is. Men dwingt haar zich om te draaien. Iemand zit in de voorkamer. Ze herkent mamma's slanke enkels, mamma's jurk, de handen gevouwen in de schoot, mamma's collier. Dan springen de tranen in haar ogen. Het collier hangt niet om mamma's hals. Het is de hals van Vreise, het gesloten gezicht van Vreise. Zijn haar is glad en glimt. Maar hij kan niet bewegen, kan haar niet aanraken.

Wat Hella nu zo scherp waarneemt, rechtopstaande in dit appartement dat zonder een vierkant te zijn toch de indruk van een kubus wekt, is een opgedirkte dode.

'...rood waren zijn teugels...' Ze herhaalde de woorden hardop. En ze schrok omdat het mamma's toon was, omdat de toon onecht was, bijna schreeuwend. Dan rende pappa altijd de trap op, bleef boven, weigerde om beneden te komen eten.

Maar wat betekenden die woorden? Wat wilde ze op dit moment? Wat wilde ze werkelijk? Ze probeerde na te denken. Ze wilde niets. Ze wilde alleen gillen. Hella's haar was drijfnat. Vaag rumoer in het trapportaal. Ze zou de kamer heel vlug moeten verlaten. Een bijna dierlijke angst om weg te kruipen, om niet hier betrapt te worden, op Emmy's slaapkamer. Emmy was geen vrouw die geduld kende. Ze wilde Michiel. Ze was op hem afgegaan op het feest. Ze had haar man verlaten, was op een flat gaan wonen, had Michiel hier ontvangen. Hoe vaak al? Emmy stelde niet uit. Zij liet de gebeurtenissen elkaar snel opvolgen. Emmy had haast, was over de veertig! Michiel was niet tegen haar bestand. Hij zou zich laten inpalmen. Uit een bakelieten doosje op de wastafel pakte ze een haarspeld, trok een diepe kras over de spiegel. Een kras schuin over haar gezicht.

Het was opnieuw stil geworden. De zon scheen laag naar binnen. De dingen bleven vastgenageld, versteend. Het was ondenkbaar dat Michiel hier nog één keer zou komen. De angst verdween bijna. Plotseling kalm, zou ze willen dat de deur nu openging en Emmy binnenkwam.

Ze wachtte, glimlachte in de spiegel, zou Emmy kunnen verteren met haar blik. De flats aan de overkant, in de spiegel, waren een lange blinde muur. Steeds die warmte in haar hals en op haar schouders. Met de haarspeld kraste ze haar naam in de spiegel.

Hoe lang was ze met Id in Martins' geweest? Zo lang als ze nu hier in de kamer was? Ze verlangde hevig naar Michiel en Yvonne.

Nee, hoe lang was ze met Id in Martins' geweest zonder dat ze aan Michiel gedacht had? Zo moest ze de vraag stellen. Twee uren? Drie uren? Zweet prikte in haar hals, tussen haar schouderbladen.

Waren er nog levende resten van die gebeurtenis? Of was er niets meer dan een relikwie, af en toe van stof ontdaan en opnieuw bekeken?

Hella liep Michiel en Yvonne op het pad tegemoet. Ze ontweken elkaars blik, overvallen door een gêne die niet herleidbaar was tot enig ander gevoel in de herinnering, niet onder woorden te brengen. Ze bogen zich tegelijk naar Yvonne.

'Wat wordt ze groot,' zei Hella, 'die jurk heeft ze nog maar één keer gedragen. Ze is er al uitgegroeid.'

'Kijk,' riep Yvonne.

Koolmezen hingen aan de binnenkant van het zonnescherm. Ze liep erheen, klapte in haar handen.

'Wat een mooie dag,' zei Hella. 'Ik heb geen zin om thuis te blijven.'

Na een kwartier kwamen ze bij de spoordijk. Aan hun rechterhand lag een veld met maïs. Rijpe, okergele kolven met zwarte baarden staken uit de neerhangende bladeren. Ze fietsten achter elkaar op het smalle pad, Hella ver vooruit en dan Michiel met Yvonne.

Hij blies zo hard in Yvonnes haar dat een witte plek huid zichtbaar werd. Yvonnes haar was warm en rook bedwelmend. Ze schaterde. Ze boog haar hoofd achterover en keek hem lachend aan.

'Kijk eens wat ik durf!' Ze boog haar hoofd nog meer naar achteren. Hij dacht: Hella's moeder heeft Yvonne nooit gezien. Later zal Yvonne zich slechts een beeld van haar kunnen vormen door een sepiakleurige foto waarop oma grote dromerige ogen heeft, een prachtig voorhoofd, dicht bruin haar. Yvonne is vier, Hella is negenentwintig, Hella's moeder zou nu zesenzestig zijn.

'Hella,' riep hij. Ze was te ver weg om hem te kunnen horen.

In het jaar tweeduizend is Yvonne vierentwintig, Hella negenenveertig en zou haar moeder zesentachtig zijn. De getallen werden onverdraaglijk, kregen een oneindig karakter, traden buiten hun oevers, openden op een vals verschiet.

'Hella,' riep hij opnieuw. Alsof de getallen iets onthulden. Maar hij riep haar nu zo zacht dat ze hem onmogelijk kon verstaan.

Vier jaar. Zó jong. De bladeren van de braamstruiken langs de spoorbaan waren aan de rand donker, maar in het midden donkerrood en bij de nerf doorzichtig. Er stroomde bloed door. Hij streelde haar hoofd, Yvonne zou onherroepelijk vergeten dat ze hier ooit gefietst hadden met z'n drieën, op dit pad, in dit licht, onder deze hemel waarin de zon uitzinnig scheen en het vuur van haar stralen, met spiralen zwevende insecten, langs de bomen lekte.

'Ik wil een skippybal,' zei ze.

'Die krijg je.'

'Ik wil naar mamma.'

'Hou je van mamma?'

'Ook van jou.'

'Van wie het meest?'

'Eerst van mamma, dan van jou.'

Hij stapte af. Ze riepen samen Hella die zich omdraaide. Een ongekend en bijna ontwend gevoel van blijdschap. De vruchten van de balsemien sprongen knappend open en verspreidden hun zwarte zaden over tientallen meters; hoog in de Amerikaanse eiken die een vuurrode lijn vormden klonk het klaaglijke koeren van houtduiven. Het pad liep nu door het open veld.

Hella was ook afgestapt. Michiel en Yvonne liepen naar haar toe. Ze stonden bij elkaar, in de zon, op het pad en het was of ze poseerden voor een foto. Een trein kwam voorbij. Yvonne begon te zwaaien, maar achter de ramen zaten die middag geen mensen. De lucht gloeide als hun wangen en ze snoven de geur op van uitgeperst plantensap. In het glanzende land weerspiegelden zich de zwarte trossen van vogelkers en vlier, de rode trossen van de lijsterbes. Ze liepen met de fiets aan de hand verder. Er waren takken gespleten door de overdaad aan vrucht. Geen blad bewoog, de toppen van de bomen stonden als gestold, de eikels en beukennoten vielen zomaar, onafgebroken, tikkend van tak op tak, ploften in het mulle zand.

De natuur was overrijp.

Ze zochten kleurige roze en blauwe keien, keken in een holle boom waar oesterwitte zwammen groeiden.

Alle dingen leken zich naar elkaar te voegen, in elkaar over te vloeien als de hemel en de horizon. Ze zochten beukennootjes om ze thuis te poffen. Ze genoten van de verrukte ogen van Yvonne en vroegen zich af of dit moment op de een of andere manier in Yvonne was vastgelegd zodat ze het zich later zou herinneren.

Alles viel werkelijk samen in duizenden uiteenspattingen van licht. De horizon was donzig en roestrood. De wereld werd steeds groter, steeds lichter, tot ze plotseling tegelijk het besef kregen dat de wereld bezig was zich van hen terug te trekken.

Het was of ze heel vreemd naakt in het licht stonden.

'We hadden nu ons fototoestel moeten meenemen,' zei Hella. Toen lachte ze en voegde eraan toe: 'We leven toch in een wereld waarin alles uitloopt op een foto. Ik heb het gisteren ergens gelezen.'

Michiel nam nooit foto's.

Ze stapten snel, bijna overhaast op hun fiets en reden verder met een weemoedig gevoel. Yvonne zat nu achterop bij Hella. Via een pad dat ze niet kenden kwamen ze onverwacht op de snelweg uit die aan de noordkant van de stad naar het westen liep. Ze reden onder de snelweg door. Het grote rad met felrode cabines kwam half boven de bomen uit, Hella herinnerde zich de tocht naar haar vader. Ze kochten ijs tegenover de speeltuin.

'Ik weet nog een leuk plekje om te spelen,' zei Michiel.

De weg daalde, de hellingen werden steiler. Ze stopten in het dal bij een groep bomen die van de weg af in het land stonden. Ze zetten hun fietsen tegen een wagen van de Gemeentelijke Dienst. Yvonne klom op de picknicktafel, mikte koffiebekers in de vuilnisbak die scheef aan zijn ijzeren post hing.

Hella vroeg zich af: Zal ik tegen Michiel zeggen dat zich hier mijn droom met Vreise heeft afgespeeld?

Ze gingen boompje verwisselen en speelden verstoppertje. Yvonne schaterde, slaakte kreten, vluchtte weg, kwam terug, daagde uit. Ze gilde van angst en plezier onder een zilverblauwe hemel. Toen zei Michiel terwijl hij Yvonne omhooggooide en opving: 'Het is volmaakt.'

Hella knikte. Hella en Yvonne waren in het herfstige licht mooier dan ooit. Yvonne holde een vlinder achterna tot hij buiten bereik zich oploste in het zilver van de lucht. Hella zag het bruinverbrande gezicht van Michiel. Hij zag er goed uit. Hij holde achter Yvonne aan. Hij was lenig, gezond. Hij kwam weer naar haar toe: 'Of niet soms?'

Onder de bomen dook de kilte. Het was of zijn ogen smeekten: 'Toe, alsjeblieft.'

Hij gaf Yvonne over aan Hella. Ze zei: 'Het lijkt of het iedere dag onmogelijker wordt.' De zon verdween helemaal achter de bomen.

Yvonne riep: 'Pappa gaat morgen voor mij een skippybal kopen.'

'Hella, we hebben elkaar en Yvonne, we kunnen doen wat we willen, we kunnen overal heen. Gisteravond heb ik na lange tijd een sollicitatiebrief geschreven. Ik heb eerst getelefoneerd. De stem leek me heel geschikt. Ik ben ook voor jou naar die remedial-teaching geweest. Ze konden niets beloven maar ik heb ze verteld dat je heel speciaal talent had.' Hij sprak vlug, zenuwachtig, wanhopig. 'De hal is voorbij. Het pad aan de kant van de Singel maak ik met een hoog hek dicht. Er komt geen mens meer door. Voor dat soort strijd ben ik niet geboren. Die Singel staat me enorm tegen. Misschien vanwege die dubbele rij bomen waaronder altijd zo'n groene, sombere schemer hangt. De Singel is een tunnel, een weg waar we niet meer moeten komen.'

Michiel zag zichzelf door de ogen van Hella. Hij was vol schaamte. Hij dacht: Ze ziet dat ik me schaam. De natuur zette haar stekels op. De natuur was vijandig. Hella glimlachte.

'Het wordt iedere dag moeilijker.'

'Wat moeilijker?' Hij was half geprikkeld omdat ze zijn enthousiasme niet deelde.

'Onze liefde.' Ze dacht: Buiten mij is de grote liefde. Een grote wanhopige liefde. Ik zou haar zo kunnen aanraken. In ons is ze op, geconsumeerd. We wachten, we blijven inert staan, tot ze helemaal uit elkaar springt. De mogelijkheden raken uitgeput.

Hij zei: 'Die Singel is een straat van niks. We krijgen allebei werk.' Ze zag dat hij wachtte op een teder gebaar, op het gebaar dat alles op slag zou veranderen, dat de zon weer onder de bomen zou brengen. Ze dacht: Michiel heeft gelijk, we hebben alles, maar de samenhang ontbreekt. Iets ontglipt ons. Al onze activiteiten blijven losse elementen, zijn niet goed op elkaar afgestemd. Je vermoedt dat al die bezigheden op de een of andere manier iets met elkaar te maken hebben, maar dat verband is niet achterhaalbaar. Ik verlang naar het ontbrekende dat alles als door een wonder in elkaar doet grijpen en er echte adem in blaast. Ik ben ook nieuwsgierig naar dat ontbrekende.

Een ogenblik gaf dit inzicht in de situatie een vreemde blijdschap die haar bijna onmiddellijk als belachelijk voorkwam en ontreddered achterliet.

Hij keek naar Hella. Het zwarte T-shirt deed haar mooie borsten goed uitkomen. Was Martins' toch een voorbode geweest van het uiteindelijke en definitieve verlies van de vrouw die nog geen meter van hem afstond? Hij zei: 'Die hal heeft mij werkelijk de hoop gegeven, een tijdje, dat ik er iets mee temmen kon, iets kon tegenhouden wat dreigde te ontsnappen. Het is gek, maar voordat die hal me ging bezighouden, had ik hem niet eens zien staan!' Zijn stem klonk vreemd vervormd. Zij wist dat het enige tijd zou duren voor hij zijn stem weer in bedwang had.

Ze antwoordde: 'Ik heb nooit geweten of je die hal serieus opvatte. Je deed er tegelijk heel opgewonden en ironisch over.'

Een houtduif vloog uit de boom, tussen twee gele bladeren door die zich onmiddellijk sloten, als saloondeurtjes.

Met grote krachtsinspanning zei hij: 'Ik hou van je Hella.'

'Maar ik hou ook van jou.' Hij zag de delicate kringen onder haar ogen.

Ze reden terug zonder iets te zeggen, de zon was nog even uitbundig, maar de warmte was krachteloos, ontmoedigd. De nuances van het land en het licht vielen hun niet op. Het landschap observeerde hen.

Thuis trof hen de stilte rond het grimmige gebouw die een schril contrast vormde met de drukte van licht en tinten rondom. Opgelucht gingen ze hun huis binnen.

7

Hella en Claire zaten in de tuin. De stralende zon maakte hun ogen licht en de tuin doorzichtig, scherpte de leegte tussen de bladeren en de bloemen aan. Een zwerm matblauwe vogels, hun vleugels schuin en strak op het lichaam, als om te dalen, vloog ruisend over, in rituele vlucht.

Claire droeg een zwart fluwelen poezenpak, met rits van onder tot boven. Ze zei: 'Oscar wilde nooit dat ik het aantrok.'

Met het sombere bruin van haar ogen, de blauw glinsterende oogleden, het donkerrode haar en de extravagante slankheid had ze werkelijk iets van een geschoren kat. Vreemd en glad. Hella keek haar met halfgesloten ogen van opzij aan. Ze ging heel opzettelijk aan haar verblijf in Kenia denken. Claire en Oscar hebben van mijn aanwezigheid daar geprofiteerd om hun onenigheid te etaleren, naar buiten toe, naar een derde. Zodra ik tussenbeide wilde komen, kregen ze weer de gelegenheid de gelederen te sluiten. Masochisme, onbewust, maar toch. Misschien heb ik Oscar wel teleurgesteld en voelde Claire zich daardoor gekwetst. Oscar is niet sterk genoeg voor mij om verliefd op te worden.

Is Claire misschien niet sterk genoeg voor Oscar? Is Oscar daarom niet meegekomen? Hij is voorgoed verdwenen. Claire zal hem nooit meer zien.

Claire zei: 'Ik denk dat ik terugga. Ik zie het nog een paar dagen aan.'

Haar vermoeide verwachting. 'Als ik ga, wil ik met pappa. Ik wil weten wat er aan de hand is. Als het pappa daar bevalt, mag hij bij ons blijven. Hij hoeft niet eens terug. Jij en Michiel kunnen ervoor zorgen dat zijn spullen verzonden worden.'

Wat sprak ze nou toch gemakkelijk over deze dingen. Zo kalm. Maar ze zal Oscar nooit meer zien. Ze mag dit pappa ook niet aandoen. Hij is verouderd de laatste tijd. 'Nee Claire, dat mag je pappa niet aandoen. Het zal niet gebeuren dat pappa met jou meegaat. Hij blijft hier.'

'Och Hella, zover is het nog lang niet. Je trekt zo'n ongelovig gezicht.' Claire wendde haar gezicht naar Hella toe: 'De herfst grijpt mij altijd op een vreemde manier aan. Ik voel die overgang van de jaargetijden heel scherp. Op die momenten moet ik bijna huilen. Dat miste ik in Kenia wel heel erg.'

Hella was blij dat Claire bij haar was. Ze keek op en zag Michiel in de deuropening. Claire zag hem ook. Ze lachten, staken hun hand naar hem omhoog. Hij lachte terug, ontroerd. Michiel zei: 'José kan vanavond oppassen.'

'Blijft ze slapen?'

'Als het na twaalf uur wordt.'

'Wij zijn in ieder geval eerder thuis,' zei Hella. 'Jij blijft toch ook niet zo lang weg?'

Claire was onverwacht gekomen om met Hella naar Conny te gaan. Ze besloten niet eerst te bellen. Was ze niet thuis, dan konden ze even langs pappa.

'Waar ga jíj dan vanavond heen?' had Hella gevraagd. 'Eerst naar de bibliotheek en dan ga ik wat in de stad rondkijken... Ik wil er even uit vanavond.'

Vierentwintig uur met Emmy. Dwaas die hij was om zo'n afspraak te maken. Maar hij zou deze belofte inlossen. Dit was de laatste keer dat hij haar zag. Hij zou zich schrap zetten. Eerst naar Amsterdam, een film, ergens gaan eten, steeds naar woorden zoeken en dan zou het moment komen dat hij Hella zou moeten bellen. 'Ik sta langs de kant van de weg, ter hoogte van motel Maarsbergen, de motor hield plotseling in, sloeg af. Ik kan niet zeggen hoe laat het wordt. Het is gelukkig zacht weer, ik heb de wegenwacht al gebeld, ze zullen zo wel komen. De hemel met al die sterren is bijna feestelijk.'

Nooit zou het liegen hem dan zo tegenstaan. Op zijn studeerkamer stak Michiel geld bij zich. Brieven van Wouters lagen ongeopend op zijn bureau. Om vijf uur reed hij het pad uit. Omdat Roed gebaren maakte vanaf zijn dakterras, zette hij de auto stil en draaide het raam helemaal open. Michiel snoof barbecuegeuren op.

'De tegenpartij heeft een memorie van grieven ingediend. Ze wil de uitspraak van de rechtbank bestrijden.'

'Ik heb het nog niet gelezen.'

'Wacht.' Hij verdween in huis en kwam terug met een brief. '...Ten onrechte overweegt de rechtbank dat de erfdienstbaarheid niet is geëindigd. Reeds tussen 1903 en 1907 heeft de heer H. Honing op deze plaats, in dit park, een betonfabriekje gevestigd. Daarna is er een kettingkastenfabriek gekomen in een van de bijgebouwen van de villa. Daarna bouwde Berkhof een grote loods die hij als tennisbaan exploiteerde. Zo is al meer dan zeventig jaar lang het complex gebruikt in strijd met de letter van de erfdienstbaarheid zodat deze door non-usus is tenietgegaan...'

Roed riep: 'We zullen de strijd voortzetten. Winnen doen we altijd. De hal gaat weg.'

'Als hij wordt afgebroken, gaan ze misschien torenflats bouwen,' riep Michiel terug.

'Dan moet eerst het Burgerlijk Wetboek veranderen.'

'Herenhuizen waarover het servituut spreekt, kunnen door de rechter geïnterpreteerd worden als luxe-flats,' lachte Michiel.

'De hal is gebouwd in een tijd van vooruitgang en expansie, in de jaren zestig kon veel. Hij zal worden afgebroken in een tijd van regressie. Opkomst en neergang, rise and fall, dat is geschiedenis voor mij!'

Door de zon leek zijn haar dat wijd uitstond vlammend rood. Roed, de onheilsprofeet. 'Dat is geschiedenis,' riep hij met zijn diepe heldere stem. 'De kleine geschiedenis onder de grote. En wij zijn er getuige van, wij zijn zelf medespelers op dat toneel. De hal is al bijna geschiedenis, bijna een skelet van het verleden.

Maar, Wijlhuyzen, het lijkt of de spelers moe zijn. Over lange jaren zal de hal niet meer blijken te zijn dan een kleine voetafdruk in het zand van de geschiedenis!' Hij schreeuwde: 'De spelers beginnen moe te raken, het doek zal gauw vallen.'

Michiel, verdoofd, reed de Schoonenbergsingel af. Hij zag Henk in de verte staan. Indolent leunde hij tegen de brievenbus. Hij droeg een parachutistenpak, donkergeel met verschoten tijgervlekken. Een te kleine koppel met pistoolholster en patroontas snoerde Henks dikke lichaam in. Michiel stopte, zette de motor af en stapte uit. Er kwam plotseling beweging in Henk. Hij zette dreigend één been vooruit, spande het andere.

'Blijf daar staan!' schreeuwde hij, zijn korte tanden zichtbaar. Zijn stem droeg niet ver.

'Handen hoog!'

Michiel keek om zich heen, zag niemand, stak om hem ter wille te zijn de handen omhoog.

'Helemaal!' Hij had een revolver in zijn hand. Henk krijste nu als soldaten die leren met een bajonet te vechten. Michiel herkende Henks kreten. Zo dichtbij leken ze op hondengeblaf uit een diep dal.

'Pang, pau.' Zijn stem zakte weg in de warme lucht, zijn dikke ogen waren zonder uitdrukking en zijn zware halfgeschoren wangen trilden. 'Ik had u gevangen,' zei hij nog, heel zacht. Hij richtte nog steeds, toen liet hij het wapen zakken. 'Het is geen echte,' en keek de schemerige straat af. De revolver hing nonchalant tussen zijn vingers.

'Het is wel een echte, Henk, alleen zitten er geen kogels in.'

Hij gaf er geen antwoord op, verstard stond hij naast de brievenbus. De hemel was groen boven de bomen.

Michiel reed de Straatweg op. Emmy wachtte. Hardop begon hij haar te verwensen. Hij vloekte drie keer achter elkaar, zo hard mogelijk, reed expres door rood licht. Hij wilde maar één ding: thuisblijven. Hij kon nog terugkeren. Michiel kwam in een drukke straat, zijn drift zakte.

Ze waren om Conny's huis heengelopen. Alle ramen waren donker. Ze stonden in de achtertuin.

'Je wilde net iets zeggen,' moedigde Claire aan.

'Ik stond op het perron, ik liep heen en weer, de trein reed de overkapping binnen. Ik trachtte mij om te draaien want ik had mijn koffers op een bank bij de restauratie gezet. Ik kon mij niet bewegen. Iemand nam mijn koffers, ging de trein in die snel het station uitreed. Ik keek de trein na. Met de trein verdwenen de rails. Om mij heen zag ik blinde muren van gebouwen. Ik schreeuwde.'

Claire keek haar onderzoekend aan. 'En die andere droom?'

'Ik liep in een straat die op een plein uitkwam. Ik begon het plein over te steken, twee of drie mannen volgden mij. Om aan hen te ontkomen, holde ik een straat in aan de overkant van het plein.' Hella zweeg.

'Wat is er toen gebeurd?'

'Niets. Er is niets gebeurd. Ik hoorde nog even de echo van hun voetstappen in een straat ernaast. Het was 's avonds laat, maar het was licht of de zon scheen. En de schaduwen van de huizen waren te lang voor het kleine plein. De zwaluwen vlogen hoog en krijsend in verschillende richtingen alsof ze zich niet meer konden oriënteren.'

Hella legde haar hand op Claires pols.

'Er is wel wat gebeurd. Later. Ik stond om niet gezien te worden tegen een muur gedrukt in een van die donkere passages tussen twee pakhuizen. De achtervolging hadden ze allang opgegeven. Midden op het plein was een verhoging opgericht. Een soort verhoging met trapje en hekwerk, een soort boksersring waarop een breed bed stond met veel kussens. Ik lag op dat bed. Van de vier hoeken van het plein komen mannen op mij toerennen, zoals de duisternis vroeger in je slaapkamer, net als het licht was uitgedaan, vanuit de hoeken aanrolde en rond je bed samenvloeide tot een gezicht dat je ging aangrijnzen als je je ogen sloot.'

'En?' Claire observeerde haar.

'Verder niets.'

De nacht viel over de stad als een hand die zich uitstrekte. Hella en Claire bevonden zich in een woonwijk waar de straten, tegen een helling aangelegd, schuin boven elkaar lagen en de indruk wekten van balkons in een theater. De bungalows hadden steil afdalende tuinen, van elkaar gescheiden door glazen wanden, in het donker zichtbaar door vluchten gestileerde vogels in lichtgevende verf. In de vallei waar de rivier stroomde was nog licht.

'Het heeft geen zin om hier te blijven,' zei Claire. 'Het huis en de tuin zien eruit alsof Conny in geen maanden hier is geweest.' Ze stapten in de auto van Oscars vader. Claire mocht hem gebruiken zolang Oscar er nog niet was.

'We gaan toch niet naar huis, Claire. We kunnen naar pappa of iets drinken. Ben je wel eens in de Condor geweest?'

Ze reden naar het centrum.

Hella en Claire dronken rode wijn. Een man in een bleekgroen kostuum, alleen aan een tafeltje, zei: 'Het is bijna monotoon, de mooie dagen die elkaar maar opvolgen.' Hij was midden veertig. In zijn bottige gezicht was de huid strak en glanzend. Zijn ogen waren donkere beweeglijke pitten. 'Maar de warmte zal nu wel over zijn hoogtepunt heen zijn.' Uit zijn blik sprak onweerlegbare waarheid. 'Over het warme weer praten verandert niets aan de warmte zelf.' Zijn mond zat vol speeksel. Hella dronk de wijn snel op en bestelde een tweede glas. Een vaag beeld van pijn en verlatenheid kwam opzetten. Ze excuseerde zich: 'Ik heb zo'n dorst.' Haar blik gleed langs Claires mooie lichtbruine hals, over haar slanke handen. Claire zag er moe uit. 'Die gitten staan je erg goed. Mamma droeg ze bijna nooit.'

'Waarom wilde jij ze niet hebben bij de verdeling?'

Hella dacht: Wat een koel woord gebruikt Claire nu.

Ze zei: 'Het overviel me toen. Ik was er echt overstuur van dat je alles wilde verkopen. Jullie deden er zo onverschillig over. Ik weet wel dat je het niet zo bedoelt en pappa ook niet. Ik heb vaak gedacht, Claire, ik wil een vader tegen wie ik op kan zien, die mij beschermt, naar wie ik kan toegaan, die mij een toevluchtsoord biedt. Ik heb ook gedacht: Pappa is bang, hij vermijdt complicaties, gaat dilemma's uit de weg. Ik zie nu zijn onvermogen zich prijs te geven, ik hou van hem zoals hij is. Ik denk wel eens: Zijn grootsheid ligt in de stilzwijgendheid waarmee hij het leven accepteert.'

'Seul le silence est grand,' zei Claire en streek nonchalant een lok weg. 'Ik heb altijd goed met pappa kunnen opschieten.' Hella keek haar liefdevol aan. Ze dacht: Ik ben een samenraapsel van wel tien vrouwen, maar ze lijken allemaal los van elkaar te bestaan. Ik besta uit coulissen, je kunt ze eindeloos blijven verschuiven.

Aan de zoldering hingen bierglazen, aflopend in grootte als een groteske panfluit. Ze zag dat Claire ernaar keek.

'Ik heb nog steeds niets van de remedial-teaching gehoord.' Claire draaide zich naar haar toe. 'Misschien heb ik er het geduld ook niet voor. Maar ik moet toch iets om handen hebben, ik kan niet altijd thuis zitten. Wat kan ik?'

'Wat verwijt je pappa en mamma nou precies? Dat je niet mocht studeren? Je had toch zelf het initiatief kunnen nemen.' Hella dacht: Ze heeft gelijk. Ik heb geen initiatief genomen. Ik ben net als Michiel, iemand voor wie gehandeld wordt. Maar Michiel lukt het altijd nog de schijn op te houden.

'Jij had meer ondernemingslust. Mamma nam mij alles uit handen. Ik dacht en oordeelde over boeken, buren, pappa, als zij. Jij hebt geen idee hoe dwingend mamma kon zijn. Pappa had het wel in de gaten, maar had zich een enorme afweer opgebouwd, van zwijgen, van grappen. Mamma maakte mijn opstellen, mijn scripties, overhoorde mijn lessen zonder dat ik erom vroeg. Daarom heb ik nooit leren denken. Ik geloof echt dat er iets is dat mij belet mijn intelligentie te gebruiken. Opkomende gedachten stuiten altijd voortijdig op een ondoorzichtig scherm. Ik herinner me een keer: Ik lag onverschillig achterover in de stoel, benen over elkaar en mamma stelde vragen over aardrijkskunde. Ik verafschuwde dat vak en kende er niets van. Mamma gaf met een verbeten gezicht de antwoorden. Ik had niet eens zin om de antwoorden te herhalen. Op een bepaald ogenblik gooit ze het boek woedend mijn richting uit, ik vang het op met mijn voet. Woest loopt ze het huis uit. Ik hoor nog dat ze het hek dichtslaat.'

Claire keek haar glimlachend aan.

'Ik herinner me zulke scènes niet.'

Buiten, in de omlijsting van het raam, had de hemel de tint gekregen van het diepste deel in een zwembad. Hella bestelde een nieuw glas wijn.

'Als ik een boek heb gelezen of een film heb gezien ben ik nauwelijks in staat om te zeggen waarom ik het mooi of lelijk vind. Ik heb geen mening. Ik kan niet denken. Michiel heeft dat ook. Hij heeft wel eens gezegd: Een kwaadaardige wil verhindert mij te denken. Ik sta voor een poort, daarachter is het licht, daar ligt de onthulling; ik zal er nooit doorgaan.

Bij mij is het misschien eerder dat iets mij belet mijn gedachten te *realiseren*. Michiel veracht zichzelf om de onmogelijkheid een opkomende gedachte helder te laten worden en tot in zijn laatste consequenties te doordenken.'

'Ik heb helemaal niet de indruk dat Michiel een gedachte niet kan formuleren of uitwerken.'

'Zo voelt hij het.'

Er kwam meer vertrouwelijkheid in hun samenzijn. Het was Claire opgevallen dat iedereen in Holland meningen en opinies had. Hella en Claire herinnerden zich de lange wandelingen met pappa en mamma, de vakanties, de pianolessen van de kleine vadsige Van Gijn, die ze, bleek nu, alle twee griezelig hadden gevonden als hij met zijn poezelige handen een nieuwe etude voorspeelde.

Onverwacht vroeg Claire: 'Waarom heeft pappa die foto's van mamma gemaakt?'

'Jij had mamma... jij had haar niet dood gezien.'

'Ik heb op het punt gestaan het vliegtuig te nemen. Oscar hield me tegen. We hebben er ruzie over gemaakt.'

'Mamma was te dik,' zei Hella peinzend, 'maar ze had fijne polsen en enkels en mamma kon sfeer scheppen, mamma kon erg charmant zijn, ze nam ook altijd alle beslissingen. Ik denk wel eens: Zou pappa te lang geaarzeld hebben voor hij de dokter opbelde?'

'Oh Hella, wat haal jij je toch in je hoofd!'

'Je vindt ideeën toch zo opwindend? Bovendien, Claire, jij denkt iets anders dan ik bedoel. Als bij pappa thuis de telefoon rinkelt, laat hij hem eerst vier keer overgaan, loopt er dan naartoe, wacht weer, neemt de hoorn eraf, wacht weer, gaat er op een merkwaardige manier bij staan, met één hand in zijn zak alsof hij onverschillig is en noemt dan zijn naam.'

Claire was verbaasd.

'Wat wil je daarmee zeggen?'

'Zo tergend langzaam belt hij zelf ook. Ik vraag me af hoe dat die nacht is gegaan. Mamma die benauwd is, mamma die wil dat hij de dokter belt, die twee, die nacht samen in dat huis...'

8

Ze passeerden brede straten die alle op de rivier uitkwamen, en liepen door een park met bomen waarvan de vochtige schors in witte vellen trillend naar beneden hing. Een bus met verlichte ramen reed hen voorbij, een man met een lang grijs gezicht trapte op een poes die kermend wegvluchtte.

In de binnenstad in het licht van lantarens tekenden kinderen met stoepkrijt grote beesten op het trottoir. Verderop trokken jongens met verhitte gezichten lolly's met bruispoeder uit automaten. Een kerkklok sloeg. Het was halfnegen, de straten, de bars, de broodjeswinkels krompen ineen van leegte.

Ze liepen gearmd.

'Mamma heeft eens voor mij een rok met raffiazakken gemaakt. Een zwarte rok met brede zakken waar je zo lekker je handen in kon steken. Op school lachten de meisjes van mijn klas mij uit. Ik was alleen.' Ze kwamen bij het Plein dat gesloten over zichzelf lag. 'Mamma kon heel onverzettelijk zijn, heel hard omdat ze meende dat ze er alleen voorstond.'

'Pappa stond er ook alleen voor.'

'Ik wil zeggen dat ik daarom misschien met Michiel getrouwd ben. Je kiest toch onbewust de man in wie de gevolgen van de opvoeding worden voortgezet.'

'Ik begrijp je niet.'

'Je kiest toch een partner die de benaderingswijze voortzet die je in je kinderjaren hebt ondervonden van je ouders. Ik heb een meisje gekend op wie de ouders altijd kritiek hadden en ze is getrouwd met een man die haar vreselijk afbreekt en kritiseert, maar ze gaat niet van hem weg.'

Ze sprak nu als Michiel, nerveus en opgewonden. Zie je nou wel, dacht ze, ik ben een kameleon. Ik wilde iets wezenlijks zeggen maar raak verstrikt in mijn redenering. Het had te maken met de gevoelens die Michiel haar opdrong. Ze beefde. De gebouwen rond het Plein waren donkere gevaarten, te monumentaal. De wind die bij vlagen opstak, klonk onder het zeildoek dat over de terrassen was gespannen als zacht gemompel. Er waren veel mensen. Een grote menigte liep over het lang welvende plein, als in een optocht naar iets toe, naar iets moois, iets grandioos. Het was niet de deprimerende menigte op een zaterdagmiddag die Hella altijd meed.

'Zullen we in Regina gaan kijken?'

Op een groot in goud gedoopt halfcirkelvormig podium waar vroeger grote orkesten speelden, zat een hammondorganist met koperkleurige krullen achter zijn instrument. Toen ze binnenkwamen zette hij een potpourri in, maar hij geloofde al lang niet meer in de muziek die hij maakte.

Hella en Claire liepen een brede trap op met verschoten groen tapijt. Regina verliep. Ze gingen op draaibare krukken zitten aan een bar vol littekens. Hella dronk wijn. Terwijl hij speelde keek de hammondorganist om zich heen en soms tikte hij een paar maten met de voet mee. Claire zocht iets in haar tas. Misschien was Michiel al thuis. Hella keek naar buiten. De menigte flaneerde ernstig, bijna plechtig. Ze dacht: Ik moet lief voor Claire zijn. Over de schermen boven de terrassen liepen zigzagstrepen. Snoeren veelkleurige lampen bewogen.

288

'Houd je van Michiel?' Een lamp in de hoek van de bar ging plotseling uit. Daar zat een man die telkens de vingers naar zijn mond bracht en ze nat maakte. Hij keek dromerig naar Hella en Claire en ging toen op een andere kruk zitten zoals men midden in zijn slaap een frisse plaats opzoekt in bed of het kussen omdraait.

'Ik zal Michiel nooit kunnen verlaten. Zelfs toen ik op Id verliefd was, kon daar geen sprake van zijn. Al zou er een tijd komen dat ik niets meer om hem geef, dan zou ik toch bij hem blijven.'

'En Id?'

'Dat was de onderbreking van een monotonie. Ik had het toen nodig om op iemand verliefd te worden. Ik heb er nooit spijt van gehad.' Ze hield het lege glas tegen haar lippen. Tijd ging voorbij. Hella's lippen tegen het glas waren breed en oranje als de slakken die 's zomers in de vochtige schemering uit de berm de weg opkruipen. Ze schoof het glas naar de barkeeper. Claire hield haar tegen.

'Laat me, Claire.'

'Je drinkt te veel.' De lamp in de hoek van de bar ging weer aan. Hagel van muggen.

'En Oscar?'

'Oscar drinkt bijna niet.'

Dat bedoel ik niet, dacht Hella. Het was waar. Oscar was heel matig. Hij beredeneerde precies hoeveel je drinken kon zonder gevaar te lopen. Maar zijn afwezigheid was on-redelijk. Hij was plotseling fascinerend geworden. Hella's handen lagen op de blinkende barleuning. Ze zag op haar pink een kleine pigmentvlek. Mamma's rug had ermee volgezeten. Grote vlekken die in elkaar vloeiden. Onmiskenbaar teken dat ze bezig was oud te worden. Ze werd warm achter haar voorhoofd. Ze dacht opzettelijk aan Yvonne; Yvonne sliep nu. Het hoofd opzij, het lichaam, bijna recht, gedraaid in de richting van het hoofd, linkerbeen gebogen over het weggetrapte laken. Linkerhand rustend op haar zij, duim in de mond, wijsvinger onzichtbaar onder de wang, de twee andere vingers daartegen gekromd. Haar karakteristieke houding. Regelmatige ademhaling die om onbekende reden plotseling stokt; onverwacht hartstochtelijk zuigen op de duim. Dan weer het kalme ritme van de ademhaling. Over de bovenkant van de enkel loopt een blauwe ader naar de achillespees. Haar linkerhand verlegt zich, rust op de hiel. Bescherming tegen de oude mythische dreiging? Lauwe geur van de kinderkamer. Ze wist zorgvuldig Yvonnes hoofd af, bijna jaloers op de gaafheid van dat lichaam.

'Claire?' Claires aandacht verscherpte. Hella's toon was ongewoon. 'Je keek me zo aan.'

'Jij keek naar mij.'

'Jij glimlachte, heel superieur.' Ze voelde plotselinge haat jegens Claire, als wanneer men een voyeur betrapt en beseft zelf zo een ander te hebben bekeken. Om Claires hals hing het collier, sober, zwartglanzend. Het haatgevoel was al bezig in tederheid te verglijden.

'Zou ik voor één keer jouw gittenketting mogen lenen? Ik vind 'm zo verrukkelijk.'

'Mamma's dood werkt op jou eerder belastend dan bevrijdend.' Hella keek haar aan. Dat had ze nooit mogen zeggen. Nooit eerder verwijderde Claire zich zo ver van haar.

'Binnenkort ga ik met Michiel naar een feestje. Ik heb een donkere jurk gekocht. Hij zou erg goed staan.'

'Wanneer wil je hem hebben?'

'Zou je hem nu af willen doen?'

Verward rumoer. Een man liep beneden tegen de glazen deur, zichtbaar vanaf de bar. In de menigte was een andere beweging gekomen. Als kippen met hun kop laag bij de grond leken de mensen onverhoedse uitvallen naar elkaar te doen. De man kwam de brede trap op, bleef bij de bar staan, zijn gezicht vervormd door angst en paniek.

'Ik zoek mijn dochtertje.' Zijn ogen waren heel licht-blauw. Hij staarde Hella verpletterd aan. Op zijn voorhoofd verscheen een blauwe bult. De barkeeper legde een ijsblokje voor hem neer.

'Wanneer bent u uw dochtertje kwijtgeraakt?' Hij voelde aan zijn hoofd, begon zacht te huilen. Hella legde even haar hand op zijn arm. Hij werd kalm.

'Ik wilde iets voor haar kopen, we stonden voor een etala-ge. Ik laat haar los en ze is weg.'

'Hebt u de politie gewaarschuwd?'

'In deze stad is nog nooit een kind niet terechtgekomen, zei een agent. Ik moet me elk halfuur op het bureau melden. Ze kijken naar haar uit.'

Claire deed het gittensnoer af. De man liep haastig de trap af en de organist begon een nieuwe potpourri. Claire ging naar het toilet. Hella betastte haar glas. Had Claire haar straks van iets beschuldigd? Gaat ze nu weg omdat ze de af-stand tussen hen voelt, de vergeefsheid van hun woorden? Ze volgde Claire met haar blik. Ze liep langs een drievoudige, door een lamp beschenen spiegel. Ze zag dat Claire ook geen zelfvertrouwen had. Maar waarom droeg ze vanavond dit fluwelen katachtige kostuum? Hella had gewild dat ze er vanavond anders had uitgezien. Gekleed in een simpele jurk. Hella trachtte op listige wijze sympathie voor Claire op te wekken. Claire verdween uit de spiegel. Ze had zin om een beetje wreed te zijn. Ze zou voor Claire die niets wilde eten, een portie kaas en bitterballen bestellen. Ze zou zeggen: 'Voor jou, Claire, eet!'

'Voor mij?'

'Magere katten moeten goed eten.'

'Wat is er met jou aan de hand?'

'Zelfs je adem is als van een poes, heel zacht en zonder geur.' Ze keek over het Plein, haar blik hechtte zich aan een driehoekige aanplakzuil: Voor wie z'n Dry niet kan vinden.

Wat bleef Claire lang weg. Huilde Claire soms? Was Claire de sleutel van de code kwijt die toegang gaf tot het leven met Oscar? Geen Claire, geen Michiel, geen Yvonne, geen... allemaal afwezigen. Ze dacht: Als ik wil, kan ik zo naar Id gaan. Hier op het Plein zijn genoeg mensen die zijn adres kennen. Ik weet dat ik welkom zou zijn.

Waar bleef ze? Claire was haar ontglipt. Hella's denken was als een vlieger die werd gevierd. De gedachten verloren alle kracht in de ruimte. Ze luisterde naar haar moeder: 'De zon ging op. Om de hut van Baba Jaga lag een kleine woeste tuin en om die tuin stond een omheining, gemaakt van mensenbeenderen. Als het woei, klepperden die tegen elkaar en op de palen staken doodskoppen. Die zagen er niet vriendelijk uit, nee, ze keken lelijk en gemeen, ze waren er niets over te spreken dat ze hier op palen staken. En dan de poort: op de plaats van de scharnieren zaten voeten, in plaats van grendels had zij handen en het slot was een hongerige mond met tanden.

Weer joeg een ruiter voorbij. Hij was zwart, net als zijn teugels en zijn kleed. Het werd nacht en de ruiter verdween door de poort alsof hij erdoor werd opgeslokt.'

De hammondorganist zong:

The city is a jungle
you can better take care
never walk alone after midnight
if you don't believe it...

Hella, Hella! Waarom loop je voor mamma weg. Ze stak een grote zwarte duim omhoog, een duim met een zwart leren kapje zoals mensen dragen die fijt hebben.

Hella rende midden op de weg. Ze struikelde.

'Claire, ik heb me thuis nooit veilig gevoeld.' Oh, Claire was haar ontsnapt.

Ze herkende scherp de straathoeken, de gevels, de kerven in de muren, grijsrood in het lantarenlicht, sloeg links- en rechtsaf, totdat alle straten, alle andere merktekens van de stad steeds eentoniger, steeds meer gelijk aan elkaar werden, vervormden tot steeds naargeestiger symbolen van deze provinciehoofdstad.

Een oud echtpaar liep langs haar heen. De man trok hijgend een hond achter zich aan. Een fietser reed met groot verzet.

Het was na middernacht. Waar was het misgegaan? Ze was Claire nog één keer tegengekomen. Claire ging dus terug naar Kenia. Claire kon het niet langer uithouden. Ze wilde weten wat er aan de hand was. Met pappa ging ze. De warmte veranderde Hella's verdriet in leegheid. Waar was ze haar kwijtgeraakt? Het was niet ondenkbaar dat ze Claire direct weer zag. Tiffany. Regina. Condor. Chez Armand. Hella glijdt met haar hand over de ruwe muur van een huis. Hella zit thuis op de trap en kijkt de kamer in. Pappa en mamma zijn in de kamer, maar ze worden kleiner, als in een vervagende droom. Claire zit onder de ronde tafel met het glazen blad. Claire dijde uit, werd steeds groter, kreeg mamma's hoofd, Claire zou direct opstaan en met haar hoofd tegen de plaat bonzen.

Wat had ze tegen Claire willen zeggen? Dat er in het leven altijd een moment is dat beslist over alles. Een moment, meestal onvindbaar, begraven onder duizenden andere momenten. Michiel, vlak na onze kennismaking, gaf me geen visioen van een aards paradijs, wel in de adembenemende sfeer waarin ik leefde het vooruitzicht van een bestaan dat de mogelijkheid van een verrassing inhield. Stel je voor, die altijd lege Oremusstraat, waar zelfs de bomen niet wilden groeien, waar moest ik anders heen. Zoiets wilde ik zeggen, Claire, en ook dat Michiel nog altijd onweerstaanbare aantrekkingskracht voor me heeft; als ik hem zie kan ik me nog puur lichamelijk gelukkig voelen. Michiel, een hemel die openging. Ze zei het halfluid. Iemand bleef staan. Ze liep snel door, las een naam. 'Pauwstraat.' Ze herhaalde de naam, liet de klanken tot zich doordringen. Voor de ijssalon bleef ze nadenkend staan. Ik hou van Michiel. Het is mogelijk. Het moet mogelijk zijn, we hebben nog een leven voor ons. Maar het verleden moet dan onherroepelijk het verleden blijven.

Ze is weer op het Plein gekomen. Het verraste haar door de tegenstelling van toevloeiend licht en de stabiliteit van de gebouwen. De driehoekige zuil: Hier geen fietsen plaatsen. Ze verwonderde zich erover dat ze nu niet naar huis ging. Dan de sensatie dat ze Id zag lopen. Verbeelding? Of had ze hem toch gezien? In een kinderlijk gebaar streek ze over de zuil, ademde de geur van het rivierwater in, liep door, gleed met haar handen langs de ruiten van etalages. 'Fietsen worden onmiddellijk verwijderd.' Ze voelde zich verlaten onder de slagzinnen. Wat zei Michiel toen ze uit Kenia terugkwam: Je ruikt zo lekker, zo'n warme zoete geur. Ze ging De Ark binnen. Het was er schemerig en leeg. Een barkeeper dook op. Ze dronk wijn, las een affiche. 'Sesjun.' Ze herlas de naam. Toen drong de betekenis, eerst verhinderd door de fonetische spelling tot haar door. Daarnaast een andere affiche met hardgroene letters: Afschaffing van de penetratie geëist. Afrekenen met de mythe van het vaginaal orgasme.

De barkeeper stond voor haar. Een grijnzende gorilla met een aandoenlijk druipende onderlip. Ze leunde op de blinkende barleuning. Ze zei: 'Ik ben mijn zusje kwijt: Een ventilator begon te zoemen en ze hoorde een tikkend geluid. De barkeeper glimlachte en zweeg. Hij had openingen tussen zijn voortanden. Er waren meer mensen, ze fluisterden. Enige keren ging de deur open, iemand keek naar binnen om zich van iets te vergewissen en vertrok weer. Druppels vielen uit de kraan boven de spoelbak. Natuurlijk kwam daar het tikken vandaan. Iemand naast haar strekte zijn hand naar een glas uit maar pakte het niet. Hella vocht tegen haar tranen. De barkeeper werd groter, vulde de ruimte achter de bar. Hella's wil liet haar in de steek.

Welk parfum gebruikte Claire? Ze boog zich naar het collier. Phryne, Nefertite, Myrte? Ze liet het collier over haar hand glijden, er kwam een aangename geur af.

Er werd naar haar gekeken.

Op het Plein waren de lampen van angst verstarde ogen, in stagnerende duisternis. De ogen van de mannen om haar heen waren strepen zilver. Een jonge vrouw met blond strak achterovergekamd haar kwam binnen. Ze droeg een roodleren jack en rode laarzen tot over de knieën. Achter haar aan liep een man met een blond snorretje. Beiden gaven de barkeeper vluchtig een hand. Hella voelde zich buitengesloten. Ze gingen aan de bar zitten, in de hoek waar tegen de wand ansichtkaarten waren gespeld en foto's van voetbalelftallen. De man met het snorretje hoonlachte toen hij op een rij in het gras gehurkte spelers wees. Om zijn hals zat een groezelig oranje sjaaltje gestrikt. Hella's hals gloeide. De vrouw maakte het haar los, kamde het strakker en zette het vast met een speld. De man en de vrouw dronken bier; boven hun glazen waren hun gezichten zonder uitdrukking.

In de raamopening kwamen twee agenten voorbij met trage regelmatige passen. Enkele lantarens op het midden van het plein gingen uit. Van cafés aan de overkant was slechts een gele streep zichtbaar. De man met het sjaaltje had zwarte nagelranden.

Een meisje dook op uit de menigte. De barkeeper stak zijn hand omhoog. Ze kwam binnen, wat ze eerst niet van plan scheen. Ze had een mager knap gezicht met beweeglijke mond en ogen. Ze schudde haar lange bruine krullen. Hij gaf haar een hand.

'Wil je wat van mij drinken, Mary?'

'Nee, ik blijf maar even.'

Hij zette toch een glas wijn voor haar neer en ze begon met de barkeeper te praten. Mary barstte soms in lachen uit, dan werd ze plotseling ernstig. Hella was jaloers op haar vrolijkheid.

De man met snor en sjaal stak duim en wijsvinger in de lucht, zo ver mogelijk gespreid. Hij bewoog de vingers voor het gezicht van de vrouw.

'Wat is dit?'

Men keek naar zijn vingers die bleven bewegen. De man zei: 'Dat is minollen. Zo maak je een vrouw tegelijk van voren en van achteren klaar.'

De tanden van de blonde vrouw waren heel klein, smal en recht. De tanden van een knaagdier. Ze haalde shag en rizlavloeitjes uit haar tas en begon met kleine, snelle gebaren een sigaret te rollen.

Dezelfde agenten met dezelfde weke pas verschenen in de opening van het raam. Ze keken naar binnen. Hella dacht dat ze haar observeerden en voelde zich schuldig. Minuten gingen voorbij, lege trage minuten. De barkeeper knipoogde naar Mary die weer haar krullen schudde. Het terrasscherm rimpelde. Op Hella's gezicht de afwezigheid van het willen.

'Heb je Id niet meegebracht?' vroeg de barkeeper.

Hella vroeg om een glas wijn. Door zijn naam te horen meende ze dat ze op het punt stond hem te ontmoeten. Ze veegde haar klamme handen aan de barkruk af.

'Misschien straks. Hij houdt er niet van als mensen hem zien.'

'Maar het gaat toch iets beter met hem?'

'Het wordt nooit beter, hij schikt zich erin.'

De dingen stonden nu op het punt een andere wending te nemen. De menigte buiten was minder compact geworden. De hemel was rood, het Plein was omsingeld door hoge huizen die nadenkend vooroverhelden. De maan was opgesloten in een glazen bol. De barkeeper schreef met zijn vingers tekens op de vette bar. Hella had een sigaret opgestoken en was weer kalm geworden. In de spiegel van de barwand keek ze zich recht in de ogen, was toeschouwer van zichzelf.

Id kwam niet. Mary ging weg. Hella rekende snel af en volgde haar. In de Pauwstraat verdrongen mensen zich om een vechtpartij waaruit rauwe, schorre kreten opstegen.

Jansstraat, Jansplein, ijssalon, Regina, etalages van Cohn, Koepelkerk met de stadskastanjes, Chez Armand, Condor. En terug.

In één hoek van het Plein had een luidruchtige groep jonge mensen stoelen gezet rond een plankier waarop gedanst werd. Muziek kwam uit Georges jazzcafé. Ben Webster en Coleman Hawkins. 'Prisoner of love.' 'You'd be so nice to come home to.'

Hella herkende de muziek omdat Michiel die vroeger altijd draaide. De mannen droegen witte flanel broeken, de vrouwen uitstaande lange jurken met kleurige stiksels. Ze dansten blootsvoets. Er werd gelachen. Er werd geapplaudisseerd. De muziek klonk deprimerend. Degenen die zaten hadden hun voeten in elkaars schoot gelegd. Ontspannen. Heel ontspannen in die warme nacht. Had zij ooit in zo'n kring gezeten en gelachen? Ze waren van haar leeftijd.

Hella kende de nachten alleen als verstikkend, op de kamer van René Cambron boven de snackbar, waar de geuren haar misselijk maakten en verdoofden. Verouderde romantische jeugd hier op het Plein! Ze wendde zich van hen af.

De cafés zijn leger geworden. Men wacht op het moment dat moet worden afgerekend. Hella koopt een hotdog. Van de scherpe mosterd krijgt ze tranen in haar ogen.

9

Michiel herinnert zich Emmy's woorden op de heenweg: 'Ik ben altijd moe. Ik kom van mijn werk, ik maak eten klaar, ik ga liggen en val in slaap. Ik kom nergens toe, dit is de eerste keer dat ik uitga. Maar binnenkort stort ik mij in het volle leven.'

Hij wist niet wat hij daarop moest antwoorden. Op het Leidseplein waren ze naar *Julia* geweest. Emmy meende dat het een knappe film was. Ze hadden in een Argentijns restaurant gegeten dat El Gaucho heette. 'Alles valt van me af als ik bij jou ben. Met jou leef ik in een droom. Als ik morgen thuiskom, val ik in een diep gat, maar dat weet ik van tevoren.'

Nu zegt ze, naast hem, terwijl de stad in de verte zichtbaar wordt: 'Ik heb altijd het gevoel gehad in mijn huwelijk dat het "um die Ecke" beter is.'

Um die Ecke, denkt hij. Waarom gebruikt ze een Duitse uitdrukking?

'We kunnen geen volle vierentwintig uur blijven, Emmy. Ik heb oppas. We zullen nog zoveel gelegenheden krijgen.'

'Dat is het probleem. Time and place.' Het klinkt zondig, verdoezelend, maar vooral beschuldigend. Hij beheerst zijn ongeduld. Het Duits en Engels zijn functioneel.

'Je begrijpt het?'

Ze was ermee akkoord gegaan dat ze op weg naar huis gingen.

Haar hand ligt op zijn been. Maar de stad nadert, de verlichte bruggen zijn in de hemel zichtbaar.

'Gaan we nog even naar Tiffany?'

Hij schrikt, hij denkt: Nee, we gaan niet naar Tiffany, we gaan zo snel mogelijk naar huis. De opkomende woede beheerst hij door te controleren of de choke wel is ingeduwd. Hij kijkt naar de stand van de kilometerteller.

'Martins' dan?' Ze smeekt. Ze wil nog niet naar huis. Emmy trekt de achteruitkijkspiegel scheef om zich te bekijken. Met weerzin, maar heel behoedzaam met gebaren en stem om het niet te laten merken, zit hij naast haar. Een lauwe wind waait het open raam in, strijkt over zijn wang. Emmy streelt zijn knie. Ze ligt met haar hoofd tegen zijn borst.

'Een solootje,' stelt ze voor. Ze begint zijn broek los te maken. Hij is verbaasd dat hij haar zo kan verafschuwen. Hij knijpt even zijn ogen dicht en begint te genieten van een idee dat net bij hem is opgekomen.

Hij denkt: Ik moet goed opletten dat ik de afslag vlak voor de stad niet mis. Hij houdt in, slaat af.

De weg begint te dalen. De vrouw die hem liefkoost, heeft hem gedwongen vanavond weg te gaan, terwijl hij thuis had willen blijven. Hij herinnert zich de plek waar hij met Hella en Yvonne heeft gespeeld. Daar gaan ze heen. Hij zal haar laten uitstappen en snel wegrijden. De weg daalt scherp. De stad is roze boven de heuvels. Een kleine wreedheid begaan waarvan niemand ooit de reden te weten zal komen, die niemand ooit zal ontdekken.

Iets wat uitgaat boven zijn beuzelachtige activiteiten rond de hal. Ze drukt haar hoofd tegen zijn borst.

'Ik ben zo trots dat je me nog mooi vindt.'

'Je bent mooi.'

Dan rijd ik naar Martins' en bel Hella op, denkt hij.

'Je gaat dus niet naar de stad?'

'We hebben het zo fijn gehad, Emmy, zoals een dag zich 's morgens uitstrekt, als een land met mogelijkheden waar je uit kunt kiezen... ik kan morgen al weer bij je zijn.'

Haar gezicht is oud en lelijk door onbevredigde verlangens.

'Sorry,' zegt hij.

'Jouw hele gedrag is erop uit excuses te maken.' Hij begint harder te rijden, gaat niet op haar woorden in. Ik heb geen keus, zegt hij in zichzelf. De weg opent zich leeg en wit voor hem, als een rij witte tanden. Betonvlak na betonvlak. De hellingen aan weerszijden worden steiler. De auto bereikt het diepste punt. Een picknicktafel, een vuilnisemmer, een schaftkeet van de Gemeentelijke Dienst. Aan hun linkerhand een groep bomen, als zwarte bloemen op lange, dikke stelen.

Hij rijdt de parkeerstrook op, brengt de auto tot stilstand voor een half uit de grond gerukte kilometerpaal. Emmy kijkt hem aan, komt dichter bij hem zitten, verrast. Hij ziet haar verrassing. Ze stapt uit, kijkt hem aan. Hij verlaat de auto ook.

Ze lopen achter elkaar door het hoge gras.

'Ben je hier eerder geweest?'

Hij geeft geen antwoord, pakt haar hand, beduidt haar stil te zijn. Waar ze nu staan, tussen bomen en steil oplopend land, lijkt buiten deze plaats even geen wereld meer te bestaan. Wat had Emmy gezegd? Zijn gedrag was op excuses afgestemd. Wat had Emmy met zijn kleine lafheden te maken? Toch niets! Lafheden die bovendien al zo lang deel uitmaakten van zijn leven.

Emmy is traag, veeleisend. Tussen zijn gespreide knieën draait ze zich op haar buik. Ze wacht, één wang tegen de grond. Ze zegt iets maar haar stem smoort in het gras. Emmy wacht.

'Er komt een moment dat ik van vrijen slaperig word, maar dat moment is nog niet gekomen.' Hij staat naast haar, excuseert zich. 'Even iets uit de auto halen.'

Nevel trekt in spiralen uit het land op. Hij is bang dat de wreedheid die hem tijdens het laatste deel van de reis al een eenzaam genot heeft verschaft, als vanzelf zal oplossen en uiteen zal vallen in een aantal nietszeggende gebaren. Over het land strijkt opdringerig licht van autolampen. De geur van rottend aardappelloof. Droevige, verloren geluiden van een koppel houtduiven hoog in de bomen.

Ineengedoken komt hij op haar toelopen. Hij vindt haar op dezelfde plaats. Haar ogen zijn ongetwijfeld op hem gericht. Emmy's verongelijkte stem: 'Waar blijf je nou?'

Ze ligt in het gras, haar armen naast zich, als een groot bleek beest. Haar ogen zijn gesloten, haar buik gaat in lange bewegingen op en neer.

'Michiel!'

Heel ver weg schijnen koplampen over het land. Spijt overvalt hem. Spijt dat in deze stilte het moment voorbij zal gaan, dat de woede, uren geleden al opgelaaid en zorgvuldig onderhouden, zal wegebben. Hij staat zwijgend boven haar, kijkt over haar naakte lichaam dat voor hem ligt. Ze doet haar ogen open, glimlacht.

Dan komt ze overeind.

'Michiel!' Haar gezicht vormloos van botte angst, valt langzaam uiteen, zoals de zon op smoorhete dagen.

Michiel zoekt Hella. Ze is niet in Regina, niet in de Condor, niet in Chez Armand. Later als alle bars dicht zijn gaat hij naar Martins'. Een man die hij meent te herkennen, vraagt hij: 'Heb je...?'

Hij kent de man niet.

'Sorry.'

Hij gaat weer in de richting van de Condor. Een verre lichtglans valt uit een kier in de hemel. Hij durft nu niet naar huis te bellen. Hij rent een steeg in. Ergens holt iemand in een andere steeg met hem mee. Reclames op bouwvallige panden. Muren met gerimpelde glasscherven. Een hond met verschrompelde tepels huppelt achter hem aan, angstig opkijkend. Hij herinnert zich die andere nacht. Bijna identiek. Een kleine ordening in de chaos. Een beetje samenhang in de gebeurtenissen. De dingen beginnen elkaar te raken.

Dan was niet alles hopeloos. De straten zijn uitgestorven.

10

In het café waar Hella Mary heeft gezien, brandt nog licht.
Een metalen rolluik is half voor het raam getrokken. Het café
is gesloten, ze tikt op het raam. Binnen herkent ze de hammondorganist en een man in een bleekgroen kostuum. Die
heeft ze vanavond eerder gezien. Ze gaat tussen de twee mannen in zitten. Wat een slecht licht hier. Bijna alle lampen zijn
uit.

'Ik zoek Mary.'

De man in het bleekgroene kostuum krabt over de bodem
van een beker met dobbelstenen. Hella wrijft in haar ogen.
Ze geven haar een glas wijn. Ze beseft dat heel verschillende
dingen in een stilzwijgende afspraak bij elkaar zijn gekomen.

'Niet huilen, meisje,' zegt de hammondorganist. Ze ziet
dat zijn handen tot ver op de vingers zijn getatoeëerd. Hij
heeft zich een andere huid verschaft. Hij heeft zijn hand op
haar schouder gelegd.

Nu ziet Hella ook dat de blonde vrouw er nog steeds is.
Hella buigt zich om haar tas te pakken en ziet dat zij op de rode laarzen na naakt is. Ze heeft kleine glimmende borsten.
De man met het oranje sjaaltje staat tegen de wand met ansichtkaarten. De vrouw is bezig met lange bewegingen de
man te masturberen. Ze heeft een plechtige uitdrukking in
haar ogen. Hella wendt haar blik af. Ze krijgt kramp in haar

ingewanden. Een ventilator begint te zoemen, de koperkleurige krullen van de hammondorganist waaien van achteren
op.

Hella voelt nadrukkelijk zijn hand. Hella meent dat ze Id
heeft gezien. Maar de herinnering vervaagt. Een touw wordt
met een lus om haar hersenen geslagen. Met kleine precieze
gebaren veegt de man in het bleekgroene kostuum iets van
zijn mouw. Ze laat zich van de kruk glijden. Ze slaan haar
gade, kijken elkaar achter haar rug aan.

Een motor met zijspan rijdt het Plein op. Ze hebben natuurlijk het meisje gevonden, ze zoeken de man die haar
kwijt was.

Hella buigt zich naar de bar om haar glas te pakken. (Ze
doet dat niet om zich moed in te drinken, ze doet dat om leeg
te worden, om zich helemaal te ontledigen.)

Het rolluik wordt helemaal voor het raam getrokken,
smoort de geluiden van buiten.

Hella werpt een laatste blik op de vrouw.

Die in een onverstoorbaar zwijgen doorgaat de man klaar te
maken. Haar 'apathie' isoleert de bewegingen die ze maakt,
worden er nog afzichtelijker door. Hella's krampen hebben
zich naar de oppervlakte verplaatst. Ze beeft. Ze loopt tussen de twee mannen het café in. Ze had nooit gedacht dat het
zo ver naar achteren zou doorlopen, dat het uit steeds smallere, steeds donkerder vertrekken bestond, die afliepen en half
in elkaar geschoven waren. Dan komt ze op een binnenplaats. Kratten bier, een container met flessen, kat op de
muur, ineengedoken. Het ruikt hier muf, het stinkt naar uri-
ne en bier. Een rechthoek heldere hemel met sterren, maag-
denpalmblauw. Daar ergens het Plein bevolkt met bedrieglij-
ke schimmen. Ze wordt tegen de muur gedrukt. Hella

begrijpt dat ze bezig is het dieptepunt in haar leven te bereiken, dat het er alleen op aankomt, straks, als ze hier uitkomt,
zo gauw mogelijk thuis te komen.

Ze gilt geluidloos. Ze kijkt naar de ogen van de mannen.

Later komt het verlangen naar Michiel en Yvonne terug. Een
waanzinnig verlangen naar het einde van deze absurde tocht.
Op het Plein zijn de mensen verdwenen. Vaagrode zigzagstrepen van een neonreclame. Het lijkt of er een bloedend
beest, achtervolgd, overheen heeft gerend.

Ze horen de klep van de brievenbus. Mary zegt dat ze hele-
maal over haar slaap heen is. Hij gaat de krant halen, zij zet
een plaat op van de groep Earth, Wind and Fire. Ze zingt het
refrein mee: 'After the love is gone.' Even later bladert Mary
de krant door. Haar aandacht wordt getrokken door een ar-
tikel. Ze leest en overhandigt de krant aan Id.

*   '...Makelaarskantoor Blanke is bezig alle beschikbare*
bouwgronden en gebouwen aan te kopen in de omgeving
van Singel en Straatweg. Plannen zijn uitgelekt dat in het
voormalige Koetshuis negen squashbanen gebouwd zullen
worden met achterwanden van hard glas. Vanaf een groot
terras zullen toeschouwers het gebeuren op het Centercourt
gemakkelijk kunnen volgen. Op genoemd terrein rust een
erfdienstbaarheid uit 1873.

*   Het makelaarskantoor ziet echter geen causaal verband,*
naar onze informatie, tussen deze plannen en dit zo langza-
merhand beroemd geworden servituut. De heer Blanke was
voor commentaar onbereikbaar.'

*   Id legt de krant neer en begint in de kamer op en neer te lo-*
pen. Mary vangt zijn blik.

*   'Wat is dat precies met die hal?'*

*   'Michiel heeft zich daarmee beziggehouden. Op de plaats*
waar de hal is gebouwd hebben wij vroeger als jongens ge-
speeld. Mary zet de plaat af.

'Jij ziet tegen Michiel op, hè?'

'Nee, niet in de zin dat hij respect afdwingt, maar hij doet je verbaasd staan door de bezeten, bijna dwangmatige manier waarop hij zich soms gedraagt. Ik herinner me dat vader op een dag tegen hem zei: Zet je fiets weg. Hij zette de fiets in de schuur, keek door het raampje of de fiets er werkelijk stond, kon hem door de glinstering van het groene glas niet goed onderscheiden, deed de deur weer open en zag zijn fiets natuurlijk. Hij loopt weg; even later staat hij weer door het raam te loeren, doet de schuur opnieuw open, haalt de fiets eruit en komt ermee de kamer in. Is dit mijn fiets? vraagt hij. Zo kon hij uren bezig zijn met het opbergen van een boek, met het aanschuiven van een stoel en het op slot doen van een deur. Was de deur nou werkelijk op slot? Uitputtend voor de omgeving en vooral voor hemzelf. Ik heb wel eens gezien dat de ogen van mijn moeder vol tranen stonden. Die obsessies zijn later verdwenen, in die vorm tenminste.'

'Hij zag misschien tegen jou op omdat jij, ogenschijnlijk, gemakkelijker leefde?'

'Ik weet het niet. Ik kon altijd genoeg meisjes krijgen. Dat liet hem niet onverschillig.'

'Is er in Martins' iets gebeurd?'

'Jij hebt de neiging, Mary, één gebeurtenis uit zovele andere los te weken en door dat isolement krijgt zo'n feit te veel gewicht.'

'Hij lijkt me een type die zich aan de fascinatie van zo'n gebeurtenis niet kan onttrekken.'

De muren aan de overkant zijn steenrood in de eerste zon. Licht vloeit schuimend rond het ruiterstandbeeld. Een zacht ruisen ontsnapt aan de dag die aanbreekt.

Id zegt: 'Michiel had altijd ideeën: clubs oprichten (waar niemand lid van wilde worden), voorstellingen geven van *zelfgeschreven toneelstukken in een openluchttheater dat hij gebouwd had onder de appelboom maar waar alleen een buurmeisje kwam luisteren dat de sint-vitusdans had, een groot turner worden. Hij heeft altijd geleefd met ideeën die niets opbrachten, die niet betaald werden. Ze zagen er ook nooit helemaal overtuigend uit. Maar hij hield eraan vast. Hij was hardnekkig, had een duistere eerzucht. Hij heeft altijd een beetje in de wolken geleefd. Hij schiep een leegte om zich heen. Hoe hard hij ook schreeuwde, hoe hij zich ook op andere manieren kenbaar en aanwezig maakte, hij bleef eigenlijk afwezig.'*

'*Speelden jullie met elkaar?*'

'*Ik had veel vrienden. We deden verstoppertje. Michiel keek toe. Ik stond niet toe dat hij met mijn vrienden speelde.*'

Id glimlacht.

'*Je kijkt opeens zo triest.*' *Id zegt niets. Hij denkt aan Hella, verlangt hevig naar haar. Maar om Michiel wil hij Hella niet meer ontmoeten. Hij maakt een vaag gebaar met zijn hoofd.*

Mary streelt zijn nek en zijn schouders.

'*Alles is mooi soepel. Als er iets in je geblokkeerd is, zit het wel erg diep.*'

Hij denkt: Het zit erg diep, Mary. Hij schaamt zich voor zijn pijn.

'*Wat die psychiater zei, Id, is toch onzin. Ze kunnen er bij jou niet achterkomen wat je hebt, ze hebben geen greep op je en dan bedenken ze zoiets: Vertel je vriendin maar dat je homo-erotische gevoelens voor je broer hebt. Om die gevoelens te onderdrukken heb je, laten we het zacht uitdrukken, een onregelmatig leven geleid. Ik raad een huwelijk af!*'

Mary's trekken zijn hard. Ze let op zijn blik. Ongeduldig steekt ze een sigaret op. Tijd.

'Heb je nog steeds pijn?'

Hij denkt: Het is vervelend voor Mary dat ik nog steeds pijn heb. Hij antwoordt niet.

'Je nek is minder gespannen.' Hij doet een halfslachtige poging haar aan te kijken zonder dat hij zijn hele lichaam moet draaien. Hij kust haar lang, terwijl hij zijn adem inhoudt. Hij denkt aan Hella, Mary denkt: Hij heeft me nodig.

De hemel is roze en blauw. Door een vlucht duiven komt het licht verhageld naar beneden. Tijd gaat voorbij.

Stilte.

Motoren rukken de stilte uiteen. Het geluid is zo sterk, zo maximaal dat het uit alle hoeken van de stad lijkt te komen. Het is een aanval. Het lawaai doet ironisch aan.

11

Die nacht heeft Hella, bij het eerste licht van de ochtend, haar gezicht opnieuw bijgewerkt. Bovenin de spiegel ziet ze, tussen halfgesloten gordijnen, de toppen van de sering, de budleya van de buren en, tegen de schuur, de roos die met haar geur op overdadige wijze aanwezig is.

Op pappa's nachtkastje staat een telefoon, aan het voeteneind op de teruggevouwen sprei liggen boeken en kranten. Pappa praatte altijd hardop in zijn slaap en hij had veel ruimte in bed nodig. Ook daarom sliep mamma meestal beneden.

Als Hella is geweest moet de vader altijd opnieuw wennen aan het alleen-zijn en aan het wachten. Als hij er weer aan gewend is – de roos met zijn onverstoorbare geur en uitbundige bloei helpt hem – durft hij onder ogen te zien dat hij altijd zal wachten, met soms een stekend gevoel van spijt dat zijn ingewanden leegbrandt, zijn ogen gericht op de ondoordringbare taxushaag die strepen werpt op het terras dat nodig aan vernieuwing toe is. Hij is ook van plan het zonnescherm hoger te laten zetten, maar hij gaapt achter zijn hand.

Hella ligt op mamma's plaats. Hella droomt.

Ze blijft in bed liggen omdat ze bang is voor de school. Ze heeft overal kramp, vooral in haar zij, en ze is misselijk. Waarom komt mamma nu niet? Ze laat zich uit bed glijden, één arm is verstijfd omdat ze erop heeft gelegen. Haar handen trillen. Ze gaat op de trap zitten, het hoofd in haar handen. Dan hoort ze mamma schreeuwen, ze loopt snel de trap af, gluurt om de hoek van de deur de kamer in. Daar zit pappa, hij kijkt strak voor zich uit naar een tv-programma en mamma ligt op de bank, met kussens onder haar hoofd. Maar ze krijst niet. Ze praat lief tegen het meisje dat zij zelf is.

Claire is er niet.

In de hoek van de kamer zit nog een ander meisje dat naar Hella kijkt. Ze heeft dezelfde donkere krullen als Claire vroeger.

Maar dat is Claire ook niet.

Dan herkent Hella zichzelf en ze glimlacht gerustgesteld. Ineens is de kamer vol mensen. Er is veel visite voor mamma's verjaardag. Conny en Richard. De familie Vreise en de familie Versloot. Buurman Versloot heeft net het verhaal van de kip verteld. Dat is gewoonte geworden op verjaardagen. Hij vertelt altijd over de grote bruine kip. Mamma in een jurk met bloemen die haar nog breder maakt, met een snoer van violette kwartronde stenen om haar hals, lacht heel hard.

'Een kip tussen jullie in, de eerste dag van je huwelijk! Oh, a bad omen.'

Mama pakt cadeautjes uit en pappa kijkt naar Conny en vertelt een grapje. Hij kan zijn lachen moeilijk beheersen, hij heeft voorpret.

'Een professor had juist aan zijn studenten uitgelegd waarom moedermelk het beste was voor een baby.

Dan stelt hij vragen om te zien of ze het begrepen hebben. Waarom zou die melk het beste zijn? De eerste student antwoordt: Vanwege de temperatuur. De tweede houdt het op de calorieën en de derde zegt: Vanwege de verpakking.'

'Oh,' zegt Conny. Ze slaat haar ogen neer. Ze heeft geen borsten. Mamma staat met de rug naar het gezelschap omdat ze toastjes smeert. Conny zit naast Richard die lang sluik haar heeft dat altijd voor z'n rechteroog hangt. Hij zegt: 'Als ik koude lucht naar binnen zuig, slaat het altijd op mijn tanden, als een ijskoude stroom.' Zijn stem klinkt emotioneel en verontwaardigd. Hij vertelt op verjaardagen altijd over zijn gebit en is van dat onderwerp niet meer af te brengen. Dat lukt zelfs buurman Versloot niet die het gezelschap meestal vermaakt met lange, kostelijke verhalen die altijd eindigen met de pointe dat speeksel van iemand met een kunstgebit genezende effecten zou hebben op allerlei vormen van eczeem.

De Versloten zijn mensen die snelle gebaren maken, mensen die niets ontgaat.

Richard vertelt van een zenuwbehandeling; hij heeft holle oogkassen in een zwaar bleek gezicht, dat zich al lijkt te hebben verzoend met zijn eigen ondergang. Men zegt over en weer verbijsterende dingen. Men lacht smakelijk. Als het lachen verstomt, ziet men dat er geen reden tot lachen was. Ze schuiven hun stoel achteruit, met het mechanische gebaar waarmee men een te aanhankelijke hond van zich afhoudt. Hella doet de deur verder open. Ze kijken haar allemaal aan. Een vreemde zware geur komt in haar neus.

Dan bestraft pappa haar.

'Waarom heeft ze geen kamerjas aan als ze beneden komt?' Hij is ontsteld over zoveel gebrek aan goede smaak. Tot op het laatst van haar leven zal Hella zich het gezicht van deze vader herinneren.

Hella doet haar ogen open. Ze heeft niet echt geslapen. Ze is nu alleen met pappa thuis. Het is een erg eenzaam moment. Het is stil in huis sinds mamma er niet meer is. Ze denkt: Ik zou nu met pappa willen gaan eten, oude herinneringen op-halen. Ik zal hem vragen zijn oude grapjes nog eens te vertel-len, ik zal geduldig luisteren, in lachen uitbarsten, wijn be-stellen, mij vuur laten geven en ik zal een beetje uitdagend kijken, een beetje prikkelen, ik zal hem het idee geven dat hij nog heel aantrekkelijk is, te goed voor Conny. De ober steekt kaarsen aan; schemer op tafel; plechtige schaduwen die uit de hemel lijken te vallen; mijn eenzaamheid is zijn eenzaam-heid. Verre geruchten; het is of rond mijn hoofd lucifers wor-den aangestoken, een scherp suizen. Een zacht, kalm gevoel overvalt haar, een dwaas geluk; geluiden van buiten komen tot haar, als gewatteerd. Ze kruipt in elkaar, ze hield ervan als kind zo te liggen. Buiten kruipen de wolken tegen de hemel op. Het bed is warm en vochtig en naar gelang de tijd voor-bijgaat, geraakt ze in een wiegende beweging die opnieuw haar gedachten op gang brengt... Ze blijft nog even liggen in dat warme nest van ochtendlicht, haar benen zo hoog moge-lijk opgetrokken, handen tussen haar knieën.

Met Claire was het hopeloos om over allerlei dingen te praten. Claire wilde wel luisteren, maar Claire kon niet aan-voelen, wilde precies weten wat je bedoelde. Hoe kon je nou in woorden zeggen wat je precies bedoelde? De klank van je stem, de uitdrukking van je blik, het verschieten van kleur betekenen toch veel meer? Maar dat zou Claire ook onmid-dellijk toegeven. Ze waant zich met pappa in een restaurant.

Pappa heeft moeite om niet in slaap te vallen.

'Zullen we ook iets toe nemen? IJs? Irish coffee?'

'Van Irish coffee krijg ik zo'n slaap.'

'Je ziet er nog helemaal niet slaperig uit.' Ze ziet zijn dikke, rode oogleden. Ze rijden samen naar huis. Onduidelijke sil-houetten van huizen op heuvels. 'Morgen ga ik niet te laat naar huis, pappa. Anders zijn Yvonne en Michiel zo lang alleen. Oh gelukkig, je hebt thuis het licht laten branden.'

Ze draait zich op haar zij, kijkt naar mamma's portret dat sinds kort op het nachtkastje staat. Mamma op een bergwei met een armvol bloemen, een waanzinnig groot boeket, te massaal om met één hand te omvatten. Beneden slaat de klok, de poes miauwt buiten, krabt tegen de tuindeur. Door het open raam komen lichte geluiden van de ochtendwind in de wingerd. Ze zit rechtop, legt haar hand op zijn voorhoofd. De aderen in haar hals kloppen met verdubbelde snelheid, ze houdt haar lippen gesloten.

De kamer is onverschillig, koel, vijandig geworden. De kleine lelijkheden, de groeven in de muren, de kerven in de vloer worden stuitend zichtbaar.

Ze is hier niet meer welkom. Met wijdopen ogen gaat ze de trap af. Onderaan blijft ze enkele seconden onbeweeglijk staan. Dan gaat ze naar de keuken. Ze laat de poes binnen, hij sleept met zijn staart. Hij heeft gevochten. Er zit bloed aan zijn kop en in zijn ogen ligt nog oergeweld. Hella streelt het dier, maakt hem schoon. Ze haalt een pak melk uit de ijskast. In een jampot met oude koffiebonnen vindt ze een schaar, knipt de driehoek van het pak. De poes kijkt haar aan, strijkt langs haar benen. Ze maakt zijn schoteltje schoon, schenkt er melk op. De poes drinkt niet, wil gestreeld, wil alleen maar aangehaald worden. Afwezig aait ze het dier. Dan loopt ze snel de kamer in en belt een taxi.

Hoek Oremusplein. Ze blijft een ogenblik met de hoorn in haar handen staan. In de kleine hal valt licht door de boven-ruit. Ze ziet pappa's jas. Ze leunt met één schouder tegen de muur. De haak waar mamma's mantel hing is leeg.

Hella kijkt omhoog. Ze ziet er mooi maar koel en terug-houdend uit in deze jurk. Ze hoort de taxi, kijkt op haar hor-loge.

'Naar het centrum.' De taxi rijdt de Oremusstraat uit. Ze neemt de verlichte teller waar, registreert dat de weg voor en achter haar hetzelfde schouwspel biedt. Een halve zon verlicht een grote leegte van zich langzaam uitstrekkende wegen. Een labyrint met eendere huizenblokken. Ze zou niet weten hoe ze hier de weg moest vinden. Ze vraagt de chauffeur of hij zoveel mogelijk in de zon wil rijden. Ze meent dat hij geen antwoord geeft. Ze rijden nu door een onbewoond stadsdeel met parken, vijvers en beboste heuvels.

Dan de stad, voor haar, fonkelend als in een oud verhaal. Ze leeft nog steeds heel dicht bij de sprookjes die mamma haar voorlas. De dag is onstuitbaar aangebroken. Ze ziet de rivier die donkerblauw is. Er dwars overheen trilt een ribbelende kolom van vlammen als stond onder water een huis in brand.

De stad is roze en wit. Zachte schakeringen, nog nauwelijks echte kleuren. Een stad, geheimzinnig onder de ochtendnevel, in zichzelf besloten. Weer op het plein ziet ze met een klein gevoel van troost de man die zijn dochtertje was kwijtgeraakt. Hij slaapt. Ze gaat een tijdje volledig op in het beschouwen van deze man die haar al vertrouwd is. Soms kijkt ze op, naar de witte luiken van Martins', naar de terrassen met aan elkaar gebonden stoelen.

Restanten van een gebeurtenis.

Een groep honden hobbelt het Plein over met zijn lange, uitrollende welving.

De huizen staan rechtop maar geven de indruk te kunnen vallen, hebben het vooroverhellende, het schuine al van wat zijn val nog net niet is begonnen. Dat geeft de stad een broos en oneindig karakter.

Hella's lippen spannen zich. Ze wijst. Daarginds. Hij komt

uit een van de zijstraten op haar toe. Kijk, hij glimlacht, hij zwaait.

We kunnen samen naar huis. Met de dageraad thuiskomen, als na de schoolfeesten vroeger waar niemand een eind aan durfde te maken en die maar voortduurden. De wind voert vanaf de rivier onder hoogopgestapelde wolken witte blinkende vogels mee. Het is raadselachtig stil. Het duurt lang voor hij bij haar is.

Dan deinst ze terug. Wat moet ze hem vertellen? De werkelijkheid is van de droom al niet meer te onderscheiden. Wat zich als werkelijkheid wil voordoen zijn al weer herinneringen, dromen of herinneringen aan dromen. De zon wringt zich als een doorzichtige worm door de nauwe straten en stegen.

De werkelijkheid is dat ze op het Plein staat, in de holte van de stad, terwijl ver weg een hond naar de zon en de vogels en de wolken begint te blaffen. Michiel die naar haar toeloopt is ook werkelijk. Maar hij zwaait niet en lacht niet. Hij wil haar iets toeroepen maar heeft geen macht meer over zijn stem.

ULYSSES